去林芝看桃花

江子 著

广西师范大学出版社
·桂林·

去林芝看桃花
QU LINZHI KAN TAOHUA

图书在版编目（CIP）数据

去林芝看桃花 / 江子著 . —桂林：广西师范大学出版社，2020.7

ISBN 978-7-5495-2335-1

Ⅰ. ①去… Ⅱ. ①江… Ⅲ. ①游记－作品集－中国－当代 Ⅳ. ①I267.4

中国版本图书馆 CIP 数据核字（2020）第 073184 号

广西师范大学出版社出版发行

（广西桂林市五里店路 9 号　邮政编码：541004）

　网址：http://www.bbtpress.com

出版人：黄轩庄

全国新华书店经销

北京博海升彩色印刷有限公司印刷

（北京市通州区中关村科技园通州园金桥科技产业基地环宇路 6 号　邮政编码：100076）

开本：889 mm × 1 230 mm　1/32

印张：11.5　　　　字数：198 千

2020 年 7 月第 1 版　2020 年 7 月第 1 次印刷

印数：0 001~8 000 册　定价：52.00 元

如发现印装质量问题，影响阅读，请与出版社发行部门联系调换。

在大地上写作（代序）

这么多年，我因写作的机缘，走了不少地方。或者说，这么些年，我去了很多地方，寻找我的文学。

朋友周晓枫说，出版三本散文集之后，才能看出散文写作者真正的潜能与余勇。因为散文写作的耗材大，拿缓生的树当速燃的柴，烧不了多久，黑暗和寒冷就来了。

这是几乎所有散文写作者的魔咒。可是，我认为我找到了让我的写作可以无限地延续的办法，那就是：把自己的笔插在广袤的大地上，把自己完全托付给山川河流。

大地的内涵何其丰富：那些高山、大海、河流、沙漠、湖泊，那些古驿道、古桥梁、古城墙、古村落、古战场、古废墟，那些代代相传的文化习俗、制作工艺、民间记忆，那些极为丰富的不同民族的音乐、舞蹈、绘画、书法、文学……

大地一词，关涉史学、地理学、生物学、民俗学、美学等无限的学问。或者说，大地本身就是各种学问的母体。

大地上的每一个细部，都是无比丰富和精密的体系，都传达出关于时间和空间的无限信息。

——这些年来，我喜欢东奔西走，让自己置身于不同的文明场景，与陌生的山水自然、历史古迹对话。

我喜欢与不同的草木待在一起。我相信万物有灵，一棵生长了很多年的草木也会有灵魂的。它们每一棵都长得不一样。它们的性情会被环境改写：一棵长在千年文庙前的柏树会肃穆庄重，而一棵古战场上的老树会像个披头散发的疯子。

这些年我写了不少关于草木的文字。我还和一个在外的同乡好友有一个浪漫的约定：老了，一起相约去故乡的春天里拜访一棵棵老树。走累了，就在树下歇一会儿。

我曾经去不同的民族聚居地探访。我爱西藏的雪、寺庙，藏族年轻喇嘛眼中的忧伤，新疆哈萨克族体态丰腴的大妈轻盈的舞蹈，无边无际的大地，海南的椰子风情，云南丽江充满民族风情的客栈里肆意生长的爬藤植物的叶子，还有广西壮族女子的歌唱……

我喜欢一切的文明遗址。湖北随州的曾侯乙墓里的青铜器的纹饰，四川广汉三星堆遗址里的神秘面具，福建泉州开元寺的东西石塔，河南安阳殷墟龟甲和兽骨上的文字，江西赣南的梅关古道上的关隘，这些大地上的人类文明遗存，总是让我沉迷不已并且浮想联翩。在那里，时光是折叠的，此刻是历史和现在，也是未来。在那里，我们可以无限穿越，在时光隧道中从容往来。

我渴望着大地上的各种路遇。乡村路边卖凉粉的老妪脸上的皱纹，异乡深夜的地下通道里流浪歌手沙哑的歌声，火车上邻座不谙世事的婴儿天使般的笑容，都会将我深深打动。

大地遍布文学的素材、语感、节奏、气韵。大地俯拾皆文章。只要把笔插在大地上就可以长出不同性情和气息的文字来。我陆续把我不少行走经历和感悟写成了文字。这就是这本小书的由来。

我经常把笔端聚焦于微观，去描述一棵树，一条路，一个人，或者一块碎瓷片。我想这样，我的文字就可以与人们印象中的"游记""旅游散文"区别开来。

我希望我的文字能兼具草木气息和历史文化意蕴，并且有着大地赋予的混血质地——它既有小说的叙事、诗歌的历险、多种艺术的元素，也有哲学的思辨。而大地从来既能承载参天大树，供老虎狮子奔跑，也能容纳艾草与蝼蚁。

我希望我的文字是有几分野气的，如此，才可以与产生它们的自由旷野相匹配。

我愿大地的精血蓄养，让我成为一名内心丰盈、浩荡的人，我的文字也因此有了我梦寐以求的刚健品质和美好情怀。

庄子曰："夫大块载我以形，劳我以生，佚我以老，息我以死。故善吾生者，乃所以善吾死也。"

我不知道我是否完成得足够好。有缘看到此书的人，江子恳请您的批评。

但我知道我还有很多文字没有写出。

比如我见过无数次大海，海南的海，舟山群岛的海，泉州的海，台湾海峡的海，广西的海，甚至，我还因某种机缘沿着地中海奔跑过，不同的大海给了我强烈的情感冲击，可是，至今为止，我没有写过一篇献给大海的文章。

比如，在西藏，我想对西藏了解得更多一点点，可鉴于时间，我没有与任何一名信徒交上朋友，没有听懂过除了"扎西德勒"以外任何一句藏语。也因此，我的所谓的西藏之文，不过是一个匆匆旅者的自言自语。

我走过的地方并不算少，可是，我的文字只占我行走的大地很小的一部分。

因为我发现很多大地的美，文字根本无法抵达。

也因为我的能力有限——我与大地交谈，经常陷入失语的境地。

而且，大地根本不需要我的文字。比如说当我有一天站在新疆的赛里木湖岸边,赛里木湖动人心魄的美让我震撼。可是,我发现,对于赛里木湖,文字是多余的。

不仅是我的文字,她连李白杜甫孟浩然的诗句也不需要。

不仅是文字,我甚至感觉连我这个人也是多余的。

是的,大地是欣欣而自美的。最美的大地,其实就是无名时候的大地。《道德经》曰:"名可名,非常名。无名,天地之始。"

可是我还必须写作。因为我的文字需要大地的滋养,我的灵魂需要从大地中获得慈悲、刚健的元素。

我将继续在大地上旅行,与不同的风景对话,渴望着惊鸿一瞥的路遇。

我还有很多地方没有抵达。大地是无穷的,即使同样的地点,此刻与往昔并不相同。旧地重游,你再次踏入的,已经不再是当初的风景。

从这一点来说,我所有抵达过的不过是虚设,这个世界对我来说,依然是初始之地。

就像一个蹒跚学步的孩子,我以举步前行为荣。

是为序。

江 子
2019 年 2 月 15 日 于南昌

目录

浙江

养一只美狐　　　　　　　　*003*

海上还乡　　　　　　　　　*036*

金属之城　　　　　　　　　*058*

一棵树　　　　　　　　　　*068*

一座桥　　　　　　　　　　*076*

双龙六帖　　　　　　　　　*086*

世袭的灯塔　　　　　　　　*094*

去梅雨潭　　　　　　　　　*102*

广东

初识香云纱　　　　　　　　*121*

四川
泸州的油纸伞　　　　　　　　　133

新疆
马皮鼓上的新疆　　　　　　　　145
遇见赛里木湖　　　　　　　　　159

云南
雪山在上　　　　　　　　　　　171

西藏
去林芝看桃花　　　　　　　　　183

福建
五店市的马　　　　　　　　　　205
一片修行的叶子　　　　　　　　209
我拾到了一块碎瓷片　　　　　　218

台湾
台北的颜色　　　　　　　　　　227

江西

梅关处处	237
瑶里的月亮	264
丰城的窑	269
前世风流蜀口洲	277
南方有嘉木	284
玉一样的山,玉一样的人	307
时光·绣	320
水田的树	327

草木深(代后记)   337

浙江

ZHEJIANG

养一只美狐

1

在浙江省建德市一个叫青柯院的仿古建筑里,我听到了一群古人与一只美狐的故事。

故事的缘起却并不在浙江,而是在与浙江建德相距1000多公里的山东淄博。那里有一个村子叫蒲家庄,庄里有个老秀才人称蒲先生。他一生热衷功名,醉心科举,可他除了19岁时应童子试连续考中县、府、道三个第一,得以补博士弟子员,在科举路上有了短暂的高光时刻,之后应考40年,再也无毫厘斩获。

科举是个十分费家底的活儿。想想,如果家有考生,屡屡不中,屡屡补习复读,而且考试还要去遥远异地,每次都要消耗大量旅资盘缠，谁的家经得住这么折腾？

何况，蒲先生的家境本就不算太好。

他的家境开始是好的。他的父亲蒲槃也是个读书人，但因屡试不中，只好弃读经商。多年下来，他挣下了一份较为殷实的家业。可他年近40却依然没有子嗣，遂散金行善，救济乡邻，后来果然有了好报，生了三个儿子。

排行第三的蒲先生少年时在父亲的庇护下度过了一段不错的时光。他先由父亲教导读书识字，后与志趣相投的朋友一起组织"郢中诗社"，以风雅道义相互激励，诗文唱和。

可是蒲槃的家产经折腾到后来所剩无几，更何况他有三个儿子。他们并不愿意在一起生活。蒲先生25岁那年，兄弟分家，蒲先生一家仅分到农场老屋三间，20亩薄田，和240斤粮食。农场老屋，破得连门都没有，蒲先生只好借了门板安上。那时他已成家，并生有一个儿子。分到的240斤粮食，只够蒲先生一家三口吃三个月。

蒲先生与诗友谈诗论文、衣食无忧的日子宣告停止。他去了几十里外的西铺村毕际有家做塾师，一教就是45年。

蒲先生教馆每年大约挣8两银子。而农村一个四口之家维持基本生活大约需要20两银子。

在《红楼梦》第39回《村姥姥是信口开河 情哥哥偏寻根

究底》中，刘姥姥无意间道出了农村一个家庭一年大概需要的经济成本："这样螃蟹，今年就值五分一斤。十斤五钱，五五二两五，三五一十五，再搭上酒菜，一共倒有二十多两银子。阿弥陀佛！这一顿的银子，够我们庄家人过一年了。"

《红楼梦》成书于清乾隆年间，庄家人 20 多两银子一年应该是清代早期的物价。刘姥姥家是五口人。而到同样是清代早期子民的蒲先生 35 岁时，蒲先生的一家已经是四儿一女再加上母亲一共八口人的大家庭了。——他 30 岁那年，他的父亲去世了。他的母亲由他赡养。

教馆的收入，和 20 亩薄田的产出，让蒲先生一家的日子过得十分艰难，用"家徒四壁妇愁贫"来形容，一点也不为过。

蒲先生曾经写过一首《日中饭》的诗，描绘了康熙十二年（1673 年）夏天淄川大旱时他的家中生活情形："黄沙迷眼骄风吹，六月奇热如笼炊。午饭无米煮麦粥，沸汤灼人汗簌簌。儿童不解懊与寒，蚁聚喧哗满堂屋：大男挥勺鸣鼎铛，狼藉流饮声枨枨；中男尚无力，携盘觅箸相叫争；小男始学步，翻盆倒盏如饿鹰。弱女踽踽望颜色，老夫感此心悻悻。于今盛夏旱如此，晚禾未种早禾死。"

因为久旱不雨，到处黄沙弥漫，天气奇热。虽然刚过麦收，但蒲先生家的粮食已经匮乏，只能煮点麦粥充饥。几个饥饿的孩子不管冷热，见了稀粥就你争我抢……如此境地，说句不客气的话，比乞丐家的境遇好不了多少。

既要养家糊口，又要准备三年一度的科举。这样的家境，蒲先生应该节衣缩食、精打细算、心无旁骛才对。他应该向所有无谓的损耗说不，将自己的欲望调试到最低的程度。

可是蒲先生爱上了写小说。

写小说？会有刊物发表并给他稿费吗？他的作品会参评各种文学奖，从而获取额度不低的奖金吗？他写的小说会被当时的勾栏看上，改编成昆曲呀、杂剧呀什么的搬上舞台吗？他会因出售改编权获巨额的版权费吗？他会因此江湖闻名，到处受邀去开讲座或参加各种有偿的笔会、采风活动吗？

据我对清代文坛的了解，这些好处，大致一个都没有。

在当时，爱上了写小说，可以说是这个人厄运的开始。因为，写小说不仅换不来钱财，还要贴进去大量的笔墨纸钱，并且要耗尽一个人几乎全部的精力。

那个写《红楼梦》的叫曹雪芹的人，因为写小说，最后到了"满径蓬蒿""举家食粥酒常赊"的地步。

一个叫吴承恩的人，写长篇小说《西游记》7年，最后在贫困中死去。

一个叫吴敬梓的人，用了大约20年时间，写出了长篇小说

《儒林外史》，晚年的生活困顿无比，要靠卖文和朋友接济度日，"囊无一钱守，腹作千雷鸣"，以至以书易米。

可蒲先生不管不顾。或者说，他也是一点办法都没有。

因为与其说是他爱上了写小说，不如说，是小说这件事赖上了他。

西方的神话认为，文艺都归天上的九位缪斯掌管。她们看上了谁，就给谁以才华与灵感。

中国西藏史诗《格萨尔王》的流传也被认为是跟神灵有关。几乎所有的说唱艺人都说，是一场梦之后，根本不识字的他们竟神奇地拥有了说唱长篇史诗《格萨尔王》的能力。

中国古代传说也是支持文艺之才乃是神授的说法的。《南史·江淹传》："（江淹）尝宿于冶亭，梦一丈人，自称郭璞，谓淹曰：'吾有笔在卿处多年，可以见还。'淹乃探怀中得五色笔一以授之；尔后为诗绝无美句，时人谓之才尽。"五代王仁裕《开元天宝遗事·梦笔头生花》："李太白少时，梦所用之笔头上生花。后天才赡逸，名闻天下。"

蒲先生爱上了写小说，很可能也是冥冥之中上天的安排。蒲先生所在的淄博，是齐文化的发祥地。早在上古时期，三皇之一太昊伏羲氏在此兴起，并发明占卜八卦，创文字古琴，开启华夏文明。以鸟为图腾的爽鸠氏部落在此聚居。周时太公姜尚受封于此，楚汉之争，韩信亦在此封王。泰沂山麓在南，九曲黄河在北。齐桓公、管仲、晏婴、扁鹊、孙武、孙膑、田横、房玄龄、王士祯……多少英雄豪杰都在这块土地上留下过投影，多少历史事件在这里展开。那些因山川历史自然的不断运行衍生出来的文化，自然需要有人记录、加工和整理。

老天爷挑中了蒲先生。说不定，蒲先生出身书香门第，19岁时连考县、府、道童子试第一，并且有过衣食无忧与朋友诗文唱和的快畅时光，然后终生陷入科举无望穷困潦倒的悲苦命运中，都是老天爷的精心设置。老天爷挑选了一个人来从事这种古老的、类似于神职的工作，必须先让他尝尽人间甘苦，然后慢慢熄灭其内心的欲念，直到他甘于忍受孤苦与困顿的程度。

在如此境地中，蒲先生顺从上天的意思，忍受着贫苦、孤独与无望，在教馆、参加科举与照顾家小之余，费了数十年的时间，写了近500篇小说，最后结集为《聊斋志异》。

蒲先生字留仙，一字剑臣，别号柳泉居士。很多人可能更熟悉他的名讳——松龄。

2

说蒲先生爱上了写小说或许只说对了一半。更深层次上讲，蒲先生是用写小说的方式，孕育和喂养了一种叫狐狸的美好生物。

是的，与其说蒲先生是一位小说家，不如说，他是一名养狐人。

百度百科对"狐狸"词条做出这样的介绍：哺乳纲，食肉目犬科动物，生活在森林、草原、半沙漠、丘陵地带，身体纤瘦，毛长且厚。拥有毛茸茸的尾巴。视觉、嗅觉、听觉灵敏异常……

可这不过是生物学上对狐狸的解释。蒲先生养的狐狸，当然不是狐狸的实物。他养的，是文化意义上的狐狸。

蒲先生所在的淄川乃至整个齐鲁大地，自太昊伏羲氏首创阴阳八卦之术，自古就是阴阳家的祖庭，最容易滋养阴性之物。而他创造文字、古琴，更是开启了这块土地上的灵性。在这块土地上，齐桓公成就霸业，楚汉在这里厮杀，孙子兵法在这里推演，各种道与术在这里展开。生与死，阴与阳，霸与王，离愁与欢爱，庙堂与江湖，英雄与美人，飘忽与永恒……如此种种，与齐鲁大地独特的山水自然结合在一起，就产生了某种异常美丽动人的、类似于巫的气质——一种儒、道、兵、阴阳等等相互抵牾和融合释放出来的特别气质，一种神秘主义和浪漫主义交融而产生的文化渊薮。

自古以来，人们爱用动物来指认一块土地的气质。人们说，北京属龙，王气最重；东北虎相，阳气最盛；楚地草木葳蕤，鸟就成了图腾，发掘出的古代器物就多有鸟之塑像；闽南多瘴气，蛇就成了闽之属性，闽的字形，乃是门内爬行着蛇虫之物。若干年后，一个叫陈忠实的作家，指认出西北的文化属相，乃为白鹿之相。他将这一发现写成了一部长篇小说，名叫《白鹿原》。他因这一重大发现而暴得大名。

蒲先生找到了他的故乡的文化属相，乃是灵异、阴柔的狐。

蒲先生的这一判断并非空穴来风，山东的民间传说早就道出了端倪："山东多狐狸，尝闻狐狸成精，能变男女以惑人。"

因为心中有狐，蒲先生经常在故乡的大地上感知到狐狸的存在。有时候是在从教馆返回的月光朗照的夜晚，他经常觉得狐狸从眼前一闪而过。在白天阳光斑驳的午后，他会感到有一只狐狸在陪伴着孤寂而贫寒的他。有时他在某座不知名的寺院里，莫名觉得有狐狸就在不远的地方栖身。或者在他的一个人的夜晚，窗外竹影横斜之处，就有狐狸的影子晃动……

终于有一天，蒲先生决定开始从事养狐的事业。他要采齐鲁大地文化与自然之精气，创造出一只通灵剔透、独一无二的狐狸。他用小说这种文学样式来孕育，然后用自己的精血来喂养。他要赐它多种本领，让它千娇百媚，让它千变万化，让它亦妖亦人亦仙，让它在荒凉墓地、寂寞山谷与人间盛宴中从容往来，让它在地狱、人间、天堂间穿越如梭，让它携爱而行，爱落魄书生、贫穷少年、狷狂士人并为他们生儿育女……

蒲先生忘记了自己在人间的苦处。或者说，他把自己的苦放进了小说里。因为他的苦，他看到了整个人间的苦。他也用这苦喂养着他的狐。在白天教馆之余，他把自己关在朋友毕际有给他提供的住所里书写。晚上，他借助微弱的灯光写作。

为了创造出心中的美狐，蒲先生一年才回到那个儿孙满堂的家中几次，对家里的柴米油盐酱醋茶简直就是不闻不问，对孩子们的学业也是疏于管教。他没日没夜地写，成年累月地写。他在盛年时开始写，为了画出他心中的狐，以及狐所生活的世界，蒲先生耗尽了半生！

他给他笔下的美狐赐以各种各样的美名：婴宁，辛十四娘，小翠，娇娜，青凤……

他赋予它非一般的美貌，并乐意打扮它。在《辛十四娘》里，它"着红帔，容色娟好""振袖倾鬟，亭亭拈带""娉娉而立，红袖低垂""刻莲瓣为高履，实以香屑，蒙纱而步"。在《青凤》里，它"弱态生娇，秋波流慧"。在《胡四姐》里，它"荷粉露垂，杏花烟润，嫣然含笑，媚丽欲绝"。《狐谐》中，它"颜色颇丽"。《娇娜》里，它"娇波流慧，细柳生姿"。《莲香》中，它"觍面殊非，年仅十五六，觯袖垂髫，风流秀曼"。为了塑造它的美，他几乎把世界上最好的词语都给堆上啦！

他让它每一次出现都非同凡响：在《甄后》中，它的出场是"异香满室""珮声甚繁""簪珥光彩"。辛十四娘的出场，是"蹑露奔波，履袜沾濡"。婴宁的出场，是"捻梅花一枝，容华绝代，笑容可掬"……

他让它的生活环境充满诗意、美和情趣。在《婴宁》里，它之所居，乃是"夹道红花，片片堕阶上""豆棚花架满庭中……粉壁光明如镜，窗外海棠枝朵，探入室中""丛花乱树……门前皆丝柳，墙内桃杏尤繁，间以修竹，野鸟格磔其中……巨石滑洁"。

他让它个性分明，明断是非。在他的笔下，它或诙谐动人，或义薄云天，或美目盼兮，或恩仇必报。它是落魄书生的知己，是人性解放的先锋，是人间公道的执行人……

蒲先生集400多篇而成的《聊斋志异》，共用了83篇来写狐。狐成了这部短篇小说集的主体意象。笔者浅陋，是否可以如此判定：《聊斋志异》乃是一部狐之书（它最早的书名就叫《鬼狐传》）？它的其他篇什，或写山魈，或写咬鬼，或写乞仙，或写异僧，都不过是丰富狐的形象、拱卫狐的世界的基本建设。

蒲先生创造了一只美狐。在中国文化史上，蒲先生因此拥有了他独有的文化符号。狐狸之于蒲先生，就像蝴蝶之于庄周，鹅之于王羲之，梅鹤之于林逋……

3

在蒲家庄，人们说起蒲立德，都知道他是很早就考上秀才的读书人，是在某家私塾坐馆、每念起书来必摇头晃脑的教书先生，是一次次参加科举考试，一次次铩羽而归的倒霉蛋，是没事就喜欢按七律或五绝的格式写上几句诗的人……

可蒲立德自认为是一名养狐人。他每每与人说起，他在这世上最重要的工作，是替已经过世的祖父，照看好一只美狐。

那只美狐就栖身在蒲氏祠堂里，与蒲氏的诸多祖产置在一起，蒲家庄派了专人看管它。为了看护好这份共同的祖产，蒲家庄专门制定了严格的族规。这一只美狐，早就成了蒲家庄人这份祖产的重要组成部分。

这只美狐的名字，叫作《聊斋志异》，它的主人蒲松龄，就是蒲立德的祖父。

即使时过多年，蒲立德依然记得他的祖父的样子。那是一个困顿中的人的模样：一件陈旧的浅色长衫里的一把老骨头，一张瘦削的脸上一双短而稀疏的眉毛，倔强的下巴上一撮稀疏花白的山羊胡子……

很早前他曾为祖父的这副潦倒而不屈的模样感到心酸。可是，让他想不到的是，几十年后，他也成了祖父当年的样子。

他经常在家中的老铜镜里看着自己，脑子里却总不免想起祖父。而熟悉他祖父的村里的老人们每每说起他的相貌，都说他是他祖父的翻版。

不仅是长相，整个人生，蒲立德都被蒲家庄方圆数十里的人们认为是他祖父的翻版：

他的祖父19岁考中秀才，他17岁考上秀才。他的祖父从此陷入科举却再也不得精进，他也一生陷入科举迷津再无收益。他祖父爱好文学，写小说诗文若干卷，他亦爱文学，9岁就写了小说一卷，得到祖父的写诗赞赏，后也做诗文若干卷。他的祖父一生以教书为业，他也以教书为业。他的祖父性格简潜落穆，不善与人相处，一生寒苦，他也略有风骨，一辈子就没阔过……

如此高的相似度让人深深感到讶异。但蒲立德很早就参透了上苍的玄机：上苍要他体会到祖父的心境，充分继承从祖父、父辈那里得来的养狐人手艺，把由他祖父创造的那只美狐养好。

养一只美狐，仅仅用祖父的一辈子根本无力完成。于是，上苍让他跟他的祖父一样，读书、识字，取得秀才功名，然后一生铆在了淄川的土地上，过着普通人的生活，贫困度日，潦倒半生，即使屡屡参加科举，却再无进身可能（他的父辈们的人生，也差不多抄袭了他的祖父）。

因为美狐需以文字为养料，啜苦难为美味，以民间为舒适洞穴。上苍要让他们成为合格的养狐人，就要给他们与养狐人匹配的命运。

他们把它养在了蒲氏祠堂。它由先祖蒲公讳松龄创立，当然要享受由蒲家人供奉的待遇。但蒲氏祠堂只是这一只美狐暂时的栖身之所。一只狐狸最完美的养身之地乃是无边旷野，月光朗照或者雨水迷离的旷野。

也就是说，《聊斋志异》由蒲松龄创作完成，可是这并没有完。一部书最好的结局是被天下人广泛阅读和传诵。接下来，让这样一部著作走出蒲家庄，乃至刊刻成书传之四海，是蒲松龄的后裔们要努力的事情。

老实说，这是一份十分沉重的任务。蒲立德核算过，刊刻这样一部体量巨大的书稿，需要联系优秀的出版家，购买纸张、墨汁和制作雕版，材质与薪金，大概要上千两银子。

蒲立德是个教书匠，跟他的祖父一样，他每年挣大约8两银子。上千两银子，以他教书的薪水算，需要他不吃不喝100多年才凑得齐。

但蒲立德毫不灰心。他知道,养一只美狐,是一个系统工程。他的祖父、父辈和他,乃至未来的代代子孙,都是这项系统工程中的一部分。

聚沙成塔,能量聚集到一定时候,量变会产生质变。只要他们的家族不断接力把养狐的事业继续下去,要不了多少时间,就会有有缘的人慷慨解囊,上苍就会给它一片月光朗照的旷野。

参透了玄机的蒲立德从此安心做一名养狐人。他全力投入到养狐的工作中——

他首先四处为《聊斋志异》和他的祖父做广告,反复写诗文推介《聊斋志异》以及他祖父的功德,以便让更多人了解《聊斋志异》。

他不放过任何推介自己祖父的机会,当听说县衙正在重修县志,他立即修书一封给县丞,详细阐明他祖父的成就,表明他的祖父蒲松龄先生是完全有资格进入县志的人物。

他之所以恳请县衙让祖父进入县志,当然是希望若干年后人们会从县志里找到这只美狐的踪迹,从而引发对它的兴趣。

他经常利用各种机会在读书人当中宣传这本书的妙处,甚至在私塾的课堂上离题万里地讲述他祖父的人品和书品。

他的推介当然起了作用(当然除了他,还有不少读书人加入对这只美狐的推介队伍中)。人们闻说美狐之美,纷纷来借阅抄写。

　　蒲立德乐意看到前来蒲家庄借《聊斋志异》的人们络绎不绝的景象。可是伴随着借抄者的增多，书稿的损毁丢失危险就相应增加。怎么防止借阅的人们随便折页？怎么让抄写者的墨汁不滴落在它的纸页之上？借阅者老用手指头蘸口水翻页怎么办？他要怎样做，才不会让这部书稿遗失？

　　蒲立德想了很多办法，比如，他总是把书分成若干册，每一次只借其中的一册，等归还后才借下一册；每一次借阅，他都规定了归还的时间，以及相关的注意事项。

　　如果没有及时归还，他就会立即上门讨要。借阅者每一次归还，他都会认真检查，看到有污渍的地方，就会小心擦拭；有折页的地方，就会及时展开。每次看到书稿的角上有口水的痕迹，他就会委婉地提醒对方注意。

　　可是即使如此，蒲立德还是不放心。他成了一个患得患失的人。他会在借阅者的归还时间没到时，就跑到人家的家门口等待。如果借阅者没及时归还，那接下来的时间里他啥事都做不成。归还的书稿，每一处新增的破损、卷角都会让他像被刀割一样难受。而每一次归还者对这部书的赞美，又让他感到吃了蜜一样地甜！

　　借阅《聊斋志异》的人越来越多了。他们中不仅有当地秀才、私塾先生、殷实商贾、戏班班主,还有往来山东的大小官员。《聊斋志异》里的许多故事在淄川乃至整个齐鲁大地已经耳熟能详。不少戏班纷纷将其中的故事搬到台上演出。刑部尚书王士禛、闽浙总督朱宏祚之子朱缃等大小名士先后通过种种方式对《聊斋志异》进行了推介,更扩大了这部书稿的影响。

蒲立德沉浸在对《聊斋志异》的抄写之中。它体量巨大,可蒲立德乐此不疲。他要给这部书稿提供一个备份,给这只美狐造一个替身(有时候他借给别人的抄本,并不是祖父的原稿,而是他抄写的备份,可别人并没有发觉,他就觉得特别高兴。说不定,他早已偷偷临摹祖父的笔迹很多年)。他感到周身有一种奇异的力量。夜很深了他也没有要睡的意思。

在抄写过程中他越来越能体会祖父书写《聊斋志异》时的心情。他有时候感觉到祖父其实并没有死去。他的魂魄就在《聊斋志异》的字里行间,或者在他的躯体内。蒲立德有时甚至会认为自己其实就是祖父的替身。他咳嗽,其实是祖父在咳嗽;他写诗,其实是祖父在写诗;他的所想,不过是祖父之所念;他之完成,不过是祖父之遗愿……

4

赵起杲压根没想到，自己的一生，会跟一只美狐纠缠不休。作为官员，他一辈子的功德，不是官声政誉，而是给这只美狐提供了一片任其驰骋的旷野。

赵起杲是一名乾隆年间的官员。他在42岁的时候以贡生补官入仕，先后在福建连江、古田任知县，6年后迁至杭州府任总捕同知，再转任浙江严州府知府。从七品的知县，到五品的知府，赵起杲仅仅用了6年时间，可见他这官做得还不错。

这名仕途还算顺达的官员很早就与美狐有了瓜葛。可能是他幼年时在邻村的戏台上听过它的故事，或者，他从私塾先生摇头晃脑的讲述中有了对它的了解，又或者，是从邻家老伯茶前饭后的笑谈中捕捉到它的样子。

赵起杲是山东莱阳人，蒲松龄是山东淄博人。赵起杲与蒲松龄的家乡相隔不过两三百公里。蒲松龄卒于1715年，赵起杲生于1715年，赵起杲幼年时，《聊斋志异》已经在世间以抄本和戏文的方式传播了数十年。赵起杲很早接触到《聊斋志异》，是最正常不过的事情。

年岁越长，赵起杲越感受到《聊斋志异》的绚烂之美。作为蒲松龄的同乡，他当然对《聊斋志异》对故乡齐鲁大地的文化本质的精准把握和传神镌刻表示高度认同。他惊异于蒲松龄通过对狐这一灵物的塑造，把齐鲁大地的神秘和灵异、厚重与飘逸的精神特征刻画得入木三分。是的，有什么物象，能比狐更适合做齐鲁文化的象征？

齐鲁山川大地，在《聊斋志异》中映照如镜；山东的世情民俗，在《聊斋志异》中表露无遗；清代黎民苍生的喜怒哀乐、祈求吁请，在《聊斋志异》中昭告有方。虽是小说，可《聊斋志异》不输千秋史笔；虽是鬼狐歌哭，可谁不从这歌哭中听见自己的心声？

历史上的齐鲁大地盛产哲学经典、诗文与圣人。可与这一只美狐比起来，那些说教味很浓的哲学经典就过于板正了，而诗文又过于自我与碎片化了。那些圣人的背影过于坚硬，模糊高远不够亲切，远不如一只善于变化的美狐让人们喜爱。那些梆子戏吕剧又太多教化，戏台上的诸葛亮的羽扇美则美矣，可哪里有一只美狐的尾巴灵动？

赵起杲陷入对《聊斋志异》的迷恋之中。他到处借《聊斋志异》的抄本阅读。可是人人以抄本自珍，要想借到并不是一件容易的事情。

1746年，年31岁、尚未踏上仕途的赵起杲接待了从济南解馆返家的好友周季和。周季和从行囊里搜出两册《聊斋志异》

抄本相赠。赵起杲沐浴更衣，净手焚香，小心展开阅读这两本不知被多少人翻阅过的抄本，想到自己已经是它们的主人，别提有多美。

这两册抄本就像两粒种子，逐渐在赵起杲的心里生根发芽，长叶开花。由这两册抄本开始，赵起杲有了拥有一套完整的《聊斋志异》抄本的想法。

赵起杲终于从一名赏狐人变成了一名养狐人。他要让那一只美狐在自己的家中呼吸，奔跑，让它的幻影窜动在他家屋后的竹林里，前门月光下屋檐的阴影中，乃至门口的古井边。他要让这一只美狐躺在自己的怀抱里，他随时可以捋着它柔软的毛。有什么比在冬日的阳光下，一张老式的藤椅上，捧着自己最爱的书，或者抱着自己最爱的宠物，更美好的事儿？

在莱阳，赵起杲动用了大量的人脉，花费了大量的时间乃至银两，遍寻《聊斋志异》全套抄本。后来，他因贡生补官，离开家乡来到福建任职，先后任连江、古田两县知县。虽然离山东故乡千里之遥，可他仍然没有放弃对《聊斋志异》抄本的寻访。

他打听到喜欢藏书的福建长乐人郑方坤曾在山东兖州、沂州当过知府。从郑的后人手中得到了《聊斋志异》全套抄本，立即安排人手日夜对抄本进行抄录。

郑方坤出生于1693年，蒲松龄卒于1715年。郑方坤在山东做官的年份，大约在蒲松龄去世没多久。经过反复比对，赵起杲认为，郑方坤抄本的底稿，应该就是蒲松龄的《聊斋志异》原稿。

赵起杲终于拥有了《聊斋志异》全本，并且是最接近原著的全本。人们闻讯纷纷向他借阅借抄。他终于心想事成。按理，他应该心满意足才对。

可是事情还没有完。乾隆二十八年（1763年），赵起杲升任杭州总捕同知。其间他认识了著名的皖籍巨贾兼藏书家鲍廷博。鲍廷博知道赵起杲手中持有《聊斋志异》全本，立即劝说赵起杲将《聊斋志异》付梓，并且承诺如果赵起杲愿意，他可以在资金、技术上搭把手。

赵起杲第一反应是摇头。——刊刻一部数十万字的《聊斋志异》，需要场地、技术工人、纸张、墨汁、印刷机，以及一两年的时间，银子大概需要1000两……

赵起杲为杭州总捕同知，官属五品，一年的俸银有白银105两，俸米105石约合白银105两，养廉银2000两，共计2210两。这么多的银子，要养三妻四妾，养儿女家丁，养师爷幕僚，要迎来送往上下打点，一年下来，剩不了几个子儿。

何况，他以贡生补官入仕，并非科班进士出身，并且做官才几年，又在闽浙两省奔波，资历和人脉远不如那些科班进士出身、长年驻守一方的官场老油子。再加上性格上不喜钻营，甘于淡泊，他的银子自然就不经花。

何况，任古田知县时，他不知什么原因造成亏款万金，变卖了家产才得以填补亏空。

他怎么有那么大一笔钱，用于刊刻这样一部与自己的前程并没有多大关系的小说？

赵起杲拒绝了鲍廷博的建议。可同时，赵起杲的心里掀起了波澜：

如果没有人对《聊斋志异》进行刊刻，那这部唯有用传抄方式传播的书稿将面临以讹传讹乃至面目全非的命运。若干年后，没有人知道它的原貌。赵起杲这些年查阅过不少抄本，发现几乎没有完全相同的抄本——比如，周季和的抄本就与郑方坤的多有出入。这让他早就对这部巨著的前景忧心忡忡。

刊刻是保留原貌和传播书籍的唯一路径。可是刊刻既然需要如此巨大的经济、人力与时间成本，连他这样的五品官员都觉得棘手，还会有多少人有能力、有愿望把这件事干好？

《聊斋志异》是由山东人创作、镌刻齐鲁大地精神的巨著。如果连他这个山东人都对此避之唯恐不及，难道还指望他邑之人来干这件费时、费钱、费力的事情不成？

虽然屡屡拒绝鲍廷博的建议，可暗地里，赵起杲悄悄做着刊刻《聊斋志异》的准备工作，比如搜集更多的抄本，比如打听哪里的雕版技术最好，比如要想着法子省钱，原本想买下心仪的字画或善本，现在想想只好忍了，夫人和姨太太想添置几身衣服，他变着法子说服她们放弃了念头……

乾隆三十年（1765年）赵起杲改任浙江严州知府。一待严州各项工作走上正轨，他就迫不及待地开启了《聊斋志异》的刊刻工作：将近几年省吃俭用攒下的钱财购买了所有设备和材料；组建了由藏书家鲍廷博、胞弟赵皋亭、杭州著名学者余集等加入的工作团队；延请了整个浙江最好的雕版师傅……

赵起杲把他们的办公场所设在了严州府衙后院青柯院里。那里空间很大，足可容纳如此多的人办公。那里绿树成荫，故名"青柯"，更有两棵据说有三百多年树龄的桂树，高迈雄健如同乔木，非寻常桂树可比，每到秋天桂花盛开，异香扑鼻。那里的中央有亭翼然，名"青柯亭"。赵起杲认为，如此庭院，正好与《聊斋志异》的气质契合——端的是一个养狐的好地方！

赵起杲与鲍廷博等反复修订《聊斋志异》刊刻底本。他们甚至把原稿的部分词句进行修改，对有些过于平淡的句子进行了删除，把有些词句换成了他们自认为更妥帖的词句。这是他们的小心思：他们希望通过这种方式与这本巨著同在。以后的人们，一旦对比出了原稿与刊刻稿的不同，就可以发现他们在那里。说不定，他们因此搭车进入了不朽的序列。

他们对书稿进行大刀阔斧的修正，把原本16卷的《聊斋志异》压缩为12卷。这样一来他们的刊刻成本就会大幅降低，赵起杲的资金压力就不会那么大。可是他们反复掂量后还是心中不忍，最后决定恢复被删减的大部分，只删除了那些可有可无的篇什，重增篇幅为16卷。

凿刀在木块上转动，一个个字模不断成型；墨条在砚台里旋转，新鲜的墨汁在阳光下发出炫目的光；宣纸上字迹渐渐堆积，经过裁剪，最后装订成一本书的模样……《聊斋志异》的刊刻在青柯院渐渐成为现实。严州府衙内散发出了浓郁的令人肃然起敬的墨香。严州府衙的空地上，堆满了崭新的《聊斋志异》刊本。

赵起杲政务之余都待在青柯院，他的妻妾们对此颇有怨言他也不管不顾。刊刻的工作在有条不紊地进行。可用于刊刻的银两渐渐告罄……赵起杲只好悄悄变卖一些值钱的东西，比如精心收藏的名人字画、古玩、孤本藏书……

经过一年时间的忙碌，《聊斋志异》前12卷刻成。那片适合美狐奔跑的旷野已经初见端倪。赵起杲与鲍廷博举杯相庆。

鉴于这一版本在青柯亭边刻成，他们就给这一版本取名为"青柯亭本"。

正当赵起杲想一鼓作气把接下来的4卷刻完，可天不假年，1766年5月，一场暴病，袭击了年仅52岁的赵起杲。

赵起杲死在视察考试院的现场。弥留之际，他望了望那些刚刚打扫干净的考棚，对自己不幸成为一名没有答完题就被勒令中途退场的考生这一事实颇感遗憾。是的，他还有《聊斋志异》没有刻完，还看不到心中的美狐在他精心开辟的旷野上纵横驰骋的美态……

5

老实说，作为杭州著名鲍氏集团的少东家，更确切地说，作为一名具有藏书爱好的富家子弟，鲍廷博一开始并没有想对《聊斋志异》的刊刻之事介入太深。

他在36岁那年遇上了年近50岁、由福建调到杭州任总捕同知的赵起杲。他们一见如故，因为共同的藏书爱好及性情上的契合引为莫逆，互称兄弟，经常对饮清谈，相互交换收藏的善本孤本把玩抄录，经常为对某部古籍的观点一致而欢呼不已。当知道赵起杲手中有《聊斋志异》原本全本，鼓励赵将之刊刻出来，不过是他作为藏书鉴赏家应尽的本分。

他早就知道《聊斋志异》是一部大书奇书：

它由短篇小说的方式写成，可字里行间却充满了屈原的浪漫主义、杜甫的人道关怀以及司马迁的历史洞察力。

它充满了民间文学的诙谐亲切，可又有传统士人的忧愤深广和正史的格局与气度。

它是中国文学中的另类，是糅合了浪漫主义、传统诗学与民间立场等等多种元素的混血文本。毫无疑问，它将开启中国文学的新的传统。很多年后无数人都将对它顶礼膜拜。

这样一部由山东人写的作品，由一个从小就热爱它、已经拥有了原本全抄本的山东人刊刻出来，会是一件多么有意思的事情。

有过多年藏书经历的鲍廷博知道，书的收藏与刊刻需要缘分。赵起杲与《聊斋志异》的缘分如此之深，那刊刻这样一部奇书，赵起杲应该是不二人选。

当转任严州知府的赵起杲在他的多次怂恿下决定刊刻《聊斋志异》，鲍廷博立即提供技术和资金上的支持。

这也没有什么大不了，鲍廷博是富家公子，常常襄助斯文，多有一掷千金的豪迈之举，给赵起杲提供部分刊刻资金于他不过是无数件慷慨解囊的事情中的一件。他常常在路过严州时与赵起杲一起商议书稿的取舍、编排字句、推敲琢磨，也不过是出于个人兴趣与友谊的搭把手，当然，他想通过这件事来增加自己对图书刊刻的经验以便丰富自己阅历也说不定。

事情看起来十分顺利。前面12卷的刊刻工作进展十分顺利。鲍廷博每次来严州都与赵起杲把酒言欢，他们甚至已经做好了举杯相庆的准备。却不料，赵起杲暴亡，让所有人都猝不及防。

怎么办？《聊斋志异》的余卷刊刻工作如果无人接手，那前12卷就会因为不完整而迅速散失，然后被人遗忘。如此一来，赵起杲为前期刊刻所付出的巨大努力，就会全部付诸东流。

必须有人接下去做赵起杲未竟的工作。可是，谁是这件事的最好接力者？

是赵起杲的弟弟赵皋亭，还是在整个刊刻过程中担任技术骨干的浙江知名学者余集？不，刊刻需要非同一般的经济成本，这些穷困的读书人根本承担不起。

只有鲍廷博最合适。早在几个月前，赵起杲与鲍廷博在酒余谈笑间说起，如果他有不测，必须请鲍兄成全，接续完成未竟之事。鲍廷博只当是玩笑话，答应了下来。没想到，一语成谶，玩笑变成了令人伤怀的事实摆在了鲍廷博的面前！

鲍廷博有拒绝接力这件事的一万个理由。他是杭州著名的鲍氏集团的少东家,为了这一家族企业的正常运转乃至兴旺发达,他要时时与当地官员、商人、钱庄老板周旋,要管理集团的方方面面。他可能还是浙江安徽商会的会长(他是安徽歙县人氏),经常要参与商会的各种迎来送往。作为藏书家,他有大量的散失在民间或官家的宋元善本或孤本书等着收入囊中。杭州某个著名越剧班的名角需要他常去捧场。他手下蓄养的具有相当规模的抄书队伍的工作进度需要他时时过问。老家安徽的祠堂是否需要修缮,他要联络散居在全国各地的血亲长幼商议……这些事,哪件不比续刻这部书重要?

可是他没有撒手。他从家中取出了大笔资金,把偌大的家业抛在了几百里外的杭州,转身来到了青柯院,召集了原班人马,完全沿用了过去的编辑和刊刻体例,开始了余卷的刊刻工作。

他是个商人,但他同时怀着一颗士子的心。他自小熟读诗书,有秀才功名,曾两次参加科举考试未中,才从此无意科举,改战商场。他怎么可能满足自己仅仅成为一名唯利是图的商贾呢?

他出身藏书世家,并且继承了家族遍搜古籍善本的爱好,对书籍该有着近乎本能的爱惜之心,未成之书如无人续刊将成废纸,他怎么忍心看着文明玉碎、斯文无继的事情在自己的眼前发生？

他与赵起杲有兄弟之情。既是兄弟，就应该生死相依，患难与共。如今，赵死，他怎能将兄长的临终托付弃之不顾？

再说了，他的父亲鲍思诩科举屡试不中，他亦两试不中，他应该能与同样科举屡试不中的、书写《聊斋志异》的蒲先生精神相通。他知道这位歹命的秀才写出如此之巨著是何等的不易。他怎么就没有责任，为这样一位科举路上遭际相同的先人，续刻他耗尽一生的作品？

鲍廷博成了一名义人。他留在了青柯院，对后4卷的刊刻负起全权之责。新进的宣纸比前12卷质量稍次，他立即吩咐全部退回；印制的样书墨色不匀，他也要求工人们全部返工。过去的他爱开玩笑，表情活泛，爱哼个小曲儿，现在呢，他沉默寡言，举止沉稳，喜怒不形于色，目光坚定而恬淡，让人不禁想起死去不久的赵起杲。

5个月后，《聊斋志异》后4卷刻成。它们与赵起杲刊刻的12卷合并在一起，成了《聊斋志异》刊刻的完本。

这是《聊斋志异》问世以来第一次完整出版。从此，《聊斋志异》进入了正常的流通渠道，再也无惧任何人的篡改以及时间的损毁。

这一天的到来，距离蒲松龄先生去世，已经过去了整整半个世纪，距离蒲松龄先生的孙子蒲立德的去世，也已经过了14年。

为彰显兄长赵起杲的功德，鲍廷博邀请了杭州名士王承祖、魏之琇、沈粮以及曾担任本书刊刻指导工作的著名学者余集为《聊斋志异》题词。他们的题词，使《聊斋志异》出版的消息不胫而走，整个浙江藏书界对《聊斋志异》求之若渴，人们纷纷以收藏《聊斋志异》这本流传甚广的书为荣。——这正是赵起杲生前最渴望见到的景象。

《聊斋志异》的销售情况当然十分好——用今天的话说，长期名列各大书店畅销榜前列。鲍廷博记起赵起杲生前说起"此役告成，为生平第一快事。将饰以牙签，封以玉匣，百年之后，殉吾地下。倘幽寞（地下）有知，亦足以破岑寂"的话。他挑上一个清洁日子，带着一套完整的《聊斋志异》，来到了严州境内的富春江上，于相传严陵在东汉建立后为躲避东汉光武帝刘秀的征召隐居垂钓的严陵台，呼喊起赵起杲的名字，点火燃起了《聊斋志异》……

富春江波光粼粼，两岸青山巍巍。火光绚烂，纸灰徐徐飘散。鲍廷博水中的倒影亦真亦幻。恍惚间鲍廷博觉得此情此景就像《聊斋志异》中的某个情节，而自己与已经故去的赵起杲，阴阳相隔，却心魄相通，仿佛就是《聊斋志异》中所述。

他抬起头，宛见远处的富春江畔，绿水青山之间，一只美狐在奔跑……

6

我是《聊斋志异》问世300多年来爱读《聊斋志异》的无数读者之一。早在我青少年时期就读到了它——我记得早在读师范时，一个知我爱读书的女性朋友把它送给了我。这是我接触到《聊斋志异》的开始。我读得津津有味。这样一本书，既古老又现代，虽然成书于300多年前，却依然适合成为20世纪80年代末少男少女互相馈赠的礼物，让我这样一名爱想入非非的少年，贪婪地沉浸其中。

无须隐瞒这部作品在我的成长中的影响力。书中的婴宁、宁采臣、聂小倩，和《三国演义》中的貂蝉、吕布、诸葛亮，《红楼梦》中的王熙凤、林黛玉、尤三姐，以及《水浒传》中的武松、林冲、鲁智深、孙二娘，对我们是同样地重要。在这部作品中，我们很容易感受到屈原与杜甫，陶渊明与白居易的声音。少年的我们，最早从中得到了爱与死的教育、公平与正义的告诫，培养了对自然万物最初的敬畏之心。它后来被改编成了电影、电视剧。我印象最深的电影是《倩女幽魂》和《画皮》。我深深喜爱的演员张国荣曾演绎过根据其中的《聂小倩》改编成的电影《倩女幽魂》里的宁采臣。我曾以为他的阴柔绮丽气质与《聊斋志异》最为契合。后来他自杀的消息传来，因为他与《聊斋志异》的关系，我宁愿相信，他本来自一个鬼狐的世界，借助死亡，又回到那个鬼狐成群的可爱世界里去了。

及至年长，我成了一名文学写作者，更是了解了这部巨著的重要性。无数的同仁都从中受益。它是中国现代文学的重要源头之一。我们从很多先锋作家的笔下，都能看到它的影响。就连莫言也说，相比马尔克斯、福克纳，蒲松龄对他的影响更大。马尔克斯、福克纳是后来的影响，而蒲松龄是根本的影响。他甚至承认，他的长篇小说《生死疲劳》的主人公西门闹的原型，就是《聊斋志异》中的席方平。他写作《生死疲劳》，是为了向与他的家乡山东高密只有百里远的淄博祖师爷——蒲松龄致敬。

我们享受着这样一部奇书的种种好处，却从来没想到它的创作与传播会有怎样的艰辛曲折。是在浙江古称严州的建德市，一个叫青柯院的仿古建筑中，我听到了这样一个关于文明薪火传递、令人心酸而又温暖的故事。

这个故事中有血缘，有地缘，有江湖，也有庙堂，有落第秀才，也有官员、文化学者和富商。它时跨百年，地跨南北。

它无比脆弱，可又坚韧异常。它让我相信，在这貌似琐屑的俗世之中，有一种隐形而强大的意志，秘密传递着文明的薪火，进行着文明的辛苦接力，全力托举着文明的信物，穿过了时光的重重封锁线，最终让这信物，抵达了永恒之境，成为烈火烧不毁、地震震不垮、大水冲不坏、野蛮撕不破的强大存在，成为永不磨灭的民族文化记忆。

在青柯院，我看到接力依然在进行。院子里俯仰攀爬的植物，墙上的爬山虎与地上的杂草互相呼应，灌木相互依倚，一棵桂树有800多年的树龄，其树干似乎要飞天而去，而叶片如同新生，在它几丈远的地方，是另一棵据说同样800多年的桂树的遗址，只剩下三两尺的已经接近腐朽的树干，用玻璃罩围着。旁边立有树的生平简介的牌子——活着的树长得格外茂盛，似乎是身体里有死去的树的生长意志，而死去的树正替代活着的树接纳了所有的厄运，护卫着生者全力向着天空生长。

院子的正中是一座木质小亭，上书"青柯亭"匾额，柱子上对联曰"桂馆秋香青柯传世，梅城春丽志异留仙"。那段文明接力的史实，就这样浓缩在这样一个匾额和一副对联里。

抚摸着青柯亭的柱子，读着院内关于青柯亭本《聊斋志异》的文字介绍，我不免突发奇想：

如果在那里住上一夜，我能否与赵起杲、鲍廷博相遇？

我是否可以借助梦境，看到这院子300年前文明冶炼的景象，看到赵起杲、鲍廷博为《聊斋志异》的刊刻沉思、商讨与忙碌的身影？

我到达青柯院的时候正接近黄昏，空中飘着细雨，雨水把植物的叶片施洗得异样光亮。此情此景，几乎再现了《聊斋志异》中常见的景象。霎时间我疑心自己亦成了《聊斋志异》中竹影摇曳、树影婆娑的窗户下苦读待考的书生。而在这些葱茏的植物深处，越来越暗淡的黄昏里，淋漓的雨水之下，隐约有一双眼睛将我打量。

那是《聊斋志异》里狐狸的眼睛。它狡黠、警觉、阴郁，却又纯洁、明亮、良善。它老于世故，又无辜如幼婴。它如玉石般晶莹剔透，又如星辰般高深莫测。

——那也是历史的眼睛。它充满了对今日我们对文明的态度的提醒与告诫。

海上还乡

1

从浙江舟山定海区，驱车半小时到小沙镇，跟着当地向导仄入一条老巷子——巷子的路中间整齐铺着锯齿状的卵石块，仿佛是暗合了某种古老礼数的矩阵，让我们的脚步不免郑重了起来。巷子一边的围墙，墙皮灰旧斑驳，处处是青苔的遗迹，似乎是这条巷子历史喋喋不休的讲述者。墙根因墙皮脱落，露出历经多年的水泥，一块块不规则的石头凸起在水泥之中，如同一个个岁月之疤，暗示着历史复杂与坚硬的质地。巷子尽头，你家暗红色的大门敞开着。大门之上，高高的黑色屋脊，连缀着瓦片摆出的简明几何图案，低处的屋檐，一排扇形的刻印着图案的瓦当，使大门有了符合某种深远传统的镇静的美。此刻天气晴朗，阳光落在门前的石板上及门内的院子里。到处都是光，也到处都是岁月之影。年轻的女讲解戴着鸭舌帽，穿着款式稍显夸张的、有着传统纹饰的服装，似乎是有意模仿着你的打扮，也颇有几分你早年时的风韵。我就想如果下雨，透过你家门前的雨帘，恍惚间我会不会把她当作回乡的你？

你家门牌是庙桥陈家60号，不知道这样的编号，是民国以来不变的序号，还是后来重新安排的。院落里一纵一横矗着两栋当地常见的房，纵的是客厅和住房，横的是厨房和餐厅，现在都成了展示你的生平和成就的展厅及录像厅。房子显然经过了修饰，更适合作为纪念馆供游人参观之用，因此柱子与墙上刷的暗红色，依然簌新，并没有与房子的建造历史相得益彰的斑驳痕迹。而我手里有这个院子早年时漆色斑驳、门墙苍老样子的图片。那正是私家老宅的样子，你祖父居住时的样子，也应该是你回乡见到时的样子。

1989年4月，沿着血脉的道路，在无数人的簇拥下，你回到了这里，感受着你祖父的魂魄，体会着你父亲的成长和浓郁的乡情。从留下来的影像来看，短暂的几天里，你激动万分，悲欣交集。检索你在大陆的历史，你其实并没有在这里待过一天，即使是你小得还来不及有记忆的时候。你出生的地方是在重庆，这是即使过了很多年，你的重庆话依然说得很顺溜的原因。有一张照片显示你去过南京，那是三岁时，你在家人的怀抱里。五岁那年也就是1948年，你祖父去世，你随父母去了台湾，就再也没有回过大陆。这是关于早期的你在大陆的全部履历。到底是什么原因，让你在大陆与台湾开放探亲才一年多时间，两岸文化交流几乎没有开始的时候，就不避繁杂，办好一切手续，迫不及待地回到这里？

2

没有人能否认这一点：你是充满了传奇色彩的存在。你是与风做朋友的奇女子。你是异国的沙漠里一个奔跑的幻象——你是瘦削的，我们认为这正是老天爷为了方便你出远门。我们难以想象一个肥胖的身体怎么可以满天满地地奔跑。你的灵魂是装了磁铁的——如我这样的70年代初出生的人，都愿意被你吸引。你是远方的代名词，最适合做少年的领引。你是中国作家中的一个异数，没有哪个中国作家像你，以对远方的书写，风靡了整个汉语世界，以及许多个国家和地区。

20世纪八九十年代的校园里，我们着迷于你的一切：你忧郁的少女时代。你在国外（西班牙、德国、法国）的求学生活。你和荷西在西班牙公园的长椅上的恋爱。你们的婚姻多么迷人！你们是潜水员和作家，弟弟与姐姐，大胡子和长裙，西班牙男子与中国女人。你们之间巨大的差异让爱情散发出异香。你在一个叫撒哈拉的、让你怀着前世回忆似的乡愁的沙漠里，过起了独一无二精彩异常的生活。你给人治病，用指甲油治牙疼，用维生素让人起死回生。你开只有一个顾客（荷西）的中国饭店，你有一个菜叫笋片炒冬菇。你们在荒山之夜遇险，结果把车轮胎拆了和把裙子脱了才救下了陷在烂泥里的荷西。你捡到一个牌子是世界上最毒最厉的符咒，为此你差点送了命。你在撒哈拉考驾照，可还没有执照的你在警察的眼皮底下将车开来开去。你记录下手臂上刻写着"奥地利的唐璜"字样文身的沙巴军曹、只有10岁的新娘姑卡、随时准备给你开罚单的警察、胡搅蛮缠把东西卖给你和荷西的女商贩、不惜用偷窃的方式来筹钱与远方妻子见面的沙仑、懂星象的亚奴……记录下沙漠里的大帐篷、铁皮做的小屋、单峰骆驼和成群的山羊……

900余万平方公里的撒哈拉沙漠无边无际，可你的文字让我们以为那不过是你的私人花园，遍生的橄榄树是这花园里的景观植物。你在这花园里恋爱、结婚、生活，驾车奔跑，与各式各样的人相处。你其实是这沙漠里的普通一员，可我们认定你就是这花园里的女王，所有的街道和人群都愿意听从你的指挥，那天上的雨水和阳光都由你分配。那里的一切那么生机勃勃又逸趣横生，我们都感觉不像是真的，认为不过是你的创造，可你在笔下又是那么信誓旦旦。你写下这沙漠中的生与死、爱与恨，我们本该感到沉重才对，可我们没有。我们感觉，那仿佛就是适合发生在假日里的事情！

我们用整整一个本子抄下你的经典语录，用来指导我们的人生。好像你是我们的导师，你的这些话，就都成了我们这些学生眼中的教义。这些发光的句子中有你的性格、温度与表情，同时又有着与我们迷恋的喇叭裤、卷烫发型、双卡录音机等契合的气息，有我们的青春需要的美和哲理。时至今日，我对这些话依然耳熟能详："一个人至少拥有一个梦想，有一个理由去坚强。""心若没有栖息的地方，到哪里都是在流浪。""有时候我们要对自己残忍一点，不能纵容自己的伤心失望；有时候我们要对自己深爱的人残忍一点，将对他们的爱的记忆搁置在一个漫漫长夜，思念像千万只蚂蚁一样啃噬着我的身体。""风淡云轻，细水长流何止君子之交，爱情不也是如此，才叫落花流水，天上人间搁置。""我笑，便面如春花，定是能感动人的，任他是谁。个人的遭遇，命运的多舛都使我被迫成熟，这一切的代价都当是日后活下去的力量。""每想你一次，天上飘落一粒沙，从此形成了撒哈拉。每想你一次，天上就掉下一滴水，于是形成了太平洋。""最怕的事情是，我不会回家。我常常站在街上发呆，努力地想：家在哪里，我要回家，有一次，是邻居带我回去的。""好孩子，刻意去找的东西，往往是找不到的。天下万物的来和去，都有他的时间。""幸好现在痛的是我，如果是荷西，我拼了命也要跟上帝争了回来换他。"……

我们把你的张张照片剪下来贴在本子上，夹在课本里，或者贴在床头。我们不停地谈论着你。你是我们谈论最多的人物。你深刻地介入了我们的成长，成了我们生命中的重要部分。你是三毛，而我们又何尝不是！我们模仿你的举动，怀揣着对远方的梦想，把任何一次哪怕是短途的出走都当作对你的致敬。我们把头发留长，故意把自己搞得胡子拉碴，只是为了幻想着能有一份你和荷西一样的爱情。而女生们刻意模仿你的妆扮。在她们眼里，你穿着牛仔裤的样子，着各种各样长裙的样子，戴礼帽的样子，梳着麻花辫或绾起发髻的样子，远胜过无数的影星。不仅你的文字，你的着装也成了我们追捧你的理由。我们会发现，你无处不在——大街上走着梳着麻花辫的三毛，教室里坐着穿长裙子的三毛，庆典的舞台上跳动着戴牛仔帽的三毛，操场上走着衬衣牛仔裤的三毛……

3

和我同龄的朋友李萱大概是我认识的最迷恋你的人了。她把你的所有书读过多遍。她把你的经典句子抄在一个厚厚的皮封面的软皮抄上。软皮抄的第一页，不是你的"每想你一次，天上飘落一粒沙……"，也不是"一个人至少有一个梦想"，而是"最怕的事情是，我不会回家。我常常站在街上发呆，努力地想：家在哪里，我要回家，有一次，是邻居带我回去的"。她曾告诉我，当读到你的这句话时，她有被击中的感觉。她会认为，那是你冥冥之中写给她的话。她就是这段话里的孩子——几乎整个童年，她的在大学当教授的父亲与大学食堂做工的母亲经常吵架，边吵边打骂她撒气。经常在半夜里，忍受不了的她会跑到空无一人的大街上躲避、哭泣。实在困了就抱着腿坐在路边睡上一觉。她的父母没有一次会因为担心她而找她。醒来的她只能一个人孤零零地回家。那么深的夜晚，那么空荡荡的无人的街道，那么小的一个孩子走在回家路上。

有过如此童年经历的人是你天然的盟友。李萱有一天与你相遇，她似乎找到了另一个自己。阅读着你的文字她仿佛是圣徒捧着圣经。你的沙漠里的经历化作了对她的一声召唤：去远方。小小年纪却早熟的她从此开始构筑自己的未来。她拼命读书，因为她知道只有读书才是她离家出走的最好捷径。她的努力和聪明，使她的成绩长期居于年级榜首。她以你为模型塑造自己，比如业余学习音乐，练习吉他，她的悟性了得，到高三的时候，她的吉他水平全城没有一个老师能教得了她。长发披肩的有着浓郁文艺气质的她，坐在校园的草坪上，唱着你的歌："不要问我从哪里来，我的故乡在远方。"那一刻，我们都认为，她已经被你灵魂附体。

结果她考上了武汉大学，学的是英文和德语，容易让人产生远方想象的专业。毕业后她拒绝了电视台做英语主持人的邀请，转身去从事各种各样的好玩的工作：媒体涉外记者、酒店管理、国际贸易，开启了满世界奔跑的节奏。她的足迹遍布非洲、欧洲、美洲、亚洲。凭她发给我的短信与邮件，我知道她去过的一些国家和地区：厄瓜多尔，哥伦比亚波哥大亚梅塔省马卡雷纳镇、卡塔赫纳附近的泥火山（她在其中洗了个火山泥澡），哥斯达黎加，德国，新西兰，南极，日本北海道、大阪（她给我发过她在大阪十三大桥上观日落的照片），秘鲁利马，土耳其，希腊雅典，智利，阿根廷，斐济……她有良好的外语能力，可是她最渴望去不需要语言的地方。她去过的不少地方还真只靠连比带画才能略会其意。她是不是想跑到无人的天边才会满足？

她结了婚，丈夫是她大学不同专业的同学。她把家安在了深圳，在那里，她有了自己的对外贸易公司。我不知道他们的公司是否做得足够好。她跟我说的，永远是路上的事儿，远天远地的事儿，我需要凭借着世界地图才找得到发生地的事儿。

到莫桑比克巴扎托群岛驾驶滑翔机，在巴拿马太平洋边的海滨步道奔跑，到智利的复活节岛深海中潜水……俨然成了世界公民的李萱似乎变成了一个没心没肺的人。我不知道，这么多年的行走，是否已经让她忘记了童年在深夜的街道上哭泣的经历？——她没有用笔写下途中经历的习惯，没有充分的证据表明她已体会到了你在书中坦露出来的心境。

4

几乎所有的人都看到了你的纵横四海、你的千娇百媚、你的浪漫不羁、你的才华横溢。可没有多少人知道你的内心有多么寒凉。你其实一直是一个孤独的人，一个在夜晚的星光下独自叹息的人。你有一个不幸的童年：12岁时，数学老师怀疑你考试作弊，用毛笔在你眼睛四周画了两个大黑圈，并命你顶着这两个极其触目惊心的大黑圈围着操场跑一圈。众人的嘲笑声中，乌黑的墨汁顺着你苍白无措的脸颊钻进了你的嘴巴。如此示众的羞辱击垮了原本敏感脆弱的你。你不断逃学，捧着用节省下来的钱买下的一本本书躲进了阴森却让你觉得无比安全的墓群里。哦，这墓地里的凉意，需要积攒多少热量才能抵御和消解？你的父亲只好让你休学，以致你足不出户在家7年。你学习写作、画画，在一个叫顾福生的台湾知名人体抽象画画家的引导下，你逐渐走出了自闭的阴影，含着敏感、羞怯的笑意重新回到了阳光下。然后是你上大学，开始了美好的初恋，与一个叫舒凡的才子恋爱。可是命运开始不断地向你露出它狰狞的一面。你失恋，被迫离开了台北，去了遥远的西班牙。不久你回到台北，与一个德国的男子恋爱。你们两情相悦，终于到了谈婚论嫁的程度。可就在你们印制好了结婚名片的夜里，他突发心脏病去世。这巨大的不幸就这样一再毫无理由地降临到你的头上。你再次远走西班牙，经过6年的爱情长跑，你与比你小8岁的西班牙男子、大胡子的荷西在撒哈拉沙漠结婚。你们的感情甚笃，荷西懂得你的一切，几乎所有人都认为你们是天造地设的一对，而你也差不多认为自己是最幸福的女人。可是这样的好日子只有6年，你命中的魔鬼再一次残忍地向你下手：6年后的一天，荷西在一次潜水中发生意外而去世，从此与你阴阳两隔。他抛下了你，从此让你永久陷入孤独的深渊。

你的身体并不好。你长期受到失眠的折磨。你有较严重的抑郁症。你虚弱，无法应对更多的工作，为此回到台北的你不久不得不放弃教职，专司演讲和写作。你有让你无比尴尬的无法治愈的妇科病，那是缺水的、卫生条件十分糟糕的撒哈拉沙漠生活留给你的后遗症。1988年，你患上了严重的、让你疼痛无比的肌腱炎，还在一次意外事故中摔断了4根肋骨，医生甚至告诫你从此不可伏案写作。你是人们眼里无比惊艳的三毛，也是内心千疮百孔的三毛。你是包括我们在内的亿万中国人少年时代的导师三毛，也是内心无比落寞的寡居者三毛。你以你的文字安慰了无数人的心，可是你自己，也是一个需要安慰的人。

你感到体内的热度正在急剧散失。你需要重新找到热源，以对抗童年墓地的阴影，命运里的不幸以及身体的暗疾给你带来的彻骨凉意。你来到了上海，找到了时已八旬的、画下了《三毛流浪记》的、让你得名的著名漫画家张乐平，把他认作你的父亲，并一起度过了4天让你难忘的其乐融融的亲情时光。你来到了浙江定海，你的大海之滨的故乡，你的祖居地，小沙乡庙桥陈家的祖屋——毫无疑问，故乡与亲情，是最有热量的小火炉，是每一个人内心最为温暖的部分。

一定是你的刻意，你选择在一个春天回到故乡。春天，草木萌发，万物葱茏，一切古老的都会充满生机，许多死去的都可以活过来，天地间都是希望和生长，没有颓废和枯败让你伤感。从台北飞到宁波，又从宁波坐船，你回到了这里。在家乡的近一个星期，你就像一个迷路的孩子，见到了久违的白发母亲，你尽情哭又尽情笑。你在空落落的陈氏祠堂里安放供桌，在桌子上摆放供品，三拜九叩焚香祭奠祖先。在众人的簇拥下，你把燃香插在你祖父的坟头上，恭恭敬敬地磕了九个响头。你抱着你祖父的墓碑哭喊：阿爷魂魄归来，魂魄归来，平平看你来了！你在坟头装了一小袋土，为的是要把它带回台湾。在从墓地回来的路上你见了上了年纪的女人就抱着哭。你在祖父50年前挖的井里，亲手吊上了一桶水喝了一口，赞叹说故乡的水好甜哪，也亲手灌了一小瓶要带回台湾。你与你的倪竹青叔叔拥抱，并说："我三岁在南京时你抱过我，现在让我抱抱你！"你与几乎所有你不认识的人热情交谈，满足于好多比你晚辈分的人叫你姑姑，把他们都当作你的乡亲。你趴在祖居的木窗上向里屋望，用手去摇门上的木栓，以此寻找着祖父与父亲在此生活的痕迹，感受着他们在故乡遗留的记忆与温度……

　　短短的几天时间，血缘像一根烧红的铜线，连缀着你的心，让你的心中升起无限暖意。人们看到你脸上的春光如此灿烂。你不再像是受到疾病和命运折磨的内心落寞的女人，而是一个在故乡的怀抱中无比热情的邻家姑子。你不像是从没有在这里生活过的人，而是一个在这里生活了很久的人。

我看到过你在定海拍的一张照片。照片里你穿着牛仔衣、红裙子，背着双肩包，骑着一辆26型黑色单车，左腿支在地上，含笑望着镜头。不远处的小山温柔苍翠，你背后的大地上簇拥着春光。你轻盈的体态和脸上的灿烂笑意让你看起来无比年轻。在那一刻，你再不像是那个念着不要问我从哪里来的女子，而是一个有几分调皮但没有出过远门的邻家女孩。看着这张照片，我们会觉得，你的内心是完整的，你还有无比充沛的能量，还有更饱满的未来。你的脚下还有很远的路。你还会为我们贡献出更多的华章。

然而两年后，从台北传来了你的死讯。

5

你死在台北士林区荣民总医院病房的马桶上。警察提供的情况是：当医院的清洁女工发现你时，"身子半悬在马桶上方，已气绝身亡。一条咖啡色的丝袜，一头套住三毛的脖颈一头绑挂在吊滴液瓶的铁钩上""身着白底红花睡衣，脖颈上有深而明显的丝袜吊痕，由颈前向上，直到两耳旁。舌头外伸，两眼微张，血液已沉于四肢，呈现灰黑色"。而早于警察两小时到达现场的你妈妈的描述与警方并不相同：你端坐在盖着的马桶上，双手合抱成祈祷状，头微垂而面容安详。吊颈的长丝袜如同项链般松松地挂在脖子上，颈上并无勒痕，也没有气绝时的挣扎痕迹。

没有人知道，你是死于主动放弃生命的自杀，还是服用了超剂量的安眠药后失去自主能力，精神被动地勒死了自己。包括你的父母在内的许多人，都不认为你会主动放弃生命，原因是你在医院不过是做了一个针对子宫内膜增厚的小手术。你在死之前的两天还兴致勃勃与路上遇见的朋友讲述你一年的打算——你说你要去香港约好朋友逛摩罗街，去上海看望干妈冯雏音，去马德里重新申请已经过期的西班牙护照，以及去西安与叫贾平凹的作家会面。有着这么多计划的人怎么会自杀？还有，你连遗嘱都没有留下。你没有给你的父母、好友及读者留下任何文字，这对读者来信必复、最热爱文字交流的你，怎么可能？

而如果你是真的主动地放弃自己的生命，或许是你的内心已经成冰。在最后的几年里，你拼命去寻找你的热源，来暖你冷寂的心。你不仅去上海拜访了赐你名的"父亲"张乐平，访问了祖居地定海小沙乡庙桥陈家，你还去了重庆，这个你出生的城市，寻找你童年的影迹。在人像摄影家肖全留下的你在重庆的照片里，你与街头的儿童一起嬉戏，与老茶馆里的老人攀谈，在一张不知谁家的旧竹椅上盘腿趺坐，一切看起来都是这么自洽，愉悦……可即使这样，你依然走上了自我了断之路。是不是与上海张乐平的父女之情于你只是一种虚拟的情感？是不是与倪竹青叔叔隔了40多年的拥抱并没有给予足够的让你抵御寒凉的热度？是不是你的祖居之地定海小沙乡由于隔代给予你的热量只不过是一个并无多少光热的小小灯盏？是不是40年后，你童年的重庆已不复存在，你在重庆看到的，其实不过是你经过的无数个异乡中的一个？

或许是你早已参透了生死的玄机。你曾在《归》一文中写道："死只是进入另一层次的生活。如果这么想，聚散无常也是自然的现象，实在不需太过悲伤。"在《明日又天涯》中你跟荷西说："你说，Echo，你会一个人过日子吗？我想反问你，你听说过谁，在这世界上不是孤独地生，不是孤独地死？"在《雨季不再来》中，你写："生命无所谓长短，无所谓快乐、哀愁、无所谓爱恨、得失……一切都要过去，像那些花，像那些流水……"你走过了千山和万水，又回到了你人生的出发地——定海小沙乡陈家祖居及你出生的重庆，你心已安，于这世间再无牵挂。你要去陪你的荷西。你经常感到荷西回来看你，与你说话……

6

我的朋友李萱失踪了。她的微信在 2015 年 9 月 28 日后就不再更新。没有人知道她去了哪里。所有的人都找不着她。

李萱的离去或许早有预兆。早在多年前，她怀孕了。这本是多么好的事情，可是她整天陷入无比惶恐与焦虑之中。是的，是肚子里的孩子，提醒了她童年的遭遇的存在。这么些年，她一直在刻意遗忘，她以为自己走得越远就会离童年的记忆越远，有段时间她真是完全忘记了。可是因为怀孕，童年的一切都像潮水般涌来。

她的梦里经常出现那条午夜的空无一人的街道。她看到了街道旁那个绝望哭泣，哭累了就抱腿睡着了的小女孩。她看到了她内心的悲伤及恐惧。她听到了她发出的响彻整条街道的哭声——当然，如果是狂风刮起的夜晚，街道两旁的树仿佛跃动的虎豹，巨大的风声就会掩盖小女孩的哭声。甚至有几次，那午夜的街道也不是安安静静的。它会扭动起来，仿佛一条忧郁的巨蟒。半夜醒来，她全身是汗，就像从水里捞上来的一样。

她看到那小女孩午夜孤独回家的背影。她听到了小女孩叫着妈妈的声音。是她童年的声音还是她肚子里的孩子在叫她？她是梦里的那个孩子还是孩子的母亲？她肚子里的孩子，也会在这样一条午夜空荡荡的街道等着她吗？她为此忧虑、恐惧，乃至惶惶不可终日。她不再是那个天马行空、脚踏祥云的浪漫背包客，而是一个目光惊恐、患了魔怔的可怜女人。她经常失眠，经常整夜整夜睡不着。而一旦入睡，女孩和街道就从梦里浮上来。她的身子急剧瘦下去。有几次，她晕倒在了大街上。我见着她的时候，感觉她就像纸一样薄。

好在这样的日子并不算太久。惶恐不安的李萱终于生下了孩子。孩子是健康的，并没有受到她的产前抑郁的影响。抚摸着孩子的眉眼和手脚，李萱悲喜交加，泣不成声。然后她迅速恢复了正常。她的体重开始增加，睡眠也开始慢慢转好。一切好像什么都没有发生。

她把孩子托付给了她的母亲——那个与她的大学教授父亲离婚多年的女人，然后重新扎入了商场，重新变成了商场上的女强人。她的生活看起来并无异常：她周旋于许多生意人之间，用英语和德语与许多国家的人谈业务。她与大学同学离了婚，然后转嫁给了一个南京的中年离异男子——那据说是一个十分浪漫，野性十足，同样热爱远行具有传奇经历的男子。她把她的公司搬到了南京，同时开始了以全世界为目标的旅行。

她在她的微信里经常晒她的行走图。她似乎越来越着迷于潜水，微信里就经常是她出国潜水、穿着潜水服在深海里与各种海洋鱼类合影的图片。甚至她的微信头像也是她的潜水照——她穿着红色的裤子与衣服，口衔着呼吸管，戴着浅绿色潜水面镜，向着镜头做着剪刀手动作，就像深海里的一条鱼。

她到全世界的许多海域去潜水。在她 2014 年 11 月 16 日的微信里，她标示的去过的潜水地有：智利的复活节岛、加勒比海圣汤玛斯岛、巴西的费尔南多·迪诺罗尼亚岛、马来西亚的军舰岛、马布岛和诗巴丹、塔希提岛的莫利亚和波拉波拉岛、新西兰的瓦纳卡湖、帕劳、印尼的科莫多、马尔代夫、斐济的太平洋港和塔韦乌尼岛……

然而有一天她失踪了。2015 年 9 月 28 日她与朋友抵达了厄瓜多尔，微信里拍了一张证明她与同伴抵达的满地行李箱的图片，留下了这样的一段文字："潜水大部队集合完毕，预备出发，未来一周出海潜水无信号，顺祝大家中秋快乐。"想不到，这是她留在这世上的最后一段话。之后朋友传来消息：4 天之后也就是 10 月 2 日，她在厄瓜多尔加拉帕戈斯群岛潜水时失联。之后的 10 天里，厄瓜多尔出动直升机、大小船只和快艇进行了水下水上持续搜救，却没有她的任何消息。

她去了哪里？她的失踪，仅仅是一场不幸的意外吗？我怎么感觉，那是她精心设计的离别？多年前的产前抑郁，说明了童年的阴影于她从来没有消失，那条午夜的空荡荡的大街一直在她的梦中惊悚扭动。她想逃避，然后她喜欢上了潜水这种运动，那是可以栖身在与陆地迥异的深海之中的运动，是可以让那条午夜的街道完全找不到她的运动。在那里，她才会感到安全与宁静。最后，她选择永久地留在那里。她会认为，没有告别，就意味着她从没离开，没有肉身，就会让人以为她依然在。如此美好绚烂，又看似毫无痕迹（就连最后的微信里的那句话"未来一周出海潜水无信号"都几乎看不出破绽），是只有像她这样太过聪明又寒凉至极的人干出来的事情……

如此的离开，如此的举止，不禁让人想到你——她一生挚爱着你，就连结局也与你类似。

7

2017年，一个偶然的缘分，我去了定海，专门去小沙乡你的祖居看你。我已经是如你当年回乡的年龄，可站在你的祖居面前，我怎么感觉自己还是20世纪80年代末的课堂上那个阅读你、迷恋你的有几分害羞的小男生？巧的是，我来也是在四月，我眼前看到的春色和阳光，是不是和你回乡时看到的一样？

你的祖居经过修缮已经面目一新，可我还是努力捕捉你的影迹。你曾在院子外面从窗口向里张望，企图看到你的祖父和父亲在院内生活的影子，而我也把头放在窗台往里探看，为的是想看到 20 多年前被人簇拥着站在祖居院子里的你。你曾用手拨动着门闩，想感受你祖父和父亲早年的手温，我也尝试着以这样的动作来感受你。院子的一小块墙上挂着盆栽的花，紫红色的花在阳光里开得正盛，带着你的笔下的气息。有一辆 26 型黑色的单车，品牌是我们的时代熟悉的"凤凰"，据说就是你当年穿着蓝色牛仔衣红裙子骑着拍照的款型。恍惚间觉得单车随时会自行滚动轮辐，发出嘀嘀嗒嗒的声音往前走，带着你的一颗浪迹天涯的心，奔驶在春天的阳光下……

你的祖居里你无所不在。你只给了你的祖居地一周的时光，可它慷慨珍藏了你的一生。我看到南京三岁的你在父母怀抱里的样子，你穿着白色衬衫无比青葱忧愁的少女的样子，你在撒哈拉与荷西相依相偎的小妇人样子，你在重庆表情沧桑坐在街旁竹椅上的样子（你的衣裙的质感有着与你的表情相同的硬度）……另一个厅里的电视机里，周而复始地播放着你回乡的录像。在录像里，你哭，你笑，你用郑重的语气在祖父的坟前连着说"魂魄归来"，你的每一个举止每一句话仿佛都经过深思熟虑。你似乎为这次回乡精心设计了每一个动作每一句台词。你的情绪一直饱满、高涨。可我依然能从你眼角的有些深刻的鱼尾纹里，从你不小心露出的龅牙里（这在你少女时代的照片中从未见到），从你的举手投足间，看到一个孤独的你，悲伤的你，阴影重重的你。你回来了，可我怎么感觉你的内心是有一小块地方，从没出发，当然也无所谓抵达？

联系你的一生，你似乎并不属于人群，而是属于异乡，远方，道路，海洋。你的命运似乎一直与大海纠缠不休。你是定海小沙乡走出去的女儿，你的血脉中带有海的基因。你在海洋中的城市台北长大，潜意识里是否有你一生渴望逃避的悬浮于海上的囚禁、围困之感？然后你在地中海之滨的西班牙读书、恋爱，又在撒哈拉沙漠与荷西结婚——沙漠，不就是另一种形态的海么！1989年4月，你从台北回到故乡，不过是从海上还乡，1991年1月，你死在台北士林区荣民医院，不过是去了另一座海洋——那座海洋的名字，要比你之所见，更加壮阔无边，它的名字叫作"死亡"。

世上有一种人，就像海一样的，壮阔而又寂寥，奔涌而又孤独，浪漫不羁、激情四射却终生寒凉。我想你与和我一起长大的朋友李萱，大概都是这样让人叹惋的人。

从讲解员手中，买下了几本盖有祖居纪念章的你的书（是的，这么多年了，我的阅读已经丰富，经历也足以向如我当年的少年炫耀，可我依然如此地热爱着你），我走出了你的祖居。

屋外的阳光格外灿烂,天地显得如此单纯无辜,却有丝丝带着腥味的海风钻入鼻翼。哦,那是不是你从海洋世界派出的信使,向每一个在此经过的人诉说远方,向每一个热爱你的人,表达你深情的致意?

金属之城

我对浙江永康的记忆,来自童年——哦,让一个中年人说起小时候,这是一件多么尴尬和矫情的事儿!可这会儿,非如此不可——那时候每到冬天时节,就会有人来到我们的村庄。他们挑着挑儿,一步三摇,仿佛承受了自己不甘承受的苦行。可一到村口,他们的步子就努力变得轻快起来。那领头的头发梳得溜光,唇上刻意蓄的八字须开始抖动,脸上装上了甜蜜的、渴望得到回应的笑意。他跟谁都不认生,就像他是本地人一样,可是他的口音,与我们完全不同。他与路上的所有人打着招呼,介绍着自己,拉着家常,不管人们理不理他们。而他后面的,比他年少的同伙(一半是弟弟或者别的亲密关系的人)都配合着他,脸上笑容可掬,却不发一言,专心挑着自己的担子。村里路上的人们敷衍着他们,然后在脑子里搜寻好一会儿才反应过来：这几个浙江永康的锡匠又来啦！

他们会穿过大半个村庄，来到我的文炯爷爷家门口。领头的笑得更加甜蜜、谄媚，唇上的八字须抖动得更加厉害了。他紧紧握着闻讯出门迎接的我的堂爷爷文炯的手，说着无比动听的话语，语调的变化颇为夸张，好像他不是为生活所迫寻找安身之地的异乡人，而是远游的儿子回到了家乡。我的堂爷爷文炯，是我们村里年长者中少有的识文断字的人。他在几年前接纳了这一支异乡人的队伍，并且在他们的恳请下当起了他们的干爹的角色。——他们把担子放置在堂爷爷家的厅堂，拉起了风箱，干起了打制锡器的营生。

他们在堂爷爷文炯家摆开了阵势。乡亲们闻讯赶来，带着他们已经不成样子了的锡器。那是一些漏酒的酒壶、变形了的烛台……被风箱鼓动起来的火光，暂时消弭了本地人与外省人的差异，在火光面前，他们共同的穷人才有的谨小慎微和逆来顺受的表情让他们难分彼此。然而我们看到领头的收敛起了仿佛水一样随时要溢出来的笑意。他的表情在火光面前变得隐忍、沉着、机警，仿佛一个森林里静静等待猎物的猎人。而他的同伙，匀称地拉动着风箱，配合着他的行动。他们的样子让我们相信，奇迹正在发生。

那些破旧的锡器在火光中慢慢熔化……那是一只原本沉睡

在酒壶、烛台造型里的猛兽。现在，借着温度，它正在醒来，骨骼在嘎嘎响动，喉咙里发着我们听不见的嚎叫。那几个原本表情过于活络的锡匠，训练有素地看着锡在上演着变形记，一边劝开我们这些围坐在火光前的好奇的脏孩子，一边小心剔除滚烫的锡液表面的杂质，就像给一只猛兽轻柔地顺着毛皮，尝试着让它放松下来……而他们的目光集体变得锐利，举止间似乎更合乎某种我们不知道的千百年形成的范式，好像他们来自一个古老的炼金家族……

他们小心翼翼地端起滚烫的锡液，倒入一个奇怪的模板之中。锡在奔跑，仿佛猛兽挣脱了牢笼，四蹄撒开，向着遥远的山林。可那是徒劳的，它遭到了他们的堵截。他们举着尖嘴的锤子，对着它敲打。一阵急促的敲打声从厅堂涌出，在冬天的故乡巷子里回荡，整个村庄像极了一座猎场。……我们看见那崭新的锡正在束手就擒，它急剧冷却，坚硬，重新睡去。它的表面，隐现着一排排整齐的圆点，仿佛牙印。那是锡匠捕获猛兽的手工印记，是这个古老的炼金家族光荣的族徽。——随着熔化、压片、裁料、造型、刮光、装接、擦亮、装饰雕刻等一系列工序，我们惊奇地看见，那在岁月中蒙尘乃至损坏的锡器，经过了魔术师一样的锡匠的手，重新变得崭新。我们疑惑，有没有一种工艺，能像锡匠一样，清除我们身上不满意的、受损的部分，让我们在火光中得到冶炼，让我们变成挺括的、簇新的、理想的样子？

……30多年后，我接受了朋友的邀请，来到了位于浙中地区的永康。从我的故乡到永康，大约450公里的路程，过去的锡匠大约要走上十天半月，而现在，我乘坐高铁从我工作的江西省会南昌出发，只要两个多小时就可到达。而30多年的时光给予永康的远不止是交通的变化。今天的永康，早已不再是那个要脸上堆满笑出门讨生活的贫瘠虚弱之地了。中国五金之都、门都（据说整个中国70%的门都是永康人做的）、口杯之都、炊具之都等头衔让她在整个浙江乃至全国，都有了相当的名气。

我是为探亲而来。我想知道童年所见的永康人，现在变成了什么样子。在朋友的领引下，我来到了永康国际会展中心。在占地据说是17.6万平方米的会展中心，我看到了永康人巨大的创造和生产能力。那是与我们的生活息息相关的生产：有汽车、收割机、插秧机等大型工农业机械，也有各式各样的门、水杯、煤气灶、菜刀、梯子等日常用品。永康人的生产，把我们的衣食住行，都囊括其中，让我们每一家，从卫生间（淋浴喷头、水龙头、浴霸）到厨房（刀具、电饭煲、高压锅、微波炉）到客厅（铁水壶、茶叶锡罐、果盘）卧室（桌椅、旅行箱）乃至阳台（晾衣架），都被她左右……

——值得指出的是，永康国际会展中心的几乎所有陈列品，永康人几乎所有的创造生产，都与金属有关，都由铁铜锡铝等金属材料制造，都指认出永康是一座有着金属属性和品质的城市。这是不是意味着，永康人的基因里，天生有着对金属的驾驭能力，永康人的传统中，包含了传说中神秘的炼金术？我不由得想起童年时代的锡匠，他们在锡面前，是那么熟稔和兴奋。从锡匠到今天永康国际会展中心里的陈列品的制造者，他们来自相同的炼金家族吗？在永康，我当然找不到童年时的锡匠（我连他们的姓名都不清楚），但我保证我捕捉到了他们的行踪。在永康国际会展中心，一只据说是由手工制作的锡茶叶罐上，我看到了一排排隐约的敲打过后留下的圆点，我找到了这一古老的炼金家族的标记。那是这个炼金家族血脉绵长依然纵横江湖的证据。看到这一排排小小的、排列整齐的圆点，我的耳边就似乎听见了响彻在童年时我的故乡巷落里的急切的敲打声……

他留板寸，戴眼镜，嘴角时刻露出一丝嘲讽的笑意。他年近40，未婚，无工作。他通中药，是一名科班出身的药师，据说谁拿一把草药给他，他仅凭鼻子闻就可以知道草药的药名和保存的年份。然而他并没有走开药房的路，他成了一名作家。

可他没有加入任何文学组织。他是个独来独往的野物。他自称是"无组织无纪律的写作者"。

他拐入写作这条不归路实属偶然：几年前，他在天涯社区看"煮酒论史"栏目里的历史文章，不免手痒，就化名为"江南药师"，写了几十篇从草木中药出发解读中国历史的文字。那些文字无比有趣，极其强调身体和病理在历史中的作用，比如他探究张居正吃海狗鞭，导致痔疮出血不止身亡，引发了明王朝的加速崩塌等。这些作品在天涯社区产生了很大反响，有出版社还将这些文字结集出版，名曰《本草春秋》。尝到了甜头的他从此一意孤行，向着历史的深处走去，从而离他原来的中药专业越来越远。

历史对他是一门全新的学问。可他毫不畏惧。他一切从头开始，埋头苦读，他读经史子集，读《战国策》《左传》《史记》《资治通鉴》，读老子孔子庄子孙子，读秦汉魏晋南北朝隋唐宋元明清史，读郭沫若吴晗，读钱穆的《国史大纲》，黄仁宇的《中国大历史》……他把历史翻了个底朝天。自然，他看到了历史中最灿烂的风景。

然后他四处行走。他是古人倡导的知行合一理念的践行者。他遍访历史遗迹，从孔子的家乡山东曲阜到刘邦与项羽的垓下之战发生地安徽灵璧，从发生过赤壁之战的湖北咸宁到龙门石窟的河南洛阳，从东林书院所在地江苏无锡到发生了辛亥革命的湖北武汉……他没有工作，也就没有经济来源。为节省资金，他坐最慢的绿皮火车，吃最便宜的当地小吃，住最便宜的旅馆。可他的外表从来没有困顿猥琐之感。他的内心无比富足，他的神情无比笃定，他吃着路边小吃却仿佛吃着满汉全席。他随身携带的破旧旅行包里空空如也却仿佛是把整个江山背在肩上。他像行吟诗人一样神采飞扬，像老僧一样坚如磐石。

在行走的路上他的思维总是得到激活。他总有无数的奇思妙想，无数让人拍案叫绝的发现，这些都证明了他非常适合干这一行。在武汉，看着满城的车辆后面的车牌显示的省份标识"鄂"，想起武昌起义打响了推翻清政府的第一枪，他猛然觉得："鄂的字形，岂不正是像一位双目圆睁、张口呐喊的愤怒汉子——这汉子脑后还拖着一根长辫！"在赣南，从他坐车经过的一根根电线杆上贴出的寻人启事上的照片中，他把握住了赣南客家的行踪："这张从龙岩追踪到龙南的寻人启事，坚韧地向世人宣告：客乡又有人重新出发，恢复了'客'的身份。……他与家已经相互失落，或者说，无论出于什么原因，他又一次将家远远地留在了身后，孤身一人踏上了吉凶未卜的陌生道路，就像过去千百年间，曾经来往于这片土地上的无数过客一样。"这些句子彰显出的灼灼才华和虎虎生气引起了我的惊叹。它们当然来自路上。毫无疑问它们无法被躲在书斋里的写作者炮制出来。

这个习惯在路上的人终于有一天来到了南昌。按照我们在短信里约定的地点我远远地看到了他。我叫着他的名字："骁锋！"他猛然转过头来。我看到留着板寸、戴着眼镜的他嘴角嘲讽的笑意。他慢慢伸出手来与我相握。他眼睛里的光有着他乡遇故知的热切。他告诉我，这一次从离家到今天，他已经一个人在外面游荡半个多月了。这半个月来，他辗转走了几个省，行程数千公里，没有遇见一个认识的人，他的名字，没有一个人喊过。他都快把自己的名字忘了，直到今天，被我唤醒。

阅读与行走，让这个姓郑名骁锋的人写出了与众不同的文字，有了不错的收成。几年来，他成为《百家讲坛》《江南》专栏写作者，《中国国家地理》特约撰稿人，为中央电视台科教频道诸多纪录片撰稿，撰写了《太湖画脉》《帝国的黎明》等大型文史纪录片文字脚本，出版了《逆旅千秋》《眼底沧桑》《落日苍茫》(实则是《逆旅千秋》的台湾版) 等历史散文集，成为声名鹊起的历史题材写作的多面手。

郑骁锋并不满足于此。他有了更大的野心。有一天他向我宣告，说要写一部80万字的、散文体的中国史纲。他要用散文这种文体，从先秦写起，止于晚清，把中国历史梳理一遍。他要用带有温度和美学的文字,再现那些历史上的经典瞬间,系统性地表达和思考中国。

毫无疑问,这是一个疯狂的计划。历史是个任人打扮的小姑娘,历史是个巨大的陷阱。他以前的历史题材写作,以现存的文明遗址带入,借助当地的一些史料,出不了多少差池。可是与历史正面遭遇,则要危险得多。他不是历史科班出身的人,他的历史观能否得到业界认可?他所有的推断是否存在逻辑上的错误?先秦的历史模糊,人物轮廓不清,他怎样才能把握住?一个时间的错误引用,一个地址的不准确,就会招来满盘皆输,成为笑柄。而且,这样的写作,有何合理性可言?这个世界,真的需要这样一套散文版的中国史纲吗?

他依然一意孤行。他开始埋于故纸堆里。在他生活的小城,他离群索居,躲在只有他一个人生活的巨大房子里,奋力地书写。那是无比孤独苦寒的事业:从仅有的似是而非的古老文字间,重新构建远去的河山,打捞那些经典的岁月,捕获已经失落的精神,再现那一张张文明史上著名的却已经面目不清的脸庞。我不知道他在这种无比艰苦的写作中经历了什么,有没有想过把电脑和一堆堆竖版的陈旧的古籍摔出窗外的时候。他每次给我的电话中从来没有流露出沮丧的情绪,在他发我提前分享的部分章节里我也没有读出枯涩的笔触。时至今日,他计划中的四卷本已经由浙江人民美术出版社出版了两卷:《人间道·左东右西》(先秦秦汉卷)《人间道·南下北上》(魏晋南北朝卷),显示他的书写正在稳步推进,并且指日可待。

在已经出版的篇目里,我发现我对他的担心完全多余。他写得法度森严,却又鲜活生动。那些古人,在他笔下鲜活如生,那些著名的历史事件,被他精妙解读。在他的笔下,孔子临死前的状态是:"'我的时间到了。'孔丘回过身来,静静地看着子贡,眸子清澈如水。"(《绝笔》)他写东汉王朝的中兴:"东汉王朝的大幕,居然是在牛背上拉开的……由于马匹短缺,他(刘秀)骑的竟然是一头牛——光武帝就这样扶着牛角,匆忙而低调地登上了历史舞台。"(《中兴》)在字里行间,蛇、冒火的井、白马、鱼、雷等隐约可见,让他的历史书写形成了一个个奇异的文本,显现出无限的张力——

骁锋是永康人,是以金属制品著称的中国的这座浙中小城纯种的子民。我想他与我童年见过的来自他的家乡的锡匠,乃至我不久前去永康国际展览中心见过的金属陈列品的制造者一样,都是掌握了炼金术的人,出自同样一个传说中古老的炼金家族。他的化铁为墨、金戈铁马般的书写,进一步验证了永康这块土地的金属气质。就连他的名字中的"锋"字,也是指认这座城市金属气质的一个小小旁证。

一棵树

在浙江丽水市莲都区，一个叫路湾的村庄里，有一棵树，一棵大樟树。樟树之大，需七八个人才能合围。樟树之老，传说已经有1800多岁了。

1800多年前，这棵树怎么在这里扎下根来？爱刨根问底的人们，总爱问这样的问题。也许是一只鸟飞倦了，经过时让嘴里叼的一颗樟籽掉了下来。也许是一阵风，让本来在另一个地方另一棵樟树上的一粒樟籽吹到了这里。也许是顽皮的孩子，砍下了一根长着樟籽的樟树枝，要拖曳着搬回不远的寮房的家去，经过这里的时候，一颗樟籽散落了下来，从此在这里安身立命。

那只鸟不知飞到哪里去了。那阵风估计再也没有来过。那个顽皮的孩子，永远不会知道他改变了一个生命的轨迹吧？总之，在1800多年前的一个春天里，那颗樟籽慢慢长出了嫩芽。它在清风中舒展开了叶子，在原生的植被深厚的绿色世界里，怀着生怕打搅了谁的羞怯与不安。

樟树慢慢长大了。在浙江丽水的丘陵地带，它只是一个新生的幼儿，一个稍有不慎就会消失的孱弱生命，一棵风一吹来就吓得紧紧搂住泥土的嫩苗。在它的周围，土地肥沃，水源丰沛，灌木仆地，乔木参天。古老的江南，百草丰茂，万木葳蕤，仿佛是传说中万物各从其类的生命乐园。

上千年过去了。它变得越来越结实，粗壮，有力。它在地下拼命地扩展着根系，贪婪地、执着地吮吸地底下哪怕最细小的水系。它在地上张开着枝叶，最大限度地吐纳着天上的云光。它已经有了很粗的腰身，像个虎背熊腰的壮汉。它是否也有过爱情，曾经对身边某个春天某个枝头上的花朵日有所思、夜不成寐？

身边的草木纷纷退场。它们或是在一阵狂风中拔地而起，或者在一阵刀斧白光中落下树冠，或者是在一场大水中遭到席卷，或者被庞大的草食动物蚕食了身子。有没有一场大火，让生命成了涂炭？有没有一次地震，让一片森林成为灰烬？有没有一场旱灾，让大地成为焦土？有没有一道闪电，将一根枝丫拦腰砍断？……

身边的山水也在时光中不断易辙改弦。高高的土丘成了平地，原本平整的稻田被改道的河流冲刷成了河床。原本荒凉的山坳种上了莲子，每至夏天莲花开放，宛如天上的灯盏……

那一棵樟树在历次的变迁中不仅幸免于难，而且越发树大根深。它就像抱着神秘使命的生灵，一直保持沉默的本性，却在心里用年轮的方式记载着天地之间的信息。它的皮越来越厚了。它的躯干也越来越粗了。它的枝丫，已经像一把巨大的伞，在护佑着一方水土，形成巨大的浓荫。许许多多的鸟，在它的头上筑巢，每到黄昏，像古代私塾里的孩子诵经，叽叽喳喳吵个不停。

它已经很老了，老得空了心。它的躯干已经倾斜了，就像一个驼了背的老汉。它的躯体上有许多结疤，这使得它好像一个经受了无数风雨的老人。可是它自己修复了自己。从它身上长出的两根树枝倒挂在地上，并且长出了根——它几乎是自己给自己做了一副拐杖，让自己有些驼背的庞大的身躯，不至于重心不稳。它不仅仅是一棵树，更是一个关于自然的巨型建筑，一个丰饶的生命体系。

它出生于1800多年前，脉管里是否回荡着与魏晋一脉相承的萧散遗风？江南乱世频仍，它身体的年轮里，是否依然珍藏了这块土地上金戈铁马的影像？是否有过一首隐匿在无数选本里的唐诗，专为它而作，有一首宋词，灵感的产生，缘起于它？它的树叶间，是否回荡过江南戏文的吟唱？还有，它站在这里1800多年，是否有过出去走走的愿望？或者它其实曾经借助夜晚的掩护，在附近的山冈奔跑过，然后提着一颗星星的灯盏没事一般回到原地？

不知从什么时候起，人们渐渐聚拢在这块擎起过枝繁叶茂的大樟树的土地上。他们狩猎，放牧，砍柴，植稻，起屋造舍，生儿育女，繁衍成族。牛踏着晨雾走向远方的田野，袅袅的炊烟在茂密的树林里飘散。阳光透过树叶撒落在屋顶上。那卑微的屋顶金斑闪烁，宛如鎏金的殿宇。

人们与这棵大樟树做了邻居。孩子们会经常爬到树上掏鸟蛋。老人们会在树下闭目纳凉。大人们劳作累了，会把锄头支在树干上，在树底下抽口烟。女人就在树下的水边洗衣。——村里如有顽皮的孩子不见了，说不定他是挨了父母的揍，躲在了这棵古老的樟树上的枝丫间，在风吹动簌簌作响的树叶里美滋滋地睡觉呢。

有人落水，有人患病，有人久离不归，有人死于非命……在古代，生存是件艰难的事情。命运有太多不可知的因素。人们进寺庙烧香拜佛，向空中遥祭祖先，到算命先生面前求签问卦，恳请装神弄鬼的仙姑画符避祸……也有人问命于大樟树。

人们相信，那些长了千八百年依然繁茂的生灵，一定是成了精的，是能够与神灵相通的生命，或者就是化作了树的神灵本身。

那到了中年依然没有子嗣愁眉苦脸的人向大樟树求告，结果喜得贵子。也许是得之于他长期的求医问药，他却附会大樟树的神灵襄助。那病入膏肓、行将就木的歹命人向大樟树作揖许愿，结果不久就下床走动。他以为是他的虔诚感动了大樟树，赐他以精气让他死里逃生。越来越多走投无路的人跪倒在千秋神灵的大樟树旁。如果时来运转、否极泰来，他们都认为是大樟树的神威使然，而如果毫无转机，则不过是自身福薄，就连千年的神灵也束手无策。

古老的大樟树渐渐成了5千米方圆内名声显赫的祖宗、法力无边的神灵。它以沉默的姿态介入这块地方的伦理结构和生存方式，成为这块土地上不可或缺的生命，人人崇拜的精神图腾。几乎所有的人都拜倒在它的身旁，无论是快入洞房的新婚夫妇还是即将出门创业的游子，无论是刚刚出生的孩子还是白发苍苍的老人——那刚刚出生的孩子，被年轻的父母抱着，认它做了干亲。那白发苍苍的老人，竟然也曾经是它的子嗣。

2012年夏，我来到浙江丽水，有了拜见这棵名声显赫的老樟树的机会。我看到这棵硕大无朋的樟树的枝丫上结满了红绸，红绸上写着祈福的词句，让我恍若见到挂满了勋章的老英雄，或者节日里被后辈们簇拥的盛装的老人。我还看到它苍老的躯干上贴着一张四方的红纸，红纸上的内容我不妨抄录如下：

"敬拜：谨据中华人民共和国浙江省丽水市老竹镇更岭脚村奉道敬拜，亲儿蔡炜桦本命生于癸亥年十二月十一日辰时，建生行庚三十岁上叩中天北斗，下臣巨门星君宫下注照。卜取本月二十八日恭拜路湾樟树为亲父，专保亲儿蔡炜桦身体健康，寿命延长，早立家业，心想事成，一帆风顺，万事胜意，马到成功，长命富贵。大吉。"

红纸内容是邻镇老竹镇更岭脚村一个叫建生的30岁男子生下儿子蔡炜桦，在某月28日那天抱着刚出生的蔡炜桦拜老樟树为父亲，祈祷老樟树保佑儿子健康成长，人生顺利。在这张透着江南民间信仰丰富信息的意味无穷的纸上，我们知道了，老樟树在当地百姓的心里，就是充满爱心和亲和力的、可以列入血脉谱系的先人，是可以给人们带来安宁和吉顺的寡言血亲。

在那棵1800余岁的树下有一块崭新的碑。碑石上刻着100多个人的姓名和从数百元到数十元不等的捐款数目。碑的标题是《路湾千年古樟救援》。100多个人姓氏各不相同，显然他们来自不同的村庄不同的镇。——我曾经看到过许许多多故事曲折、无比动人的救援义举，而唯独这一次让我异常感动，如此义举竟为了一棵古老的树。那些或年轻或年老的人们为一棵依然苍劲茂盛的老树慷慨解囊，与其说是一场悲壮的对死亡的抵抗运动，不如说是孝顺的儿孙们，捧着大小不等的贺礼从四面八方奔来，齐祝身板硬朗、眉目慈祥的老父亲南山不老。

那些捐赠的款项买来了水泥，填实了老樟树空瘪了的心，成为支撑起樟树苍老主干新的力量。老樟树底下平坦坚硬，水泥石头铺就，是适合纳凉休息的好所在。有一个石头牌坊，做工有几分讲究，向着旁边的路，上面的匾额书写着"晋樟园"，宣告了这一块区域的不同凡响、源远流长，告诉来往人们，这里一棵晋代出生的古樟树就构成了一片园林，或者说，这里是一个显赫的庄园，里面的主人，是一棵不死魂灵，一棵有着1800多年的惊人寿命的老樟树。

在这棵树下，我听到了一个故事，说是丽水当地，为保护这棵老樟树，竟将原来计划要经过此处的瓯江工程改道，花费巨资改至不至于打扰老寿星的数丈之远，并且为这一棵樟树做了长长的坚固的护坡和围堰。这一举动，是这块土地上世世代代生活的人们沿袭长久的对自然的由衷拥戴。

在老樟树几丈距离的路旁，我看到镌刻在一块不锈钢上的布告。布告内容为当地政府关于加强瓯江干流某某段至某某段的河道管理的通告。通告指出不许擅自在河道管理范围内修建桥梁、码头，不许擅自采砂、取土、淘金、爆破、钻探、挖筑鱼塘，等等。通告全部采用标准的公文语言，我却视此为一首与生态有关的诗，有着对自然的小心吁请意味和低吟浅唱的腔调。整个通告没有一句涉及老樟树，但我觉得每一句，都与老樟树因果互证。

——在浙江丽水市莲都区，一个叫路湾的村庄里，有一棵硕大无朋、气度非凡的老樟树，已经活了1800多岁了。它是这块土地上，公安局户籍科里找不到户籍证明的血肉存在，它是人人信赖的、不说话却什么都明白的所有生灵的父亲。

中国人从来都与植物保持了伦理关系，比如梅妻鹤子，比如岁寒三友。浙江丽水的那棵独一无二的樟树，又一次证明了这一点。

——证明了一个古老国家源远流长的良善和敬畏。

一座桥

1

从前有座桥,位于浙江省绍兴县一个叫夏履的镇内,叫作寨口桥。

这座桥建于何时,没有人能说得清楚。清嘉庆年间《山阴县志》始载此桥;重修于光绪十二年(1886年)八月的县志也有记载。它的初建时间呢?《山阴县志》没有说。

这个史书上的盲点,尽可以让我们发挥想象:有没有可能,它始建于唐宋,或者先秦,乃至更早?

它的得名,有的说,是南宋时,有将军率领抗金大军在此安营扎寨。

——这个说法是靠谱的。因为金兵的进扰,南宋的军队频繁调动。历史记载，南宋曾经组织过多次北伐，由宗泽、岳飞、韩世忠、吴玠等抗金将领指挥的军队，就曾经在黄河两岸击溃伪齐和金国的联军。战事频仍，南宋的首都临安府（杭州）当然应该重兵拱卫。而这里离临安府只有几十公里远，算得上是京郊，非常适合军队的驻扎。

也有的说，此桥附近的长旗岗上，有强盗占山扎寨。他们经常在桥头打劫行人。取名寨口桥，乃是为了提醒行人小心行事。

而它的得名还可能来源于一个发生在这里的十分重要的史实：《吴越春秋》载，公元前21世纪，大禹曾在这里治水，"冠挂不顾，履遗不蹑"。

大禹是夏朝的第一个君主。他为了治水，有音乐而不听，三过家门而不入，帽子被东西钩去也不顾，鞋子丢了也不寻，就光着一只脚去治水。为了纪念他的功德，人们就把这里叫作夏履，他治水扎寨的地方建起的桥就叫作寨口桥。

三个说法，各不相同，到底哪个才是真？

桥是单孔石拱桥，据资料记载，它由90块长条石横向并列砌筑而成，全长30米，宽2.6米，高10米，桥孔高7米，直径15.4米。

老实说，这座桥是很有范的，拱形的桥面，半圆形的桥洞，麻石的经年色泽，离地面相对夸张的高度，让它的外形充满动感，好像它随时准备在这天地间的荒野上撒开脚丫奔跑。

它的四周都是青山，它就仿佛是这里的山脉手上戴着的一枚戒指。

然而，如果说河流是山脉的手指，那这个戒指未免太大了，而手指又显得过于小。桥下面河床根本不宽，也不深。或者说，它根本算不上是一条河，顶多算是一条小水沟。我们去看它的时候是在秋天，它的水瘦得像根细弦，我们完全可以从这根细弦上迈过去。我们之所以踏桥而过，乃是为了对这座桥表达尊重。

有记载信誓旦旦地说，寨口桥下，曾经是一条大河，能供大船通航，河内船只往来频繁，河面上桨声响亮。至今桥洞石上，还有纤绳勒出的深深痕迹，是这条河曾经繁华的证据。

——沧海桑田，临安府成了杭州城，山阴改名为绍兴。大河变成了小山溪，这座原本架在大河之上的桥，就显得有些大而无当。

它的桥身被植被簇拥，被枝条缠绕，好像有一股力量，要让它成为荒野的一部分。而它在挣扎着，一副心愿未了、不甘心受缚的样子。

它仿佛是在等待着什么。它会等待什么呢？

2

  毫无疑问,在江南,所有的单孔石拱桥都可能是它的亲戚。

  在江南,单孔石拱桥家族,是一个巨大的家族。几乎每一个江南小镇都有它的血脉。只要顺着流水,就可以找到它们的踪迹。

  在这个江南最为闻名的家族中,西湖的断桥也许称得上是奶奶级别的长辈。那是多么风流、老派的一座桥呀。它的坡面舒缓,引桥悠长,仿佛古代的戏曲长调咿咿呀呀,非常适合兜兜转转的爱情在这里上演。浩大的西湖湖面,成了它的镜子。就是在这里,一个流传甚广的故事古老得就仿佛是我们的前世:一个下雨天,撑着红色油纸伞的白娘子遇见了她心中的爱人许仙。

  也许扬州瘦西湖上的二十四孔桥是它的表亲。同样单孔的二十四桥,太适合入诗了!"二十四桥明月夜,玉人何处教吹箫"(杜牧),"二十四桥仍在,波心荡、冷月无声。念桥边红药,年年知为谁生?"(姜夔)。除了杜牧和姜夔,还有多少诗人为它献过诗?很多年前,我曾去扬州拜访过它。它的造型完全就是一个艺术品:半圆的桥洞,倒映在湖面,汉白玉砌成的栏杆,在阳光下发着有着美好洁度的光。二十四桥就仿佛是瘦西湖脖子上挂着的一个祖传的环形佩玉。因为它，整个瘦西湖，就显得格外深情，充满了中国古诗里的修辞之美。

在周庄，在南浔，在乌镇，哪里不是单孔石拱桥的天下？它们形态各异，就像同样家族里的女子性格各有不同：有的嚣张跋扈，有的温柔安详；有的腰肢细长，有的身材娇小；有的性感妖娆，有的朴实无华。它们可都是城里的姑娘，是见过大世面的。它们最喜欢的是临水照镜，对月梳妆，把自己的倩影投射在水面上，让那些来自异乡的诗人追着它们写诗，旅行的人一个劲儿地对着它们拍照。江南诸多大学画院里的学子一本正经地在它们面前支起画板，把它们美丽的样子描画在纸上。

以它们为主题的诗发表在报刊上，收入书籍中，有它们的倩影的照片呈现在网站上，画作在展览馆展览，拍卖行拍卖，它们就更有名了。有一幅画名叫《双桥》，画的就是周庄的单孔桥。如此，整个世界都知道了周庄的桥。真为江南单孔石拱桥家族长了一把脸！

而与它们相比，位于夏履镇乡野间的寨口桥，就显得土气得多，当然也冷清寂寞得多。没有人为它写诗。在网上搜索"寨口桥"，可以看出为它拍照的人并不多。没有画家愿意走这么远来画它。如果说它的世界里也有爱情发生，那肯定不是《白蛇传》这样惊世骇俗的爱情，顶多也就是山里野花野草与它的家长里短。

我去看它的时候,正是十月,它的旁边生长着桂花树,散发出与城里的桂花树并不一样的香气——那是山野间才有的镇定的香气。还有一棵银杏树,叶子的颜色正在变黄。有农人在桥的那一边浇菜地,菜地里种着红薯和芥菜。因为是黄昏,又隔着几丈远的距离,他们的脸,就显得模糊不清。——这是多么凡俗的生活场景!

可是这座桥似乎甘于这样的人生。因为它看起来一点也没有生气。因为它的周身并没有因为生气造成的桥体的塌陷与脱落。桥面上的石块有些坑坑洼洼,那是很多年人们踩在上面的痕迹,也可以说是岁月的痕迹,并不是因为它的不甘和怨恨。

它是那么完整、坚固。它似乎一直在努力维护着自己的形象,维护着单孔石拱桥家族该有的风流气质。

似乎有一种信念一直在支撑着它。那该是一种怎样的信念?

3

有种种迹象表明,这座桥的身世跟一只鞋子有关。

关于这座桥的建造,流传着一个十分美好的传说,说的是此桥建造时，有一块最要紧的龙筋石，怎么也放不平。造桥的石匠们束手无策。有一个状如乞丐的老人路过，见石匠们正为放不好这块龙筋石发愁，就说："桥边有一只破草鞋，你们把它垫在这条龙筋石下面，就一定能放平。"

石匠们半信半疑，但因别无良策，还是照他说的做了。说也奇怪，这只破草鞋一垫进去，这条龙筋石立即安放得平平实实。

师傅们正要谢谢这位老人，老人转眼之间就不见了。

——是一只破草鞋成全了它，赋予了它生命。

那是一只怎样的鞋子？传说它是破的，说明它走了很长的路。说明它阅尽了人间疾苦，了解了大地的山川走势，季节的冷暖枯荣。

它是一只草鞋，说明它来自民间。它能瞬间让一座桥放不平的龙筋石立马放平，说明它富有神力。

它是怎么来到桥边的？它在桥边待了多久？这个故事并没有说。

那状如乞丐的老人是谁？他在桥的建造最关键的时刻出现，说明他是肩负着使命而来。他能转眼之间就不见，除了神仙，没有谁有这个本事。

这个故事留下了巨大的空白。它没有交代具体的时间，只说是"此桥建造时"。而前面说了，此桥真正建造于何时，并没有相关的史料来证明。它也没有交代任务的来龙去脉，及那只破草鞋的古往今来。它似乎是一个没有完成的故事，等待着每一个人来添加补充。

站在寨口桥边，听着这个似是而非的传说，我的疑惑是，为何这个传说里，让龙筋石放平到妥帖状态的是一只破草鞋，而不是其他的什么？

在夏履镇，鞋子并不是一个偶然的物象。夏履镇的得名，就来源于一只失落的鞋子。当年大禹在这里治水，"冠挂不顾，履遗不蹑"。

有理由追问大禹遗失的那只鞋子。它哪里去了？

有没有可能，这个传说里的破草鞋，就是大禹遗失的那一只？因为跟随大禹治水多年，它当然可能拥有了逢山开路、遇水搭桥的神力。

那那个状乞丐的老人，有没有可能是因治水成功成为夏朝开国君主的大禹？他功勋卓著，当然有理由列入仙班。他曾在这里治水，当然对这里怀着深情。他有责任护佑着这块土地的一草一木，遇上建桥的事儿，他当然愿意搭一把手。他状成乞丐，有可能是神仙的变化之术，也可能是他的本貌。治水是一件无比艰辛的工作，他连鞋子掉了也不找，帽子被高处的树枝什么的钩了也不管，估计胡子很长了也顾不得剪，身上的衣服脏得起味儿了也顾不得换，样子跟乞丐也差不了多少。

因为灵魂里植入了一只具有非凡经历和神力的精灵，因为守护着如此重要的一段史实，这座桥也就有了与寻常的单孔石拱桥完全不一样的使命，卧于如此山野之间草木之中也就能够安之若素。——我如此解释这座桥，是否有一些道理？

4

有没有可能，这座桥就是这只鞋子本身？

跟着大禹治水的那只草鞋，因为走过了千山和万水，肯定不会跟绣花鞋一样好看。就像这座单孔石拱桥，比起那些城里的被诗歌或戏文吟诵的桥，完全就是一副乡下人的木讷模样。

但这是一只有信念的鞋子。长期跟着大禹治水，跟水打了很多年交道，它当然了解这块地方的禀赋，了解这块地方水的本性。

史书记载，大禹在这里治水，"冠挂不顾，履遗不蹑"。表面是大禹因为忙碌走丢了鞋子，但其实，是大禹以遗失为幌子让这只草鞋潜伏下来，成为消一方灾祸，保一方太平的神灵。

这只鞋子有一天看到这里水患不断，就让自己化作了一座桥。它依然是治水的英雄。它的鞋底成了供人踩过的桥面，而鞋面就成了桥身。

看看它的样子，还真像是一只鞋面向上的旧草鞋。

5

与其说我写下了一座叫寨口桥的桥，不如说，我写下的是一座桥的影子。

其实我想写下的是整个江南，但很可能，我写下的不过是自己对江南的胡思乱想。

且吟王维的《山居秋暝》为本文的结束（虽然它写的是陕西的辋川别墅，可我认为同样适合秋天叫夏履的江南）："空山新雨后，天气晚来秋。明月松间照，清泉石上流。竹喧归浣女，莲动下渔舟。随意春芳歇，王孙自可留。"

双龙六帖

1

两次去金华双龙洞景区,都是夏天。金华山不高,海拔只有1200米,但风光颇好,且有灵性,让人欢喜。如果让我对夏天的金华山做一番比拟,我愿意把它比作古代的江南书生手中折扇上的一幅山水图:墨色浓处,植被丰沛蓬勃,完全是一派江南气色,淡的是远方山形地貌,直到最后的一抹若有若无、似断还连的苍凉弧线,对应着金华山天造地设的轮廓。双龙景区夏天的天空素净,白云如絮。深山有湖,名为鹿田,是为整幅画的眼。山中有檐,在森林与白云深处,为民居一二,乡野人家,还有庄严琉璃瓦顶,是金华山最为盛名的黄大仙道家祖庭,整座山因此有了文化的深意,整幅画就有了隐逸的气质。

山间路上，有一二行人，如不是暮归的渔樵耕者，就是深山问道的行者，出了道观闲游的道人，或是退隐的才子书生。金华山清，折扇上的图画沁凉。折扇打开，未摇先有风；折扇合上，那是金华山的暮色降临。

2

双龙洞是游金华山必须去的一个地方，是金华具有标志性的地址。而夏天，双龙洞更是金华理想的消暑胜地。双龙洞因洞口探出的两块石头似双龙探头咆哮而得名。进入双龙洞，洞内的入口窄小，必须让身体仰卧于船上，靠里面拉动船只，使人至一宽阔处再起身——双龙洞就是通过这样的仪式，把世界的喧嚣和嘈杂隔断，好像世界由此分成了两面，外面的世界是A面，洞内的世界是B面。双龙洞内的确与外面的世界有着天壤之别：外面炎热，里面阴凉；外面昼夜更替，里面是永远的黑暗；外面生机勃勃，里面只有小鱼顺着地下河流在黑暗中孤独游弋，还有一些不知名的史前小动物在眼睛看不到的地方爬行。洞内的风景让人陌生，石头经过亿万年的变化显得怪异和充满谐趣，我们仿佛进入了一个鬼神的世界。我们不得不借助比喻，启动《西游记》《封神榜》还有中国的民间传说等等记忆程序，来对洞里的形态进行审美认知，就像不得不借助灯光，我们才能看清洞里时光的奇迹，揣摩造物主创造双龙洞的天意。那是一个人类不慎启动的、密码永远无法破译的密室（是不是造物主用来储存灵魂的地方？），一个史前世界的标本。当我们在其中时而听着讲解，时而徐徐走动，我们在隐约的灯光下人影幢幢的样子似乎是有其他隐形的人加入了我们，或者是我们回到了史前的状态——在那里谈论诗歌和历史是不宜的。谈论时事和爱情也同样如此。我们的手机毫无信号。我们出现了短暂的沉默或者说失语。我们甚至感到时间也消失了，或者如同我们头上的洞顶，出现了弯曲、变形，变得支离破碎。直到到了另外的洞口。直到光从洞口扑面而来，重新将我们淹没。直到手机重新发出与世界接驳的铃声。我们感到自己获得了拯救，但回想洞里的黑暗和冰凉，我们似乎并不恐惧和反感，甚至有那么一丁点的感激和回味。密室在我们身后重新关闭，而外面的世界，仿佛已过了很多年。皮肤上还残存着洞中的凉意，眼底依然有不肯被外面的光明驱散的黑暗……

3

我是一个在美面前怀着贪婪之心的人。我热爱双龙景区的云霞。记得我第一次到浙江金华时正是七月,刚一下车我就从天上非同一般的云霞感觉到此处必怀异秉。在白天,金华双龙景区的天上云朵有的如仙人的衣袂飘飘,有的如变形的白色大鸟在天庭舞蹈,有的如天上造型优美绝伦的城堡。到了傍晚,双龙景区的天上就像着了火一样绚烂无比。暮色的云深处,有火在烧,蓝色的云,仿佛被镶了金边。蓝色的鹿田湖上,是金色的、绯红色的云彩……如果下过一阵雨,那云就稍稍有点重,但是没有一朵不是爱幻想的天使,不是无比圣洁的少女。她们插上了羽毛,以一种极度的优雅,在天上翩翩地飞。我误以为,云霞,是双龙景区最美的雕塑。我惊讶在离我所在的以生态闻名的省份不远的金华,竟然有如此绚烂的宛如锦绣的云彩。

然而两年之后,我重新来到金华双龙景区,我没有看到第一次所见的镶了金边的、着了火一般的云彩和如优雅地在天空漫步的仙女一般的云朵。金华之上,双龙的森林深处,鹿田湖的湖心,完全是一些不成型的普通云絮。它们与我经过的任何南方的天空中的云朵并无不同。它们就像鸟类中聒噪的麻雀,林木中的灌木丛,并无多少美感。是我的记忆错了,还是美丽的东西宛如梦境和幻影,要见到她,需要难得的机缘?哦,天地间有怎样的秘密不被我们所知?

4

在双龙景区，羊是一个十分重要的物象，重要的文化符号。传说晋时黄初平在金华山修道，同时牧羊。过了很多年，黄的哥哥黄初起上山看弟弟，看到弟弟依然是20多岁的后生，自己却胡须全白，遂问养生之道。黄初平说："我常常住在山上，吃的是松树子，一面放羊，一面修仙，就是这样长生不老的。"哥哥心动，就跟了弟弟一起学道，最后一起成仙。有一天，黄初平在山上放羊，为试自己法力，吆喝一声，所有的羊都变成了石头。道家文化中的"叱羊成石"的典故，由此而来。

黄初平是金华的文化灵魂。在这个故事里，羊成了黄初平得道成仙的重要道具。它是黄初平从凡人到仙人的见证，也是黄初平法力无边的注脚。最后，羊以石头的形式在金华山保留了下来。金华山上，森林深处，到处是大大小小的或卧或立的白色石头。

无辜善良的羊总是宗教的奴仆。在西方，羊是基督教教义里的忍耐、牺牲和奉献。《约翰福音》第10章1~6节："我实实在在地告诉你们：人进羊圈，不从门进去，倒从别处爬进去，那人就是贼，就是强盗。从门进去的，才是羊的牧人。看门的就给他开门，羊也听他的声音。他按着名叫自己的羊，把羊领出来。既放出自己的羊来，就在前头走，羊也跟着他，因为认得他的声音。羊不跟着生人，因为不认得他的声音，必要逃跑。"在这里，羊是上帝温顺的子民。《圣经》文中用"羊的门"，来指涉人类的救恩之门、保障之门、平安之门和幸福之门。而在中国浙江的金华山上，羊也成了中国道教里重要的生灵。难道这是偶然的吗？羊是不是承载了宗教受难和救赎的双重意义？这不会说话的圣徒，将启迪我们什么？

金华山满山羊变的石头，满山圣徒般的良善和慈悲。它们有一天会不会在谁的一声吆喝声中，重新变成羊群，满山跑动，寻找它们当年的主人？

在赤松金华观，我看到那些石头在宫内随意偃卧，果然有几分羊的形状。而在宫外，亦有许多石头探头探脑，似乎是急切地要进入宫来，发出咩咩之声，得到慈航引渡。夏天的阳光透过树叶照在石头上，光影斑驳，不知凉热。

5

在双龙洞景区，两次都与江苏作家叶兆言相遇。叶兆言给我留下了十分美好的印象。他个不高，平头，戴着墨镜，却不张狂，摇着纸扇，正显斯文。他的举止间，都是书中浸润日久的书卷气和古代隐士般的闲散，平和，飘逸。他写过很多作品，我很早以前看过他的长篇小说《1937年的爱情》，依稀记得即使写1937年的战火中的南京，他的笔下依然有摇曳多姿的、美好的、脱胎于老庄的安详和慈悲。我从这部小说喜欢上了他。及至见他，正是我喜欢的样子。

而他得以与金华双龙洞景区结缘，原因之一是他的祖父。他的祖父叶圣陶，是我国现代著名的作家兼教育家。早在1957年，叶圣陶写过一篇《记金华的双龙洞》，被选入了小学语文课本，成为中国人一代代的语文教材中的篇目，它也因此成为双龙洞景区的重要文化名片。在双龙洞景区，那篇文章被镌刻在显眼处。叶兆言的父亲叶至诚，也是江苏著名的作家、编辑家。

三代读书人，自然有了叶兆言浸入骨髓的书生风流，举手投足都是翰墨之香了。

双龙洞景区与叶家的缘分，使这么一个道家的山水，自然的风物，有了翰墨之香，文化的气息，文学的芬芳。让人感到，即使是在这史前密室，青山绿水间，文化的薪火也不会熄灭。

6

必须说一说金华山的雨水。两次去金华双龙洞景区，都遇上了雨水。都是刚刚还是晴天,一会儿就下雨了。突然的雨水,造成了对双龙夏天的颠覆、举义。天空哩哩啦啦,原本凉爽的天气更加舒适。

我们出了双龙洞,在洞口的亭子里喝茶,听着雨打在周围树叶上的声音,亭子上方的声音。这夏天最后的喧嚣在雨水中被屏蔽了。在这样的雨天里我们还能干什么呢?一群文人,在游过了双龙洞景区之后,被雨水挽留,干着与文化、茶、雨水、夏天与双龙景区相得益彰的活动——闲聊,嗑瓜子,用毛笔写字,画画,听当地女子唱评弹。开始的雨声让我们毫不在意,为了躲避雨水或者在等待雨停,我们多少显得百无聊赖,最后我们发现我们竟沉迷于此——这金华的双龙景区让我们有怡然忘归之感。我们慢慢地脱去了伪装,现出了本相。是雨水让我们砸去了身上隐形的镣铐。我们变得松弛、闲散,放浪形骸,无所顾忌,仿佛孩子嬉戏于乐园,或者游子栖身于故乡。我们竟然有了短暂的沉默,脸上的表情不自觉地显出遥远和深情,俨然在迎接天上的銮驾——那哩哩啦啦的雨声,仿佛是双龙景区金华山深处的道观里,苦修的道士念着的经文,让我们倾听。

世袭的灯塔

每一片茫茫的大海之上，都有许多大大小小的岛屿。灯塔，乃是每座岛屿上的必备之物。它的作用，就是指引夜晚岛屿旁边来往的船只，出入小心，靠近绕行。

那样一座座灯塔的存在，对夜晚航行的船只，是领引，是慰安，是劝诫，是救赎。那海上的微光，仿佛神灵的手指，指引着茫茫无边的海上的生命。

就像寺庙里的燃灯者，都是最低阶的僧侣，海岛上点燃和守护灯塔的，其实是普通的工人。为了给别人带来光，他们孤悬于岛上，忍受着常人难以忍受的痛苦：既要躲避蚊虫叮咬和蛇的骚扰、生活的不便，又要忍受似乎要把天地撕碎的台风的袭扰和与世隔绝的像铁锈一样的孤独的侵蚀。《中国沿海灯塔志》有关于守塔人的工作的描述："处境岑寂，与世隔绝。一灯孤悬，四周幽暗。海风挟势以狂吼，怒潮排空而袭击。……气象险恶，诚足以警世骇俗也。"

清朝光绪年间，浙江岱山年轻渔民叶来荣，因为某种机缘，成了舟山群岛某座孤岛上的一名灯塔工。

岱山是个海岛，四面环海。俗话说，靠海吃海。海岛上的人们，干着与大海有关的事情，结网，捕鱼，摇橹，开船，还有就是灯塔工。这是海上人家的命运，人人唯有遵循。

叶来荣上了海岛。叶来荣从人群里撤出，走上了只需一两个人守护的小小灯塔。他的工作是维护灯塔，保障其正常运转，适时给灯塔上灯油，把灯塔玻璃擦亮，让灯光可以照得更远，每天写工作日志以及给靠岸的船只提供尽可能的帮助……

他怎样来忍受灯塔上那种辽阔的无边无际的孤独？他是否喜欢读书，或者爱上了喝酒？他是否经常自言自语，或者对着大海大声唱歌？那辽阔的大海之上，是否经常有海市蜃楼这样虚幻的美景来犒劳他？自从他上了岛之后，人们对这个人了解得越来越少。偶尔在陆地上见到以探亲休假为由返回的他，人们会闻到他身上远比普通人要浓郁的大海气息，以及灯塔工特有的灯油气味。

光绪换成了宣统，然后清朝又切换成民国。人们的长辫子剪成了短发，身上的长袍换成了短褂。叶来荣也在时光的淘洗中长大和老去。他用工作所得娶妻生子。他从一个有着无限可能的人变成了一个职业固定的人——一个活泼爱笑的小伙子变成了沉默寡言、木头木脑的中年人,一个远离人群与大海相伴或者说是被大海囚禁的人。

无须回避的是,守护灯塔不过是一份普通的工作。灯塔工的人生其实是默默无闻的人生。没有身处都市的热闹繁华,没有用来慰劳英雄的鲜花掌声,没有传说中的江湖侠客的快意恩仇,这样的人生,因为过于冷寂和无趣并不值得羡慕,这样的工作,因为缺乏世俗的欢娱并不被大多数人所接受。

然而叶来荣似乎对人们对灯塔工这一行的看法并不以为意。有一天,叶来荣把他业已成年的儿子叶阿岳也送上了海岛,做了一名和他一模一样的灯塔工。

这一对父子间发生了什么?叶来荣怎么向儿子介绍自己的工作,然后获得儿子的认同?他是否会把一座小小的灯塔描述成辉煌的宫殿,把自己描绘成一个坐拥大海的王者,把他的工作描述成具有世袭价值的美差?他是否对这黑漆漆的夜晚中动荡不安的海面上由自己点燃升起的灯光的名状和意义进行了极端夸饰,把它描述成可以让东海渔民崇拜的天后娘娘显形的追光或可以无数次让行船化险为夷的传说中的神灯?

叶阿岳走上了海岛。这一切与多年前叶来荣得到灯塔工的工作是何等相像。只是叶来荣当上灯塔工是在清代光绪年间，而叶阿岳是在民国。如果不出意外，若干年后，叶阿岳就会变成现在的叶来荣，他们父子两个，将拥有同样的人生。

然而命运也许不喜欢安排重复的结局。有一次，强烈的台风袭击小岛，海浪疯狂地拍打着海岛，仿佛一头饿疯了的野兽。当叶阿岳从灯塔中走出想把系在岸头的补给船转移到岛尾时，一个浪头打来，叶阿岳不见了……

叶阿岳不见了。苍茫的大海成了一个年轻灯塔工的坟墓。他守护的小小海岛空无一人。只有那座灯塔，还在亮着，亮着……这灯塔，对海上往来的船只，是一种生的信念，对叶阿岳的灵魂，是一种死的祭奠。

意外的死亡肯定让叶来荣一家措手不及。白发人送黑发人，让人肝肠寸断。死亡提醒了灯塔工这一工作的危险性，加重了这一工作的悲剧感。这一工作表面波澜不惊，其实隐含了不祥，如果岱山叶家过去对灯塔工心存美好，那现在，他们是否要对这一职业进行重新估算？

叶阿岳死后，为了便于看管，他的儿子、叶家第三代子孙叶中央被祖父带到了海岛。不管叶来荣愿不愿意，从小在海岛陪祖父守护灯塔的生活，并没有让叶中央嫌弃海岛，反而让叶中央在他19岁那年走上了海岛，成了叶家第三代灯塔工。

叶中央对自己5岁时父亲葬身大海的往事一定有着切肤之痛。叶中央对灯塔工这个工作一定有自己独到的理解。让人匪夷所思的是，他怎么还成了一名灯塔工？他的家族，怎么就与这样一个并不起眼的工作较上了劲？

从岱山灯塔博物馆及网上的叶中央的照片可以看出，叶中央不是猥琐的、偏执的、指望获得怜悯生存的人。相反，他浓眉大眼，相貌堂堂。即使老年，白发、平头、面目慈祥的他，也是帅得很。长着这样一副体材的人，肯定是一个欲念和情感都十分正常的通达的人。他怎么就选择做了一名灯塔工呢？

这个家族一定有什么密码，与灯塔工这一行业对应。一定有一种神秘的力量，在左右着这个家族的命运，坚韧地维系着他们与灯塔工这一职业的联系。

有人会认为叶家几代人干灯塔工的行为是这个家族的从业惯性使然。而我宁愿认为叶家这一历经三代的从业选择隐藏了神性。我愿意认为守望灯塔为生命导航本来就是神灵在场的工作。他们世代从事这样一份表面卑微的工作，其实是冥冥中执行了神的旨意。这份工作的艰难无与伦比，可往往是在最艰难的地方，在最为卑微的人身上，神性才得以充分发扬。

每一座灯塔都住着一个神灵。祂给往来的船只以生之希望，给茫茫黑夜以光明的引导，给无边大海以岸的提示，给狞厉死神以火之驱逐。

而灯塔工,就是被神灵选中了的人。他们面目模糊,却与神灵相通,为众生慈航引渡。这样一份表面卑微的工作,其实有自己的道德、伦理、信念和秩序。那是与陆地上的人们不一样的道德、伦理、信念和秩序。这一份工作蕴含的操守与精神,总是通过秘密的途径传承,与此无关的人,根本无从知晓。

在祖国的舟山群岛,有一个个就像是《小王子》里描述的星球那样小得只能一个人容身的岛屿。那是岱山灯塔叶氏家族的领土。那守着一座座灯塔的叶家子孙,是世袭的无比尊贵的国王。

这世界除了皇帝和灯塔工,还有许多事需要以世袭的方式在血脉这条古老的道路上传递。那都是一些与精神有关的事业,比如古代的信使,乡路上的邮差,最偏远地方的乡村教师,少数民族的民间艺人,自织的蓝布上的绣娘……

可上天对叶家的考验还没有停止。1971年的春节,已经快一年没回家的叶中央,为了让同岛的灯塔工回家团聚欢度春节,就写信给妻子,让她带女儿到岛上过年。就在叶中央期盼着团聚时,突然,传来了一个噩耗,妻子和女儿在来岛的途中,乘坐的船翻了。

死亡再一次袭击了叶家。1971年陆地上的新年祝福声不断,可叶中央所在的孤岛上悲声响彻。大海成了叶家的坟场。神灵似乎在考验这个家族的信仰。叶中央内心的痛楚是深重的。悲痛欲绝的老母亲也劝叶中央："儿子，下岛吧！哪怕种地也能图个安稳。"

可叶中央劝说母亲："灯塔的活总得要有人干！我不干别人也得来干。"他只是向上级要求调换到另一座海岛，继续担任着灯塔工的工作。

事总要有人干，可因为自己的家族有过数十年的从业经历，干起来会比别人顺手些。这个工作有危险，作为熟手，他们会比别人操作得更加安全。他们把危险揽在自己身上，别人就安全了。——这是叶氏家族数十年形成的职业伦理之一吗？

1984年，叶中央已高中毕业的独生子叶静虎也上了一座孤岛当了灯塔工。对于别的灯塔工来说，守护灯塔，不过是一个普普通通的工作，可对于叶静虎来说，那可是一份祖业，一份历经三代经营了近百年的祖业。对他来说，每一座灯塔都是如同供奉了祖先的祠堂、供奉了菩萨的庙宇，而他，就成了寺庙里焚香的僧侣，宗祠里祷告的孝子贤孙。

——从清朝光绪年间至1984年，岱山叶氏家族用近百年时光、四代人和三条人命炼造了一种守望的精神，把一个普通的叫作灯塔工的工作做成了让许多人感慨不已的伟业。那舟山群岛中的许多孤岛上闪烁的灯塔，是他们家族共同的徽记。

那一个海上灯塔的近百年守望故事，流传已久，那种来自民间的具有悲情色彩的坚守，让人啧啧赞叹而又唏嘘不已。

在包括舟山群岛在内的许多大海中央的岛屿之上，有一些以守护灯塔为职业的人。他们沉默寡言，他们离群索居，他们与大海为友，用照彻黑夜的灯光说话。他们貌似远离了人群，可从他们身上，更让人体会到什么叫世道人心。

在辽阔的民间，有许多即使在机器时代依然执守手工业时代的伦理和道德的人。他们不在喧嚣繁华的时代现场，而在适合遗忘的阴影之中、边缘之外。他们遵循着古老的、日渐式微的传统，以平民惯有的牺牲精神，承担着表面普通其实非凡的使命。他们表情木讷，但很可能，他们对已经遗落的许多人类的美德，心领神会；他们与传说中的神灵，声息相通……

去梅雨潭

1

戴一副圆框玳瑁眼镜,眼镜后面,是读书人惯有的平静而笃定的眼神。头发三七分,一丝不乱,这是否意味着,他注重仪表,并且极其严谨?他的五官称得上英俊:眉浓,鼻高,唇厚,天庭饱满,地阁方圆。然而他总是抿着嘴,一副不苟言笑、守口如瓶的样子。人群中的他,会不会有点拘谨,有点笨拙?然而他并没有拒人千里之外的意思。只要靠近他,你就能感觉到他的温度。总的来说,他应该是个表面看起来低温但内心温热的人。——这是现代文学史上著名的文学家、诗人、教育家朱自清先生多年来给人的印象,当然也该是1923年,他经北大同学周予同介绍,拖家带口来到温州,担任浙江省立第十中学国文教师，给十中的师生们留下的印象。

那一年的朱先生，25岁。他个小，微胖。在这稍显偏僻的、保守的温州，人们面对初来乍到的他，会是怎样的态度？然而他是北大哲学系毕业生。这样的出身，理应得到人们的尊敬。再加上他斯文，谦和，彬彬有礼，人们对他的尊敬也许更多。他是年轻的，可他并没有他那个年龄易有的轻狂，散漫。他早婚，早在18岁考入北大时他就结了婚，当然也早育，现在已是三个孩子的爹了。他面对的生活，要比他这个年龄段的年轻人复杂、沉重：他的父母需要他赡养。他的弟妹需要他资助完成学业。为了赚更多的钱，他不得不在担任十中国文教师的同时，到十师兼教"公民"和"科学概论"。而他的心性，天生就沉稳有余放达不足。种种这些，无疑会使他看起来要比实际年龄老成一些。——他的确有了中年人的样子。以致后人想起他来，并无多少人能想起他少年时的模样，印象里就都是他中年的样子。

他应该是多愁的。他是个诗人，并且颇有名气了，已经有与人合著的诗集出版。他追随着新的潮流，写下了许多白话诗。那些诗，远不是广场上的呐喊，而是只适合在灯下轻声吟诵的梦呓一般的言辞；远不是勇士慷慨的宣告，而是充满愁怨和叹息的独白。如他写《灯光》："那泱泱的黑暗中熠耀着的／一颗黄黄的灯光呵，／我将由你的熠耀里，／凝视她明媚的双眼。"他就像他笔下那颗黄黄的灯光,光焰虽不大,却能够照亮两个人的执手相看,能够让爱的时空延绵。如他写《独自》:"白云漫了太阳;/青山环拥着正睡的时候,/牛乳般雾露遮遮掩掩,/像轻纱似的,/幂了新嫁娘的面。/……只剩飘飘的清风,/只剩悠悠的远钟。……"他总是用十分轻柔的词,来表达对世界的感受。从这样的诗中,可以联想他走起路来,应该也是轻轻地,唯恐惊动了别人的样子。即使他于1922年12月9日晚写的、标题有些吓人的《毁灭》的诗歌,也没有困兽的怒吼和末日般的狂啸,依然是他一贯的近乎低吟的轻诉:"踯躅在半路里,/垂头丧气的,/是我,是我!/五光吧,/十色吧,/罗列在咫尺之间:/这好看的呀!/那好听的呀!/闻着的是浓浓的香,/尝着的是腻腻的味……"

然而他并不是没有锐气。他是帝制中国的遗少(1912年2月宣统皇帝退位时他14岁),更是民国时期受到启蒙洗礼的赤子。他是孔子孟子的门生,也是受过北大新式教育的一代新人。他穿长袍,也穿当时看着稀罕的洋服西装。他在私塾里完成了最初的学业,自然受旧式教育的影响,怀着传统读书人修齐治平的抱负,先天下之忧而忧的担当。1911年辛亥革命爆发时,他只有13岁,可就跟随潮流毅然剪了辫子。1913年,他闻听宋教仁被刺,作诗《哭渔父》,以表达内心的愤激。这种传统读书人的担当，融合了新的时代血与火的洗礼，就会迸发出新的能量。1915年，他与学生一起积极参与到抵制"二十一条"的运动当中。五四运动爆发时，作为北大学子，他也随同学走上了街头，高声呼喊口号。他受到民主、科学、人权、自由等崭新理念的领引，对挽民族危亡、救民众倒悬等重大命题自然会有自己深沉的思索。他当然知道个人力量微薄，可他一直没有放弃读书人的责任。早在1918年时，他就投身邓中夏发起组织的"平民教育讲演团"，及至离开了风起云涌的北平，在江浙一带教书为业，他依然用写诗和教育投身到新文化运动中，如1921年，他加入"晨光社"，加入"文学研究会"，1922年，他和俞平伯等人创办了新诗诞生时期最早的诗刊《诗》月刊。他团结诗朋，结交文友，写诗编诗，自然是希望以文学为号角，来唤醒更多民众的心智，改良中国之精神。

朱先生早在1917年升入北京大学本科哲学系时给自己取名"自清"，可以看出他的心志，是希望自己一生清白，就像古代许多正直廉洁、光明磊落的君子一样。他同时取字"佩弦"，本意出自《韩非子·观行》："董安于之性缓，故佩弦以自急。"——他多么希望自己，不仅有高洁的品格，同时能克服自己性缓的毛病，让自己就像拉开的弓弦，以更多的激情来对待社会和人生。

2

  1923年10月，朱先生在授课之余，与好友、画家马孟容、马公愚等人相约去游温州仙岩梅雨潭。

  朱先生在温州教书已经8个月了。8个月来，这个长江边（扬州）长大的人，应该暂时适应了这海滨小城的生活。他是否爱上了吃海鲜，闻惯了空气中的海腥味？他的课，越来越受到学生的欢迎。人们日益发现，这个个子矮小、表情严肃、口音浓重的先生，是一个才华横溢、教学认真、值得爱戴的人。他对学生谆谆善诱，受他教导的学生，已经不再需要用半文半白的语句写些"小楼听雨记""说菊"之类的刻板枯燥的命题作文，而是大胆用上了新鲜的白话文，思想和文笔都得到了全面的解放，作文成了一门最愉快的功课。他的写作，有了新的格局。他在《小说月报》发表了现代文学史上第一首抒情长诗《毁灭》，以及散文《笑的历史》。他写出了他文学创作中的名篇《桨声灯影里的秦淮河》……

  在温州，朱先生一点也不清闲。他要兼教两个学校的多门课程。备课，上课，改作业，就要占用他的大部分时间。他要安顿一家老小五人，对三个不大的孩子，扮演着慈父的角色——这可不是一件省心的事儿。他要写诗著文，向着文坛冲击。他还要抽出时间来关心时局。他是北大学子，受过五四洗礼的人，关心国家是他的本分。他通过报纸，倾听这个古老而动荡的国家的律动——两万多名京汉铁路工人大罢工，造成1200公里长的铁路瘫痪。曹锟迫总统黎元洪出京，通过贿选当上大总统，结果遭到上海、浙江、安徽、广州等省市各界团体的通电声讨。这些消息，无疑会让他这个读书人心怀不安。他会认为，这些大部分远在千里的事情，也是自己的事情……工作繁忙，写作不断，儿女绕膝，国事艰难，朱先生家里的灯光，就经常要到半夜才熄。

可是再忙，朱先生也要抽出空来，去走访温州的山水。他是个文人，他当然知道，山水从来就是文学的重要源头，是文化精神的重要原点。亲近山水，拥抱自然，历来是中国文人的本能。古往今来的事例充分证明，一个写作者，如果不善于从山水中获得精神资源，他的文字将乏善可陈。清代张潮如此阐述过文学与山水的关系：山水是地上之文章，文章是案头之山水。那些涌动、耸立或者流淌的山水，是构成一个地方文化品格的重要元素。旅居在温州的朱先生要了解温州，就自然会把温州山水当作他的必修课。

10月，朱先生与朋友们从温州市区出发，前往仙岩梅雨潭。——温州有优美的山水，被称为"海上名山、寰中绝胜"

的雁荡山、号称"天下第一江"的楠溪江、有"动植物王国"之称的乌岩岭……可这些辽阔和复杂的景致似乎并没有得到朱先生的垂青。他的文集里,并没有这些景致的点滴记录。只有梅雨潭,那个离市区20公里左右的地方,引起了他打探的兴趣。

经过了几个小时的行走,远远地他们看到了梅雨潭。那高高的翠微岭山腰,忽见双崖对耸,绝不可攀,崖壁上附满绿苔及草木,呈自然的暗绿色。有飞瀑自崖合掌处喷吐而出,遇乱石则分流跌撞,似散珠一般奔向山谷。清风吹来,飞起水花正如白梅朵朵盛开。——那就是梅雨潭得名的由来了。飞瀑之下,便是绿意厚积的梅雨潭。

——朱先生与梅雨潭相遇了。那无疑是一场十分愉快的相遇。那一处小小的、并不引人注目的景致,在朱先生眼里,竟是无比丰饶的镜像。那团充盈在梅雨潭里的绿色,竟成了朱先生眼中独一无二的景观。没有影像资料让我们清晰还原那一场相遇,朱先生的神情是激动还是平静,他的圆框眼镜,是否被这飞扬的梅雨打湿蒙蔽,但他根据此行写出来的散文《绿》,通篇是情书的修辞和口吻,可以想象他的愉悦。在这篇不长却流传甚广的《绿》里,朱先生不再是乱世的子民,忙于教务的老师,家境艰难的家长,而是以风景当酒的酒徒,激情飞扬的诗人，陷入初恋的饶舌的纯情少年：

那醉人的绿呀，仿佛一张极大极大的荷叶铺着，满是奇异的绿呀。我想张开两臂抱住她；但这是怎样一个妄想呀。……她松松地皱缬着，像少妇拖着的裙幅；她轻轻地摆弄着，像跳动的初恋的处女的心；她滑滑地明亮着，像涂了"明油"一般，有鸡蛋清那样软，那样嫩，令人想着所曾触过的最嫩的皮肤；她又不杂些儿渣滓，宛然一块温润的碧玉，只清清的一色……

可爱的，我将什么来比拟你呢？我怎么比拟得出呢？大约潭是很深的，故能蕴蓄着这样奇异的绿；仿佛蔚蓝的天融了一块在里面似的，这才这般的鲜润哪。——那醉人的绿呀！我若能裁你以为带，我将赠给那轻盈的舞女；她必能临风飘举了。我若能挹你以为眼，我将赠给那善歌的盲妹；她必明眸善睐了。我舍不得你；我怎舍得你呢？我用手拍着你，抚摩着你，如同一个十二三岁的小姑娘。我又掬你入口，便是吻着她了。我送你一个名字，我从此叫你"女儿绿"，好么？

3

1924年的10月，直系军阀与反直系军阀势力之间的"江浙战争"波及温州，为避战乱，朱自清先生扶老携幼，永远地离开了温州，告别了他心中那团无与伦比的绿。

他先是去了淮安白马湖春晖中学任教，1925年8月又经好友俞平伯推荐，赴北平清华大学教书，从此他的命运与清华紧紧地系在一起。他担任了国文系教授，后又任系主任。1937年，七七事变爆发，不久北平沦陷，他随清华大学迁往长沙，在与北京大学和南开大学合并成立的长沙临时大学任教。同年12月13日，南京陷落，日寇沿长江一线进逼，威胁武汉，危及长沙。迫于形势，长沙临时大学迁往昆明，是为西南联合大学。他又随学校迁到昆明，并担任中国文学系主任。1946年10月，日本投降一年余后，学校迁回北平，他最终回到了北平。——他就这样不断奔波，颠沛流离。从18岁到北京大学求学开始，他就一直陷入流离之中。纵观朱先生的一生，流离，是不是朱先生无法摆脱的宿命？

这么些年来，他其实不无欢愉的时刻，如1931年，他被清华大学派往英国伦敦学习语言学和英国文学，有了游历欧洲的机会。他的诗文的影响力越来越大，出版的散文集《背影》《欧游杂记》《你我》给他带来了好名声。郁达夫赞美他的散文成就："朱自清虽则是一个诗人，可是他的散文，仍能满贮着那一种诗意。文学研究会的散文作家中，除冰心女士外，文章之美，要算他。"作为清华大学国文系主任，他是有建树的。他主持制订了用新的观点研究旧时代文学、开创新时代文学的办系方向。作为学者，他在古典文学、新文学以及文学批评、语文教学等方面，都有了不错的业绩。

可是他到底是个苦命的人。他的一生，总是充斥着坏的消息。他在31岁（1929年）时，他的结发妻子武钟谦在他的老家扬州因肺病离世，给他丢下了三子三女。接到消息，他晕倒在地。在朋友们的张罗下，他得以与齐白石的国画弟子陈竹隐结婚。他们夫妻感情甚笃，按理他们应该幸福美满，可是他们聚少离多。他随清华大学一迁再迁，而她为了减轻他的负担，只好带着他的孩子回到老家四川。很长时间，他们不得不忍受两地分居的苦楚。他一个人在昆明，为了增加收入补贴家用可谓勤勉至极，除在联大教课外，还到私立五华中学兼任国文教员。可命运并没有因他的勤勉而对他网开一面。1944年，他在扬州的女儿去世。8个月后，他的父亲又在扬州病逝。亲人接连的离世，给他的打击是可想而知的。他又因贫困经常处于捉襟见肘、吃用无法保证的境地。在逐年的颠簸、劳累和贫困中他落下了严重的胃病。他的病经常发作，痛苦异常。虽然才过不惑之年，但他的样子，已与他年轻时相去甚远。他的好朋友、诗人、散文家李广田1941年见到他，竟惊异他的变化："相隔十年，朱先生完全变了，穿短服，显得有些消瘦，大约已患胃病，特别引起我注意的是他的灰白头发和长眉毛，我很少见过别人有这么长眉毛的，当时还以为这是一种长寿的征象。"——不久后人们知道了，那怪异的长眉毛远非长寿的征象，倒可能是死神进驻的迹象。

如果世道太平，他这样的一个人，会以教书、治学为本，尽书生之力报效国家，桃李三千，著作等身，另一方面，他会尽好为子、为夫、为父的责任，给父亲尽孝，让妻子幸福，教儿女成才。可是他是乱世之民。他的一生，经历了皇帝退位，军阀混战，日寇入侵等重大历史事件。他的目之所及，古老的中国大地，到处烽火连天，百姓流离失所。苛求一张安静的书桌而不得，他这样一个谦和、拘谨的人，渐渐变得愤激，甚至拍案而起，横眉怒目，最终到了视个人安危于不顾的地步。1926年，他与清华大学师生们一起参加了反对八国最后通牒的示威大会。日军侵华，他于1936年发表歌词《维我中华歌》，激励抗日救亡。同年12月，他与清华学生参加北平反对"冀察政务委员会"进行游行示威活动。1945年12月，国民党反动派残杀反对内战、要求民主的学生，造成"一二·一"惨案，他至联大图书馆四烈士灵前致敬。1946年8月，他的好友李公朴与闻一多被杀害，成都各界人士举行李闻追悼大会，他闻知国民党特务将在会场进行恐吓捣乱，面无惧色亲临会场，向人们报告闻一多先生事迹，听众无不愤激落泪。他因此上了国民党当局的黑名单。可他依然不管不顾，在抗议当局任意逮捕人民的宣言、抗议美帝扶日并拒领美援面粉宣言、抗议北平当局"七五"枪杀东北学生事件宣言等多个文件上签名，参与起草清华教授为"反饥饿、反迫害"罢课宣言。他的文字，日益炽烈，远不是《绿》里的美好、愉悦，而是充满了反抗与控诉。他渐渐从一名寄情山水的读书人、一名为人生而艺术的诗人，变成了一名怒目金刚般的战士。

——多年的劳累、贫困、颠沛流离、亲人离世的悲痛及身处乱世的悲愤不断消耗着这个身材瘦小的人。他以蜡烛的体量，被迫发出了篝火的光焰。急剧融化是必然的。1948年他死于胃穿孔。死时年仅50岁。

4

先生在温州时间只有一年余，留下的足迹并不多：他为省立第十中学（后改名温州十中）写了校歌。他写了《温州的踪迹》散文四篇。他在城区四营堂巷55号一个私人宅院里租住了一段时间。对于温州来说，朱先生只算是一名短暂的旅居者。

可是温州依然精心保存着朱先生的印迹。他在温州的租赁之地，被温州政府整体向东迁移200米重建，辟为他的旧居，所有厢房布局全部按他当年生活的格局陈列，被列为市文物保护单位进行保护，向游人开放。他为温州十中写的校歌，至今依然传唱，其中的名句"英奇匡国，作圣启蒙"已成为温州中学校训。校歌首句"雁山云影，瓯海潮淙"，也成为温州人高度认同的温州风光广告词。他在温州人心中至高至大。在温州举办的一个座谈会上，我发现先生之名屡屡被人念起，所念之人态度必恭敬，言必称先生。当有外埠人士发言对先生稍有不恭，必有人现场表情不悦，奋起反驳，仿佛先生不是一个90多年前的短暂旅居者，而是与他们有着深厚的文化伦理关系的先人。

沿着先生当年的线路，我去了梅雨潭。90多年的时光改变了这个世界，从市区出发，当年三四个小时的路程，现在坐车只要半小时就到了。但梅雨潭并没有改变。远远地，便进入了朱先生《绿》中的语境："走到山边，便听见花花花花的声音；抬起头，镶在两条湿湿的黑边儿里的，一带白而发亮的水便呈现于眼前了。"

《绿》中提到的一只苍鹰展着翼翅浮在天宇中一般的梅雨亭依在。在梅雨亭的旁边，一块石碑上刻着先生的《绿》的全文。

而梅雨潭上面的瀑布，依然保留了当年的样子："从上面冲下，仿佛已被扯成大小的几绺；不复是一幅整齐而平滑的布。岩上有许多棱角；瀑流经过时，作急剧的撞击，便飞花碎玉般乱溅着了。"瀑布之下，小小的梅雨潭，被更加苍翠的植被簇拥，景致越发好看。那一汪绿色的潭水，依然是朱先生文章里的质地——朱先生的比拟真是精准："她滑滑的明亮着，像涂了'明油'一般，有鸡蛋清那样软，那样嫩，令人想着所曾触过的最嫩的皮肤；她又不杂些儿渣滓，宛然一块温润的碧玉，只清清的一色——但你却看不透她！""仿佛蔚蓝的天融了一块在里面似的，这才这般的鲜润呀。"

　　站在潭边，望着这潭水，我想，这小小的潭水，何尝不是朱先生自己。1923年10月，温州客居的朱先生随朋友来到这梅雨潭，这个拘谨、严肃的人，竟表现出少有的兴奋，并在不久后又重游了一次，还写成了流传甚广的散文《绿》，乃是在这潭水中看到了自己。他的北大出身，他的受过五四洗礼的经历，他得之旧学的读书人责任，让他的性格自然潜藏了宁为玉碎不为瓦全的决绝，就像这潭子之上，自有瀑布从天而降，在无路处不顾一切地跃下山崖。他给自己取字佩弦，是催促性缓的自己，能日日像拉满的弓一样奋力，而这瀑布，何尝不是一张自然间的弓。可真正的他，并没有不废江河万古流的雄心。他只是这样的一潭绿水，面积不大，却是无比丰饶的生命体，如镜潭面，正可以倒映蓝天白云，隐居山间，正可以与清风明月为伍。他与天地独往来，酿成这无比丰富的绿色，向着世界奉献出不灭的绿意。他的人格，有着严格的洁度，仿佛这透明的、明暗浓淡相宜的绿水（自清）。他与世界之间，赖着这流出山间的涓涓流水沟通，正像他自己，一生从事教育工作，以自己的学识，润物细无声地滋养国家与民族的未来。

他真是这样一潭绿水。他身材瘦小，如果说高大的人是一座高山，那他就是人群中的一座水潭。他所从事的文学，是诗歌，是散文，如果其他篇幅长的文体是大海和河流，那诗歌与散文，不过是文学体裁中的小潭，而他满足于此。他似乎从来没有写长篇的兴致。就是学术文章，他也不喜欢拉到很大的篇幅。他的确是个惜墨如金的人！

与他同时代的人相比，鲁迅、林语堂，或许如磅礴大海，胡适或许如广大深沉的湖泊，沈从文或许是河岸不宽但热爱远方的河流，而朱先生，他只是一个山中水潭，一个梅雨潭。他客居的温州仙岩山间的梅雨潭，正是朱先生自己的精神幻象。

可是他多么不合时宜。他没能生活在一个安定的时代。命运押解着他，要他像一条河流一样奔向远方。时代逼迫他，要他向大海一样掀起巨浪。他本是个沉默寡言的人，可是他不得不呐喊、控诉。他身不由己，结果他的能量支撑不了他走那么远，过那么颠沛流离的人生。结果，河流在他 50 岁时断了。结果，他被自己的浪头打翻在地。结果，他过早地得到了永久沉默的判决。

而仙岩梅雨潭，已经附会为朱先生的精魂。人们走近它，很可能是为了去看他。——对一个热爱山水的读书人，一个即使在乱世依然努力保持自己精神洁度的人，我们没有理由不爱他。

广东

GUANGDONG

初识香云纱

世界上有一种衣料，有一个十分好听的名字，叫作香云纱。

这一名字，比起棉、麻、丝绸的命名，就显出几分考究，有了气味（香），有了对质地的比拟和夸赞（云），音色也十分轻柔动人，读出来唇齿间难免有一股香气与爱意。香云纱，多有贵族世家小姐的范儿，相比之下，棉、麻就是平民百姓家的女儿。

可我对香云纱知道甚少。很久以前，我只在我的老家吉安一个叫钓源的古老村庄里看见有老妪穿过它。那衣料厚硬、漆黑、暗旧，却又在易磨损处显出了金子般的黄色，衣服的款式也同衣料的年代一样久远，却十分庄重，让我无端产生了敬畏，仿佛所见不是一名乡村老妪，而是一座微型的庙宇。同行的年长女性朋友告诉我，它的名字叫香云纱。

我却听成了"湘云纱"。是的，我认为这种带有几分鬼魅之气的衣料，应该与水草丰茂、巫鬼横行、能赶着尸体行走的湘湖之地有天然的母子关系。——也许，是《红楼梦》里的"史湘云"这一名字误导了我。

及至不久前，我去了广州南沙区榄核镇，才知道它真正的名字，叫香云纱，是靠海的榄核镇一百多年前创造的风物。

拥有这么温婉富贵名字的物件，远不是城市的工厂生产线上的产品，而是乡村田野草木间的作物。

——在一个名叫合沙村的并无多少稀奇的田地间，我看见几间很不起眼的简陋农舍。几个戴着草帽的人在劳作。没有人预先告诉我，此行要去哪里，这么热的天，这乡野田地间有何值得参观的去处。

我跟着人群往前走。我看到农舍里戴着草帽的人把怀里一团白色的布匹放进一个蓄满了酱色液体的水槽里。酱色立即游上了白布。戴草帽的人反复把布放在水槽里浸染，以期让布与液体接触更充分些。

以工厂车间的标准来衡量，农舍里的环境一点也不好。地面是黑色的，并不平整。水槽周围翻起了湿泥。到处是用处不明的、锈迹斑斑的农具。戴着草帽的人的衣着是粗简的。他们的怀里都染上了酱色，完全覆盖了衣服的本色。这让人觉得，他们从事的是一种苦行。

这时候才有人告诉我，我们来到了著名的衣料——香云纱的生产场地。戴草帽的人怀里的白布，是布帛中珍贵的丝绸。

我看见农舍的角落里堆放着许多植物的块茎。同行的人告诉我，这叫薯莨，是制作香云纱的重要原料。薯莨中含有可以让丝绸上粘聚一层黄棕色的胶状物质的宁胶与单宁酸。只有让薯莨碾碎后制成的汁水多次浸泡并涂于练熟的丝绸上，再用珠江三角洲地区特有的富含多种矿物质的河涌淤泥覆盖，并经多次晾晒、水洗、发酵，才可以造出优质的香云纱。

看不出名为薯莨的植物有何神奇之处。它散发着泥土的气息，有着泥土里的块茎作物一样的笨拙憨厚。它和我故乡的芋头相似，同样有黑色的、呈纤维状的表皮，并且有增生一般的肿块，但它的块头要大很多。

另有戴草帽的人抱着染了色的布匹往前面的田野中走去。他们经过了站在田埂上的我。我看不清他们的轮廓与表情，同时也听不到他们的话语（他们的工作几乎不需要用语言交谈），但我在侧身让路时闻到了他们浓重的体味。——那是让人对他们手中的劳作产生信赖的体味。

我跟着他们走。我看到前面有一块很大的平整的草地。草仿佛过分吸收了养分，无一片叶子不举着饱满的绿色，大地上如同泼了成吨的新鲜的绿漆。在天上的云朵和飞鸟看来，那绿意盎然的草地，该也是无比漂亮的布匹吧？

我看见戴草帽的人把手里的布在草地上展开。而旁边的草地上，已经晒着一匹匹布。它们有的因刚刚浸染了薯莨汁，颜色就浅一些，有的，毫无疑问已经染过多次，颜色已经很深，已经变成了沉着的暗红或褐色。

同行的向导告诉我，吸收了薯莨汁的布匹晒在草地上，是制作香云纱的重要程序。天上的太阳明晃晃照着，可以让薯莨的汁水干透，可草地是湿润的，可以源源不断地供给布匹水分，让布匹保湿。而布匹中的薯莨汁，对于草地又是极为丰富的养料。制作香云纱的过程，万物相生相克，正暗合了中国哲学原理。

颜色不一的布在绿色的草地上晒开。每一匹都有20米长，1米多宽。那该是张艺谋喜欢的镜像吧？我记得他的电影《菊豆》就有这么大片大片的布，让整个电影充满了张力和隐喻。

朋友们纷纷举起手机和相机对着这草地拍个不停。那些布占满了画面。在布的尽头，是戴着草帽、面目模糊的他们。因为有了他们，这画面竟是如此和谐与生动。

向导惋惜地说，有一个环节我们今天没法看到，就是工人们把大量河泥涂在已经变成暗红或褐色的布匹上。她说，那同样是十分让人震撼的场景。——河泥固有的矿物质会让布匹发出黑色的光亮，待河泥洗尽，经过薯莨汁浸染和阳光洗礼的丝绸变成结实厚朴的香云纱。

桑（蚕丝）、薯莨、青草，阳光、草地、河泥，天空、大地、河流。香云纱，是不是神灵参与的杰作？它的制作，动用了天地间的库存，调动了奇特的想象力，并且是完全的原生态。它当然就该叫香云纱——植物的香，天空的云，桑蚕的纱。

可最高贵的物什，其发明者往往是最为普通的劳动者。从导游的口中得知，发明这独一无二的衣料者，不是天上的我们看不见的神灵，不是化腐朽为神奇的魔术师，也不是T字台前踌躇满志的设计师，而是珠三角辛劳的渔民。他们在生活中发现用薯莨浸泡渔网，渔网会变得坚挺耐用，他们在浸泡渔网时衣服上也染上了薯莨汁，结果发现衣服也像渔网那样坚挺。他们长期在河流里生活（没有房产、一年四季只在船上生活，称作疍民），衣服长期沾染了河泥，结果发现河泥使衣服发出黑色的光亮，衣服越穿越柔软耐用。他们所在的地方到处是桑树鱼塘，丝绸是他们最平常的织物……于是，他们发明了香云纱。

香云纱是渔民的发明，但它远不止于珠三角渔家的工装。它经过漂染、晾晒、上泥等工序，已经吸饱了天地精华，有了属于自己的个性，足以演绎复杂的人生。

富贵、香艳、颓废、老派、保守、执拗、不屈、老于世故、向死而生、不可一世……种种这些，还不能概括香云纱的全部。香云纱就是这样一种有性格的衣料。它怎么会甘心仅仅做渔民的女儿，在大海的腥味与劳作的汗味中消磨终生？它要走上岸来。它要魅惑众生。它要书写属于自己的传奇。

我们看见电影《红色娘子军》里的南霸天穿着它。南霸天，当时海南当地的土皇帝、民团总指挥、大地主。他几乎集反面人物罪恶之大成：勾结官府，横行乡里；拥兵自重，滥杀无辜；私设刑房和监狱，草菅人命；广蓄奴婢，鱼肉百姓；霸占田产，囤积粮食；仇视革命，围剿红军；等等。这么复杂的一个人，要怎样的着装才能塑造他的邪恶？棉花太善良，麻又太硬，丝绸太软，唯有黑色的、厚朴的、顺滑的、发着凛然光亮的香云纱才有如此的力道。

不敢想，如果没有这件香云纱，《红色娘子军》里的南霸天形象还会不会如此饱满。

南霸天的香云纱是黑色的，有着白色的扣子。而上海才女张爱玲笔下的《金锁记》里刚刚丧夫的曹七巧穿的香云纱却是白色的。"七巧穿着白香云纱衫，黑裙子，然而她脸上像抹了胭脂似的，从那揉红了的眼圈儿到烧热的颧骨。她抬起手来搵了一搵脸，脸上烫，身子却冷得打战。"七巧的性格最后被扭曲，行为变得乖戾,不但破坏儿子的婚姻,致使儿媳被折磨而死,还拆散女儿的爱情。这日后一系列的变化,在她丧夫时穿的香云纱上已经露出了端倪。颓废、不屈的香云纱,俨然就是曹七巧性格的写照。

而张爱玲应该也是爱着香云纱的。她的性格里,有着与香云纱十分契合的质素。在一张黑白照片里,张爱玲短发,右手撑腰,头抬起,目光望着高处,神情既漫不经心又不可一世。左右两边的珍珠耳环光彩夺目。她身上的立领中袖旗袍,暗花,闪亮,感觉就应该是香云纱——远比丝绸要锋利、硬朗、立体和有张力的香云纱。

宋庆龄女士最爱香云纱。她有一件香云纱旗袍:立领,短袖,右衽,黑色,下低开衩,手工缝制。她在很多重要场合都穿着它。晚年的宋庆龄身体渐渐发福,可依然要穿着这件香云纱——为了能穿着它,她将它的两边进行了放大处理。现在,这件香云纱被永久收藏在上海宋庆龄故居之中。

出身上海名门,与孙中山先生结为夫妻,往来于历史风云之中……宋庆龄女士什么世面没见过,她的衣柜里,又会缺了哪种款式与料子的服装?可她就偏爱这件香云纱。许是这种最意味深长的衣料最适合表达她对历史对人生的态度:深明大义、毫不妥协,永远怀着对故人的缅怀与对苍生的惦念……香云纱,是最具历史感的衣料。

我发现我刚刚说到的一切,都指向了一个复杂难言的时代:民国。

民国,那是一个向死而生的时代。——外侮不断,军阀混战,灾祸连连,众生疾苦。读书人拍案而起,少年者投笔从戎。乡村大地上,逃难的队伍络绎不绝;城市中心,轨道电车驶过,街头报童叫卖着不太平的天下事;深山之中,有队伍在啸聚;天空之上,有飞机在轰鸣……

我们看到,在民国,香云纱无所不在:一个受人尊敬的乡绅,穿上一件黑色的香云纱,讲究的,再在上衣口袋放一块怀表,露出表链子在香云纱外面,去祠堂或乡公所议事就特别体面了。上海的戏院里,那颇有年纪的戏班班主穿上一件香云纱,在那些五彩斑斓的戏服面前,就显得特别有底气,完全罩得住那些脾气不小的角儿。那统领万兵的将军,便服里怎么会没有一件香云纱呢?脱下军装后再穿上它去城里会友,那种万雄莫当的气势一点也没减少。大上海的太太们,谁的衣柜里会少一件香云纱呢?出去逛街穿着它,春天里出门踏青穿着它,就不知道该多有风韵了。

年轻的姑娘们倒是想要一件,可是,香云纱这种料子,没有一点阅历,仅凭青春的活力,怎么撑得住呢?她们就只好盼着等以后年岁渐长，再美美地穿上香云纱。

如果选择一种衣料来指认民国，非香云纱莫属。

现在的香云纱，远比民国时的要更加香艳。颜色已经不再拘泥于黑或者白，还有更多的红蓝紫，配着大朵的花。当然，黑色依然是香云纱的最经典颜色。

我眼前见到的这些草地上的、正在制作过程中的布匹，就有着各种各样的颜色，有着不同的衣语。

毫无疑问，它塑造了民国，当然也能塑造今天。因为今天比起民国，色彩更加斑斓，人性更加丰富，新与旧更加推挡不休。

四川

SICHUAN

泸州的油纸伞

1

同大多数中国当代乡村集镇一样，位于泸州江阳区东南部的分水岭镇，是个看起来人气并不旺的地方。据说它曾是川、黔、云三省间的商贸中心和物资集散地，可我到达时，看到的是一条长长曲折的老街两边，店铺要么店门紧闭，要么懒洋洋开着的光景。街上既看不见人问价，也少有人走动。只有几家饮食店，门口的炉子冒着热气，炉子上的大锅里都煮着大块的豆腐。正是中午时分，店里三两人吃着，也不太说话。

我们走在街道上，总算让街道有了点人气。可这街道上仅有的本地人对我们的到来并不讶异，我们经过时，他们只是向我们投去匆匆一瞥，依然低头做着自己的事。偶尔有一两条狗躺在地上，似乎连睁眼看看我们都觉得费神。

这个集镇给我最强烈的印象，就是植物长势凶猛。街道两边常常是巨型樟树，枝叶丰饶如巨大伞盖，树干要八九人才能合围，以为是长了五六百年才有的规模，一问才只有一二百年的树龄。从集镇往四周望去，青山环抱，色如新漆，似乎生命的喧响无所不在，再悲伤暗淡的灵魂都会如沐春风。

然而寂静的山沟可能是凤凰的故乡，表面如此冷寂的分水岭镇也会有风流妖娆的一面。当当地朋友领着我们转入了一个逼仄巷子，走进一座有着百年历史的老宅子时，我们看到了与老街完全不一样的景象：

许多人在忙碌。他们有的在用机器把木头裁成棍条状，有的忙于在木棍上凿细小的洞，有的在木棍上装上木条，形成伞骨，有的在伞骨上缠上丝线。有的呢，往伞骨上拼贴有图案的纸。还有的，往纸上涂上糨子……我不能详尽地叙述他们的工作，因为我的目光所及，他们工序复杂，分工精密，指间的动作细微谨慎，有着与机器生产完全不一样的节奏和耐心。

他们都是一些中年男女，与我在老街所见的本地人有着一样的朴素穿着。他们也与老街上的本地人一样无声，可他们有着同老街上的人们的慵懒闲散不一样的专注、静穆。他们的表情是深远的，好像在他们的心里装着一个远方。那个远方，叫作传统。——那是一种叫作油纸伞的古老制作传统。

你该知道了，云贵川三省交界的边远小镇分水岭镇，是中国汉文化符号之一——油纸伞的故乡。

那个面积巨大的百年老宅，就是全世界瞩目的泸州油纸伞的制作工厂。

2

相传伞是鲁班的妻子发明的。

木匠鲁班每天都要出门工作，常被雨淋。鲁班妻子从门外的亭子造型得到启示，就用竹条做成了一个像亭子一样的东西，用兽皮搭在竹条上面，下面用一根棍子撑住。这是中国历史上最早的伞。后来经过鲁班改造，伞成了收拢如棍、张开如盖的物件。

东汉蔡伦改进了造纸术，人们借此改进了造伞技术，发明了在伞纸上刷桐油用来防水的油纸伞。

伞是寻常之物，可做伞却是个对原料和技术要求都十分高的活计：要能撑数千次不损坏，油纸被雨水反复浸泡能不脱骨，伞顶在暴风中行走能不变形。从选原材料到成伞，要一百多道工序，每道工序都有严格的技术严格的质量标准。

位于云贵川三省交界的分水岭镇是个天然适合做油纸伞故乡的所在。那里植被丰茂，到处是适合做伞托的通木，深山里的老楠竹韧性大，弹力强，非常适合做抗大风不变形的伞骨。竹木又是做油纸伞的纸最好的材料。桐油呢，印刷精美图案的石墨呢，都可以在山上取材。

早在明末清初，分水岭镇的人们意识到自己的资源优势，开始研究油纸伞的制作技术。几乎是同时，泸州人开始生产日后让泸州闻名遐迩的泸州老窖。

分水岭镇人上山挑选最好的木头和老楠竹。分水岭镇人在经过防腐处理的木头和竹子上钻孔、拼架、穿线，精心布置用于抵挡雨水的各种小小的机关。分水岭镇人在纸上画上最好看的图画——在这张圆形的、与天空对话的纸上，分水岭镇人展开自己的想象，画上脸谱、山水、花鸟，画上对生活的赞美与祝福，并给纸涂上最好的桐油……

天然的资源优势，和分水岭镇人的勤奋刻苦，也许还包括分水岭镇有十分好的地理优势——处于云贵川交界，是三省物资集散地，分水岭的油纸伞迅速游走四方，盛开在中国雨水横斜的天空下。

无法再现400年前泸州分水岭镇家家生产油纸伞的盛况。有一组历史数据可以窥见一斑：20世纪40年代末至50年代初，靠近泸州小市码头的珠子街是当时泸州的"油纸伞一条街"。极盛时期,泸州境内共有大小油纸伞生产厂家100多家,从业人员上万人,年产纸伞2000万把。无疑,泸州最先制作油纸伞的分水岭镇是其中最重要的生产基地。

一方水土养一方人。分水岭镇人用自己的聪明才智,把满山的草木做成了美的产业,让全世界都知道了,这个原本处于三省边缘地带的泸州管辖下的蕞尔小镇。

3

可以说,泸州,是油纸伞天然的T字舞台。

被长江和沱江滋养的泸州,植被丰茂,万木葱茏。我去的时候正是9月,在泸州坐车沿途所见,田野,山林,街头,巷尾,到处是水润润、油汪汪的绿色,天地间似乎一片枯叶也没有。

泸州地处四川盆地南缘与云贵高原的过渡地带,是个地势空间上高低落差不小的地方。无论山区城镇,地面俯仰峭拔、转弯抹角、变化无穷。我所住的酒店为江阳区南苑酒店,滚滚的长江就在不远处,却如谷底之豹,与酒店的地势有百米的落差,需低头才见。从长江到酒店,中间好几条路蜿蜒曲折,车流人流辗转攀升，有着平原地带难得一见的崎岖与宛转。

如此的地形地貌，加上一把油纸伞，泸州就风情万种了，就如诗如画了。想象着雨水横斜的日子，有人撑着油纸伞从低处缓缓走上高处，仿佛是一朵彩云徐徐出岫。那驾着彩云的人，肯定就仿佛妙曼的仙子，她的面孔在伞下隐没，她撑伞的手涂着蔻丹。或者，远远地看着一个人撑着油纸伞，从高处徐徐走下低处，山坡横斜，四周皆绿，彩色的伞与绿色的环境，撑伞的人与山坡，构成了色彩和几何意义上的视觉之美。街头的拐弯处，古老的巷子尽头，陡然出现一把色彩饱满、雨水在上面唱着圆舞曲的油纸伞，连天空都会为之迷醉。

没有油纸伞，长江边的泸州就只是一座酒城。的确，泸州老窖的名声太大了。走进泸州，到处是泸州老窖为主角的店铺和广告，到处是饮酒的雕塑。那些雕塑里叫不出名字的饮者，或侧卧或斜立，手里举着向天的酒盏。一旁的长江和沱江，感觉也步履趔趄，醉态百出。

酒让泸州充满了阳刚之气。人们理所当然地认为，泸州就是一座雄性十足又浪漫风流的城市，一座容易让革命家、浪子与诗人流连忘返的城市。20世纪20年代，刘伯承在泸州发动了起义及朱德在泸州驻节，就充分说明了这一点。

是油纸伞改变了泸州的气质。她告诉世人，泸州除了散发着白酒的迷香，还有油纸伞的风情。油纸伞，让泸州在拥有了酒的洒脱阳刚之后，透着古典的阴性之美，充满了女性的柔情与蜜意。

4

从 20 世纪 80 年代开始，泸州的油纸伞业开始冷寂起来。漫天的雨水浇灌，分水岭镇的人们开始发现自己无所事事、内心虚空。看着雨水中钢架伞拥塞了街道，分水岭镇人的心是迷茫的。许多人心怀着失落离开了油纸伞制作现场，去了远方。仍有人坚守原地，守护着这祖宗传下来的手艺。

机器生产使油纸伞失去了实用的那部分市场，可是油纸伞还有另一部分坚韧的存在。油纸伞除了是使用的伞具，还是文明的使者，是千年汉文化的重要部件。试想，如果没有了油纸伞，旗袍会不会觉得孤独？那些淌着雨的江南小巷子，会不会过于空旷？《白蛇传》里许仙与白蛇娘子西湖断桥边的爱情，怎么开始？戴望舒的经典诗歌《雨巷》，会不会变得平庸？

在汉语的中国，油纸伞含义丰富。它意味着繁衍。客家方言中，"油纸"与"有子"同音。从字形来看，繁体的伞里有五个人字。故过去女性婚嫁，女方通常会以两把油纸伞作为陪嫁，以祝福新婚夫妇早生贵子。它意味着平安。它是进京赶考的书生或走马上任的官员的护身符，在中国古代，赶考的书生与上任的官员背上包袱里除了衣物与书籍，一定会带一把红油纸伞，即"包袱伞"，又称"保福伞"，以求仕途平安、独占鳌头。即使今天，很多地方依然有亲朋、家长、同学给高考的学子送一把油纸伞，预祝成功。它意味着圆满。伞面张开是一个圆，是人人喜欢的象征人生圆满的祝愿之物。它意味着吉祥。在许多地方的习俗里，油纸伞所用桐油有着驱鬼、辟邪、纳吉的功效。所以，家家要用伞来保风水、驱邪气。油纸伞还用于道教典礼及祭祀等方方面面……

分水岭镇人重新审视了油纸伞的文化意义。他们纷纷回到了油纸伞的生产工地。他们上山采来了上好的楠竹，重新开始在通木上挖孔钻洞，精心布置一个个机关。他们在伞面上描花绘朵：画一棵黄山不老松，祝有德行的人寿比南山；画一个龙凤呈祥图，祝福新婚的人们恩恩爱爱；画一个双龙戏珠图，祝福那新生的人儿快乐幸福。他们在分水岭镇的上空挂满了油纸伞，这是他们的野心：他们要让天空也变得生动与吉祥。

分水岭镇从事油纸伞制作的人从手艺人变成了文化人。——他们的油纸伞被列入国家级非物质文化遗产，获得国家地理标志产品保护。一个叫毕六福的乡党，成为中国非物质文化遗产油纸伞制作技艺国家级唯一法定传承人。

——穿行在那座被当作油纸伞制作工厂的百年老宅之中，我立即成了有福之人。我看到的每一个人脸上都写满了静穆和良善——那是被传统浸润日久的静穆和良善。我得到了无数的祝福：那油纸伞上面的牡丹、龙凤、花鸟、山水，都在祝福我幸福平安健康美满。我有理由认为这里的每一个人都叫毕六福——对传统毕恭毕敬，愿人生六六大顺，福气满满，这是一个多么好的适合于所有油纸伞从业者的名字。

走出那座作为油纸伞生产基地的百年大宅，外面是用数十把大大小小色彩图案各异的油纸伞串起的天空。天上的光在伞间如同婴儿，躲闪雀跃，仿佛做着快乐的游戏。我可以发誓，那是我见过的最美的彩色天空。

5

离开泸州回到家后不久，泸州的朋友给我寄来了礼物：一个纸箱子里有两瓶泸州老窖，还有泸州的特产莲子、桂圆干，然后是一把油纸伞。

那是一把很小的伞。它是红色的，伞面绘的牡丹，牡丹旁用行书写着"天香国色"。这把伞太小了，伞面比八开的报纸还小，小得就像是一个伞中的婴儿。那些纸面下细细的伞骨，仿佛初生的婴儿细细的骨骼。

我立即撑开了这把伞。分水岭镇闻到的桐油味道扑鼻而来。我立即被分水岭镇乃至泸州的山水及400多年分水岭镇制作油纸伞形成的传统所裹挟、包围。我的宅子似乎被吉祥的霞光铺满。

我把这把小伞放置在我家的电视机旁边，希望它护佑和祝福屏幕内外所有的人。我无端地认为，这小小的婴儿是有生命的，它会长大，会在我们出门的时候，独自在家旋转、跳跃、翩翩起舞，把祝福洒满我家的每一个角落。

新疆

XINJIANG

马皮鼓上的新疆

1

我总怀疑我的前世是一个北方人。不然，为什么我一见到北方广袤的大地、荒凉的意境就会情不自禁地想要落泪？我身材高大、体格健壮，俨然北方人氏。我喜欢马、大漠上的落日和长云拖曳的天庭等等。我的性格里有北方特有的率性、孟浪、决绝。我对那些精雕细琢的田园诗并没有特别的偏好，可一读高适、岑参的边塞诗，我的血脉里就会发出哧哧哧的响声。——我的血统里是否有来自北方的基因？我是否是一个遗落在南方的北方孩子？

9月，我来到了新疆，与我所居住的南方城市相隔万里之遥的、大西北的新疆。当我在飞机上看到沙漠、戈壁滩和天空中飘荡的羊群一样的云朵，我仿佛是一个回到了故乡的游子。那真称得上是大地的大地，相比新疆，山脉拥挤、高楼成堆的南方，仿佛就是供人把玩的盆景。新疆依然执拗地保留了古代大地的原貌。它有一副类似古代精于狩猎的男子粗野的体格。它的沉默中有一种亘古的永生的意味。我愿意相信这里的空气有浓酽的酒气——刮过新疆土地上的大风，应该像一群喝醉了酒跌跌撞撞行走的酒鬼，而如果风要小一些，肯定就是他们刚刚小酌归来。在这样的大地上生活的人们，该有着怎样的生死观念和荣辱爱恨的情感方式？怎样迥异于南方的饮食、婚葬、宗教和艺术？——这无言的广阔的让我敬畏的谜一样的大地呀！

——我接受诗歌的邀约，来到了边塞诗歌重地新疆。我获邀参加新疆生产建设兵团举办的新边塞诗会。这更加坚定了我的感觉：这次旅行是一次灵魂的还乡之旅。啊，诗歌！人类文明史上的王冠！早在少年时，我曾为诗歌失魂落魄。我头发冗长，双目灼灼，嘴唇紧抿，状如鬼魅，可我的内心充满了圣徒一样的情感。时至今日，我依然对诗歌怀着最初的热情。我经常抱着一本诗歌杂志在办公室楼道的阴影处或广场的花坛边读一个下午。而如果读不到一首好诗，我会感到悲伤。看到诗坛到处充塞着口水诗、垃圾派，我竟然感到自己遭到了羞辱，因此悲愤莫名。而旨在重续中国古代诗歌传统、重建中国当代诗歌秩序的新边塞诗会，在孕育过古代血气淋漓的边塞诗歌（中国古典诗歌非常重要有力的组成部分）、绮丽的边塞文化风情里诗情激荡的新疆召开，对我无疑构成了诱惑。在诗会上，我见到了我仰慕的新边塞诗歌代表诗人杨牧、周涛和章德益。他们充满雄性张力的诗歌曾经让我血脉偾张！我还欣赏到了一台非常棒的边塞诗歌朗诵会。当身着维吾尔族服装的男性朗诵者在灯光下用草原追风般的嗓音诵出"北风卷地白草折，胡天八月即飞雪"（岑参《白雪歌送武判官归京》），我宛如被闪电击中，身体在黑暗中战栗。我又听到我的血脉里燃烧的"哧哧哧"的声音……当然，我也听了杨牧、周涛等人的诗作朗诵。在盛大的舞台上，汉语诗歌传统中最具力和美的诗歌宛如火焰在燃烧，在传递……在诗会上，我对古今边塞诗歌表达了我最虔诚的敬意。我说，如果没有边塞诗歌的存在，中国诗史将会是多么苍白。当诗歌被放逐，我在这里重新找到了她的原乡。汉语诗歌传统依然被这块美丽的土地精心保存。让我们用手中的笔，不断开垦诗歌的土地，守卫汉语诗歌传统的边疆……

2

葡萄是高热的吐鲁番盆地向天空供奉的圣洁的水滴。那一粒粒绿色透明的葡萄里面,有曾经繁华的交河故城里深居简出的官邸夫人遗留的炎热午后的清凉梦境,和街市转角处戴着朴素头帕的吐鲁番少女对爱情的羞涩幻想。它珍藏了这块土地上的人们在大风中的坚忍、热念和温软情怀。它还珍藏了这个民族的手指敲打在马皮鼓沿上发出的声音,节日里盛装的人们身体舞动时衣饰碰撞发出的声音,马车穿过马路的声音,以及隐秘的爱的言辞。它是吐鲁番从荒漠里捧出的液态的玉,灰烬里的珠宝,火焰里的金属,是饮入喉咙里的酒汁和从喉咙爆出的动人歌唱。这块土地上的人们习惯紧抿着嘴唇(他们有着扁而宽阔的嘴唇),似乎唯恐一张嘴就会不慎倾倒出身体里珍贵的水流,可是他们是多么地喜欢歌唱和舞蹈。那是饱含热度的舞蹈和歌唱,而吐鲁番一切艺术,无疑都饱含太阳这一辉煌的精神之父的精血。每一粒葡萄都有一颗小小的坚硬的籽核,这使得每一粒葡萄都像一个小小的、圣洁的、供奉着神灵的教堂。那颗小小的籽核,珍藏着吐鲁番的历史记忆,以及他们的爱情、生死和禁忌,还有维吾尔族人内心的静谧。无所不在的葡萄连接成吐鲁番一条地上的与地下坎儿井呼应的河流,细听,似乎有哗哗的水流向天空呼啸而去……

3

在布尔津河畔的夜晚,一盏路灯、一台简陋的双卡录音机和一块小小的空地就构成了让身体跳动的舞台。我看到一群人在舞蹈。他们中有年近七旬的体格肥胖的老太太,有壮如铁塔的中年汉子,有看起来未婚的小伙和少女,也有三五岁的小女孩。我不知道他们是维吾尔族、俄罗斯族、乌孜别克族、塔塔尔族、锡伯族、柯尔克孜族还是哈萨克族人。我只知道,他们都是恣意的舞者。在这个小小的舞台上,音乐的节奏下,他们快意地扭动着身体。他们的身体,似乎不再是身体,而是天庭飘荡的云团,辽阔的大地行走的羊群,旁边淙淙流淌的布尔津河水,还有草原奔跑的骏马和野狼(而小女孩就是母亲身边顽皮而无辜的马驹、羊羔和狼崽)。他们的舞蹈里有一种边疆特有的难以言传的风情、韵律,一种源自久远的风度和在一望无垠的大地上生活日久自然而然形成的世袭的胸襟。即使再肥胖的身体,舞动起来都显得轻盈飘逸,有着硕大的云团在天庭飘荡的华美之姿。——他们好像是走在云朵里。他们在歌唱,在用身体歌唱。他们歌唱的嗓子是他们的整个身体。

许多游客加入了他们的舞蹈。我尝试着跟随他们一起舞动。可我发现我的肢体是僵硬的。我无法让我的身体舒展自如。我悲哀地发现，我的身体是戴着枷锁的。哦，谁能为我砸开锁链，让我尽情享受着舞动的一刻，然后怀抱梦想和云朵在风中入睡？

4

在喀纳斯湖畔的一座小木屋里，穿着蒙古族服装的女子在向我们介绍。她说她的祖先世代以狩猎为生。而现在，狩猎已被禁止，她和她的弟弟就在此小木屋里生活，为游客讲解和表演。她用蒙古语言唱了一首祝酒歌，又唱了一首民歌。她费力地讲着汉语，口音中有太多我们陌生的成分。她的弟弟——同样穿着蒙古服装的瘦高男子，一会儿急匆匆走进来，一会儿又像风一样地出去了。他一言不发，像影子一样无声。

小木屋的墙上挂着狼、豹、狐狸等动物的标本和狼皮。还有鸟铳、弓箭和刀。那些被掏光了内脏的动物一个个趴在墙上，俨然活物。女子说，弓箭和刀是她父亲的遗物，而那些动物是她父亲曾经的猎物。——她反复说到的父亲，是怎样的一个人？他是否就隐形在我们中间？

被她称为弟弟的年轻人又走了进来，手里拿着一根管子。

那根管子似乎是由产在当地的一种灌木的枝干加工制成，

看起来简直就像一截普通的芒杖，表面粗糙不规则，一头大一头小，中间似乎有没有来得及修理的节。女子说它叫"苏尔"，是一种乐器，来源于她父亲的创造，她父亲死后，现在全世界只有他弟弟会吹。——这样一根管子，能够吹出什么样的乐声？

被称为弟弟的人一言不发，坐了下来。他像吹箫一样竖起了管子。他屏息垂目，如深夜独坐。他含住了苏尔，然后嘴巴张开，舌头不断地弹动，音乐响起了。

——那是一种从腹腔甚至身体更深处发出来的诡秘的音乐，一种我从来没有听到过的沙哑的低吟，接近于沉默。那种低低的类似于呜咽的声音，有着奔腾的马群蹄下的寂静、刀尖上的初雪、穿过毡房细缝的风、鹰在天空翅膀擦过空气的滑翔、遥远的狼嚎、草丛中最微小的昆虫的振翅、广袤的大地深处的哭泣等等纠缠在一起的滋味。那种声音无疑是男性的，是草原雄壮的男子最深处的悲鸣，是无边的草原上行走的一个衰老不堪的男子面对死亡的轻微言辞，是孤独的盲诗人在白桦树的阴影下发出的对永生的咏叹。

我几欲用双膝仆地叩头的姿势来倾听这种乐声！

乐声没了，吹苏尔的男子似乎耗尽了全部的精血，扶着木板踉踉跄跄地去了。

音乐依然在回荡。吹苏尔的男子，自始至终，我没有听到他的一句话!

我突然想起了他的父亲,那个捕获过豹子和狼的蒙古汉子,那个从灌木丛中发现音乐的老者。他是否继承了他父亲的相貌?

5

那疾驰的汽车窗外沉默而奔腾的西北大地呀,你用辽阔的胸膛承载着胡杨树、红柳、白桦林和棉花的生长,万物在你的身体上安详偃卧,并繁衍生息。你在极处与天相接。你承载了永生,生命在你的怀抱中只是须臾。你让万物臣服于你内在的秩序和节奏。你是一个庄严而温暖的母体,与隐匿的神灵结为夫妻。当人间的精神原乡逐渐沦丧,你依然保留了史前的原貌。当道路越来越拥挤,人群越来越喧嚣,你依然珍藏了这个世界最初的安静。

那世袭的尊贵的广袤的神圣的中国西北大地呀!我为成为你怀中的婴儿而全身战栗。你接通了我源自久远的回忆。我其实是一个来自旷野的孩子。我的身体里曾经镌刻了旷野之上天空星象的图案,花开月落,电闪雷鸣,雨水淋漓,四时轮回,昼夜更替,都在我的身体上留下隐约的印迹和回声。因为自然,我懂得信仰和敬畏。我遵照四时的万能秩序，扼守先人遗留的美德，传承手艺和民俗，热爱诗歌和艺术。可是是什么损害了我，让我变得轻薄、自大和虚妄？是什么让诗歌成了无根之木、无源之水？那源自大地的善、悲悯和爱为何日渐稀薄？美被奸淫，崇高被嘲讽，远离大地的我们，成了丧失家园的弃儿……

那酡红的夕阳急速向天边去了。

6

我想写写新疆的动物们。

【喀纳斯的湖怪】据说有不少人看到过它，说它大约有十多米长，在水面划过疾行，留下了让人猜想的水纹。还有人不失时机地拍下了它出现时的影像。这种事情通过媒体一再放大，成为人们向往不已的潜藏于喀纳斯湖深处神秘的不明生物。而没有任何人真正见过它。事实上，真正的喀纳斯湖怪是不存在的。它是一个悬念，一个由喀纳斯的美丽衍生出来的幻象，一个习惯浪迹天涯的人眼中的美丽的错觉。正如人们相信迷人的令人敬畏的旷野必有狐精，奔涌的云团里必是仙人行走，老去的先祖必有魂灵，这一幻象的出现正好与喀纳斯湖的美丽、神秘对应。喀纳斯湖，正是适合产生奇迹的地方，湖岸上玉女般的白桦树，蓝色的有如丝绸般华丽柔软的湖水，倒映在湖面上的白云，不远的山顶上覆盖的积雪，草甸上的羊群，还有，那宛如絮语的轻风……应该有一种与喀纳斯的体积和神秘气质相契合的生物做这风景的主人。

【马】在喀纳斯湖畔安详地吃草的马。在举着高高的羊鞭的牧羊人骑下迎风伫立的马。夕阳下投了长长影子的普式野马……马构成了大西北平原上动人的雕像，使新疆大地的海拔增高。素食主义者、旷野上的长跑运动员……它有奔跑起来跃动的鬃毛、高傲的头颅和身体近乎完美的弧线。它是力学和美学双重意义上的杰作。在中国文明史上，马已经成了一个精神的代名词，它意味着野性、俊美、速度、耐力、忠诚、独立，意味着血性、英雄和阳刚之气。据说就有一种汗血马，奔跑起来流着红色如血的汗水，最适合用来作为战场上为国披甲、血迹斑斑的英雄的隐喻。而古代的英雄，都骑着彪悍、雄健、发着阵阵嘶鸣的马匹。陈亮与辛弃疾斩马相送，成为英雄相惜最为经典的诠释。马革裹尸，是最为壮烈豪迈的英雄葬礼。而相比其他种族的马，新疆准噶尔盆地南缘的吉木萨尔县建成的占地9000亩全亚洲最大的野马饲养繁殖中心的普式野马的形象要显得更加古远、深沉。它的鬃毛短，头部大而钝，腿短，尾毛也短，表情一如远古祖先，显得模糊，暗淡。普式野马依然保留了类似于古代人类氏族社会或封建王朝时的习性：通过决斗产生头马，头马成了马群的部落首领或者说皇帝。为了保持血统的纯正，头马依靠不可思议的嗅觉辨认种族，会把生下来的来自异群精血的小马杀死。——这多像是一种古老文明里类似于祭祀的神秘仪式。普式野马，曾与恐龙一同生活在6000万年前的广袤大地上，它的雄姿曾伴随旷野的风飞驰……而现在，它们已经成为濒临灭绝的物种。在吉木萨尔县的野马饲养繁殖中心，我看到几匹栅栏里的野马，就像几个落寞的、面目模糊的老者。铜色的夕阳，将它们雕刻成古老的雕像。

【骆驼】驼铃是一种细碎的、孤单的、伤感的、与远方有关的声响。它是送别，是羁旅，是西出阳关无故人的惆怅。而悬挂着驼铃的骆驼却体积庞大，相貌丑陋。它的体格，似乎是来自造物主的惩罚，承担了某种人所不知的罪行，成天背负着重物在缺水的、气候险恶的沙漠中行走。它四足屈跪趴卧的姿势，仿佛是在天神面前乞求饶恕。而这种充满了原罪感的庞然大物，有一双婴儿般无辜的清澈的眼睛，和与它的体积极不相称的细碎的步履。它奔跑起来，就像一个害怕摔跤的被追赶的小脚女人那样。它的眼神里有一种生怕打搅了谁的羞怯，和无辜受罚却甘心认命的哀伤。在喀纳斯湖的神仙湾岸边，我有幸与一匹白色的用于游客合影道具的骆驼相遇。当我与它静静对视,它柔软清澈的目光却像刀子,向我逼视。我的内心突然涌起了一阵阵战栗……

【鹰】那驯鹰的人不准任何人将相机对准他的鹰——如果不给照相费。鹰在他的戴着橡胶手套的手臂上站立、扑腾。那黑色的鹰锁翅如石,展翅,大翼如云天。嘴如钩,爪亦如钩,目光犀利如判官。

我们从石人景点返回。驯鹰的人抬起手臂,将鹰举过头顶。鹰扑腾,展翅,发出沉闷凶狠的吼叫,仿佛睥睨万物的王者。周围的空气顿时产生了一股强大的旋涡。早晨的阳光打在鹰的身上,似要为它加冕。

我感到委屈,甚至还有点怨恨……这新疆天空中的王,自始至终没有正眼看我们一眼!

…………

7

我们坐在车上,看天边的夕阳。那夕阳酡红,苍凉,呼啸着向地平线驶去。天地之间空空荡荡。博格达峰峰顶沐浴着神圣的镇静的雪光。

我们坐在车上,忽然一起喊:"一,二,三!"那酡红的夕阳在地平线上弹跳了两下,就从天边急剧隐没。天空依然有几抹绯红。可世界在瞬间变得无比庄严和沉寂。我想,那绝对就是史前的沉寂。

8

在吐鲁番与坎儿井出口相接的旅游商品市场上,我买了一面马皮鼓。马皮绷着的鼓面,有一种近乎透明的琥珀色。鼓沿镶着十几个银光的锁扣,用黑白相间的三角形牛角镶边。——绷在鼓面的马皮,属于一匹怎样的牲口?它是雌是雄?它的性子是烈还是绵?它是否为追赶一朵天空中的彩云,在新疆无边的大地上恣意驰骋?是否有太多颠沛流离的记忆,几经辗转才来到了低洼的吐鲁番?一路上,我肆意用手指击打着马皮鼓。我毫无节奏的击打声在新疆的大地上响起。

……我走下飞机,重新回到我生活的南方。我有了瞬间的眩晕。我听见我身体里的新疆的阳光一阵晃动。我闻到了我从皮肤的毛孔里散发出来的羊膻味。新疆却远了。一阵莫名的悲伤袭击了我。

我从行囊里拿出马皮鼓。我想试着在南方的大地上敲打马皮鼓。这样我就可以让新疆在我的指尖逗留。可马皮鼓的样子让我惊悸：它变了。它的紧绷的鼓面这时凹陷了下去，让我联想起一个陷入哭泣、满是皱褶的失形的身体。马皮鼓，你是怎么啦？

一起走下飞机的朋友说是南方潮湿的缘故。而我执拗地认为，马皮鼓是有生命的。那做了鼓面的马的魂灵，此刻是否因找不到返乡路而悲鸣不已？

……马皮鼓又恢复了原状。我把马皮鼓悬挂在我的书桌前。我让它陪着我。只要我瞧一眼它，我的声息就与心中新疆的影像对应。有时候我会弹拨它。只要一敲打它的鼓沿，那广袤的尊贵的永生的新疆，就会呼啸而至。

遇见赛里木湖

1

到达位于新疆博州天山西段、准噶尔盆地西南端的赛里木湖的时候,正是上午。远远地看到那湖面仿佛庞大的蓝色晶体,在阳光下闪闪发亮。——那是怎样的蓝呀!我见过各种各样蓝色的水,可没有一种蓝能与赛里木湖的蓝相比。我曾有幸在地中海边奔跑过,地中海深沉而神秘的蓝曾经让我无比沉醉。可是比起赛里木湖的蓝色,地中海的蓝就显得颜色过深,显得老于世故。赛里木湖的蓝是年轻的,玻璃般透明的,不谙世事的,让人想起异族少女清澈、安静而羞涩的眸子。台湾太平洋的蓝和海南海水的蓝与赛里木湖的颜色有点像,都是仿若翡翠,特别有晶体感,可太平洋的蓝与海南的海水的蓝有着过于厚重的盐分，这样就没有淡水的赛里木湖蓝得轻盈而自得。而且，海水总是有着动静过大的潮汐，仿佛哗变的军团，充满了动荡与叛逆。赛里木湖也有自己的律动，可那是轻轻的呢喃，情人耳边的低语，这使得她的蓝色，就有了某种浪漫而美好的质地。我所在的江西的鄱阳湖也是蓝色的，还有地跨浙江和江苏的太湖的蓝，湖北的梁子湖的蓝……可那都是嘈杂的、有着太多人间烟火气的蓝，与赛里木湖的不染纤尘的蓝不可同日而语。目前为止，我宣布赛里木湖的蓝色是我见过的独一无二的最美的蓝色。我愿意把这种我眼中独一无二的蓝，称为"赛里木蓝"。

2

四周沉默的天山山峦是赛里木湖最为重要的组件。它们粗犷，坚硬，孤独，满脸皱褶，阳光照过，它们的身上到处都是犬牙交错的阴影，让人感觉它们总是心事重重的样子。它们的头顶，往往有积雪覆盖，这使得它们看起来更要老迈，充满了历史的深邃与高古。它们的颜色是灰旧的，苍茫的，只在西南面长出了少许的几丛葱郁的云杉。它们似乎是故意长成这般苍老的颜色，为的是呈现出赛里木湖水独一无二的蓝。它们多像是赛里木湖水的年老的慈爱的一言不发的父亲！多少年来，它们就这么无怨无悔地守护着这处女一样的赛里木湖水,像表情严肃的掌灯者用指骨粗大的多茧的手掌护卫着摇曳生姿的灯光。

3

赛里木湖的天空当然是蓝色的,白云当然是白色的。可是,它们还是与其他地方的天空与白云有些不同。赛里木湖的天空要比其他湖泊头顶上的更高一些,也更谦逊一些。

我不知其他季节的赛里木湖的天空是怎样的。我看到的天空的蓝是礼让的蓝,古朴的蓝,毫无精心装扮的蓝,洗旧了的淡蓝色衣服一样的蓝。白云呢是朴素的,不像许多地方的云朵,要么虚张声势挤满了天空,把天空当作音乐狂野的迪厅,燃烧,放纵,要么摆足了姿势,敢于与这天地间任何事物争宠。赛里木湖上空的云是散淡的,低调的,无为而治的,它们毫不忌讳体内的阴影,不着急把自己洗尽,而是穿着灰白色的袍子在天空慢悠悠地挪动,仿佛是天空中被隐身的神灵放牧的古老羊群。我有幸在赛里木湖旁边睡了一夜,看到了这座湖上空的星光。我看到的是这里的星星似乎比其他的地方要更加高深,同时也更加神秘。它们恪守古老的戒律,仿佛知情者,却保持着信徒一般的缄默。

这样的天空、白云和星星,让湖水越发地亮了。

4

赛里木湖有一条厚厚的草绿色围巾。系着这样的围巾,赛里木湖就显得柔情万种,顾盼生情。即使周围是坚硬的、棱角分明的山,因为这样一条围巾的存在,赛里木湖一点也不给人生硬和孤僻之感。

那围巾就是围绕赛里木湖四周的草原。在我抵达的八月,我看到草原的颜色黄绿相间,正是传说中的边塞之色。类似蚱蜢的小虫子到处蹦跶。然而当地的朋友告诉我,六七月份时候,这赛里木湖的草原并不是这个样子的,而是开满了金莲花、郁金香、披肩红、报春花等各种各样的黄色、红色、蓝色的鲜艳花朵。为了证明他们所言不虚,他们纷纷把手机里的赛里木湖六七月份花团锦簇的图片给我看。在图片里,十万朵鲜花拥向赛里木湖,赛里木湖仿佛美丽伴娘簇拥下的新娘,显得格外娇羞动人。

5

在赛里木湖的湖面上,要游弋着怎样的灵物才配得上赛里木湖的优雅与深情?坐在环湖开动的车上,我琢磨着这一问题。

我想到了天鹅，纯洁的、高贵的、从容的、难得一见的天鹅。正这么想着，果然车转弯处，我看到一个白得发亮的鸟群在靠近湖岸的水面上嬉戏。它们或亮翅飞翔，或梳理羽毛，或曲项冥思，湖面上一片超凡脱俗的白色翻动。当地的朋友告诉我说，它们正是天鹅。它们仿佛是圣洁的经书，在天空下缓缓翻动，而赛里木湖，就成了庄严的、华丽的教堂。它们是与赛里木湖气质相得益彰的精灵。或者说，它们都是一些满腹经纶的斯文的读书人，一些风度翩翩的白衣秀才，它们在湖面腾跃，立即把赛里木湖变成了古老的书院。

在另一小块湖面上，我也看到了少量的野鸭。有人告诉我，这里偶然可看到细腿长喙的灰鹤，可惜我没能见到。美丽的赛里木湖，是宽容的，她欢迎所有的倾慕者。虽然，能够抵达这里的鸟类原本不多。

6

在另一个拐角处，我看到了牛羊，在湖边的草原上缓缓涌动着背脊。我看不清它们的长相和表情。有牧者骑在马背上，手里举着长长的鞭子。这一刻，他成了赛里木湖最高的部分——牛羊、牧者，与群山、草原和赛里木湖构成了无与伦比的画面。

牧者没有唱歌，可我分明听见了整座赛里木湖上有长调响起。

我不知道他是蒙古族人还是哈萨克族人。更远处的天山脚下，有几个白色的敖包。远天远地的赛里木湖，有着马背上涌动的野性之美。

朋友们告诉我，赛里木湖所属的博州，蒙古族人与哈萨克族人占较多数。他们世世代代在赛里木湖边放牧。蒙古族人把她称为"赛里木绰尔"，意为山脊梁上的湖。而在更久远前，塞种、月氏、乌孙、悦般、突厥等古老民族都在这里游牧，射箭，繁衍生息。突厥人把她称为"奶海"——就像孩子称呼他们的祖母。

7

我在纸上寻找赛里木湖。

我想知道如此美丽的赛里木湖是否与中国的若干重大历史事件相关联，或者与人类文明有过太多的纠葛。就像我所在的江西境内的鄱阳湖，曾经是元末陈友谅与朱元璋生死角逐的大战场。美国的瓦尔登湖，曾经有一个叫梭罗的年轻人在那里住了两年，思考工业时代人与自然的关系，从此成为世界闻名的地方。杭州的西湖，因历代文人留下大量诗文成为了名胜。长江黄河，成为中华民族的文明源头。与历史和人文的关联程度，正是我们的思维里考量一个景区景点价值的重要指标。

可是赛里木湖并没有满足我，我几乎一无所获。赛里木湖的文明信息寥寥无几。只有成吉思汗曾在赛里木湖湖畔筑点将台，检阅过20万蒙古骑兵；金元时期道教全真派领袖丘处机在1221年春天应成吉思汗之召一路西行，途经赛里木湖，写下了"天池海在山头上，百里镜空含万象"的诗句；一个叫洪亮吉的清代诗人写了"西来之异境，世外之灵壤"；清末文人宋伯鲁写下"四山吞浩淼，一碧拭空明"。除此之外几乎没有更多人类文明大书特书的印迹。

李白没有来，孟浩然也没有。那些伟大的皇帝臣子都没有在这里留下到此一游的证据。赛里木湖没有进入核心的文明叙事系统。她不过是蒙古族、哈萨克族等少数民族的生活场。但这有什么关系呢？这正好证明了，赛里木湖，是一座这个世界稀有的、纯自然的湖泊。

8

许多著名的山水，都是人们崇拜的、可以护佑生灵的偶像。

比如冈仁波齐是西藏的第一神山，同时被印度教、藏传佛教、西藏原生宗教苯教以及古耆那教认定为世界的中心。云南的玉龙雪山被当作纳西族的保护神"三朵"的真身。我所在的江西鄱阳湖，就供奉着一位叫显鼋将军的神灵。贝加尔湖也有湖神的传说。

美丽的赛里木湖，是否也有神灵的传说，成了当地人信仰的一部分？我问当地的朋友，他们说赛里木湖是书写在喇嘛教的羊皮手卷上的。但当我问及关于这一事实的具体内容，他们闪烁其词，最后语焉不详。

当地朋友怕我失望，转而告诉我，清代赛里木湖被朝廷列入中国每年祭祀的名山大川之一。可是，这并没有什么了不起。清代朝廷列为每年祭祀的名山大川有一百多个。

当地朋友继续告诉我一个关于赛里木湖爱情的传说。传说中，赛里木湖原本并不存在，这里只是一个盛开鲜花的美丽草原。草原上，有一位叫切丹的姑娘与叫雪得克的蒙古族青年男子深深相爱，可是凶恶的魔鬼贪图切丹姑娘的美色，将切丹抓入魔宫，而勇敢的雪得克为了营救心中的爱人献出了自己的生命。失去情郎的切丹悲伤地哭泣着，她多情的眼泪一直没有停止，最终与真诚的至爱一起化成了美丽的赛里木湖。

这一传说让人耳熟。无数山水的传说讲述，都喜欢以爱情和青春为题材，奉忠贞不渝为圭臬。这样的传说，并不足以阐释赛里木湖独特的气质与精神。

如果我所了解的赛里木湖的人文信息是真，那就更坐实了赛里木湖是一座纯自然的湖泊的说法。

这样的湖泊，最可能隐藏了真正的神灵——自然之神。

9

有种种迹象表明，赛里木湖正与中国传统哲学"无"相对应——

她除了一片堰塞的湖水，什么也没有。她没有内地湖泊舟楫往来、鱼群穿梭的景象。据说早年，赛里木湖无任何鱼类生存。现在湖里的高白鲑鱼，是管理者经过多年研究，从1998年至2003年连续6年从俄罗斯引进的鱼种。

湖边没有城池楼阁，也没有人神雕像。赛里木湖删繁就简，她连倒影都没有，没有什么能在她的湖面上照见自己。甚至，她连时间也没有。可能上万年前，她就是现在人们看到的样子。

赛里木湖，意味着无。一无所有的无，也是无用的无。

或者说，赛里木湖是空的——色即是空，空即是色的空。

赛里木湖是无用的。据说，除了畜饮，她的湖水并不能直接供人类饮用。

她只是她自己的教堂，自己的信徒，念给自己听的经书。

我竟然由此十分热爱赛里木湖。她多像我们热爱的许多事物，比如文学、绘画、音乐。它们都是无用的。可是，它们是有着大用的。古往今来，文学艺术，都在潜移默化地冶炼着我们的精神。从这个角度来说，赛里木湖是我见过的山水中，最具文艺范儿的、美好的风景。

10

离开赛里木湖才几天，我就开始想她，魅力非凡的边疆风景赛里木湖。我知道她有 2073 米的海拔，458 平方公里的面积。而我所在的南昌的海拔只有 22 米。一想到赛里木湖，我就忍不住抬起头来，向着西北方向仰望。八月的天空，无比蔚蓝，白云飘荡。我知道，在那北天空之下，白云深处，有一座赛里木湖，美得惊心动魄的赛里木湖。这么一想，就觉得天空不再是空的，它还有群山如众神矗立，还有湖泊悬浮，还有草原野蛮生长。那倾泻下来的如瀑阳光，说不定有几缕，就是天山脚下赛里木湖湖水的反光。

云南

YUNNAN

雪山在上

1

与同样名闻遐迩的江西婺源、浙江乌镇、湖南凤凰等等这些古老城镇不一样的是，丽江是一个可以终年看到雪的地方。只要一踏上丽江的土地，抬头北望，即使是炎热夏日，也可以看到蓝天下、白云间堆着厚厚的积雪。那是离丽江古城不远的玉龙雪山的雪。那么多的积雪匍匐在玉龙雪山的山顶，在蓝天白云的衬托下无比炫目，仿佛玉龙雪山是一个闪闪发光的白色晶体，一块三角形的巨型宝石。——玉龙雪山有着完美的锐度和野性的气质，在外形上，它既不像狼牙豹齿那样凶猛尖利，让人感到不祥，也与南方村庄后的小山坡的样子相去甚远。它不羁，彪悍，棱角分明，凹凸有致。给这样一座山加上几万吨常年不化的雪，简直就是给五官俊美、目光桀骜不驯的男子披上一件白色的礼服。毫无疑问，有了这样一座雪山的装点，丽江就平添了几分性感与妩媚。

雪山是非凡的人间景致。可是在人们的印象里，雪山从来不在人群之中，而是海拔很高的人迹罕至的山脉高处。只要百度搜索"必去的中国十大最美雪山"，我们就会发现那些雪山除了少部分耳熟能详，大多数都无比陌生。滇藏交界处的梅里雪山，西藏阿里地区的冈底斯山主峰冈仁波齐，青海省东南部的阿尼玛卿，青海省玉树的尕朵觉悟，新疆的托木尔峰，世界第一高的珠穆朗玛，西藏东南林芝地区的南迦巴瓦，位于四川省甘孜藏族自治州境内的贡嘎雪山，喀喇昆仑山脉的主峰乔戈里，这十大雪山，我们大多无缘际会，只是隔着屏幕在电脑里一睹它们的雄姿。从图片来看，它们相貌奇特高古，性情孤僻苦寒，与天相接。它们都是雪山中不食人间烟火的圣贤。而与它们相比，海拔低的玉龙雪山就要显得温和一些。它在中国雪山家族里毫不显赫。可是它友善、亲和。它与人类声息相通，俯仰相顾。它毫不忸怩作态，装腔作势，掩面躲藏。只要你抵达了丽江，它就在那里。

人们仰慕着丽江的名声、风韵，从四面八方来到了丽江。他们会发现湛蓝的天、牵着手翱翔的白云，以及一座亮得耀眼的雪山。当人们在丽江参观，泡吧，购物，品茗，喝酒，自拍，回过头来，发现一座雪山在凝视着自己。在宽阔的木府院墙边，空阔的庭院中心，在人影幢幢的四方街，在凹凸不平的茶马古道上，人们都能看到天空中悬挂的那幅让人惊艳的雪拥苍山图。许多客栈的窗台外面会有它的身姿。许多醉酒者的酒杯里会有它的倒影。许多马的瞳孔里会有它的容颜。在无声的午夜，会不会有人将它梦见？也许人们会在纳西民乐的演奏中感受到它的律动——有没有可能，那些古老的音乐里徘徊着一座雪山的影子？也许人们从街头某棵植物盛开的花朵的清香中感知到它的存在。人们相信，被雪山的汁液滋养的花朵，会有一种别样的香艳。

在丽江，雪山无所不在。丽江的电视台会用它的图片或视频做节目片头，丽江的官方或民间的网站的主页会用它做标识。当地的摄影家们会把它当作重要主题进行拍摄，写作者也会写出不少有关它的诗文。有关丽江的食品包装袋、纸盒也会把它的雄姿印上。旅游大巴的车厢喷绘也会是它，就是酒店房间里摆放的旅游宣传册也会有它的肖像。许多会议或晚会也会用它来布置主题墙，甚至丽江的房地产商也会通过文字和画面拼接的方式让自己的楼盘跟它攀上关系。

雪山无所不在——它是丽江文明的重要源头，也是这块土地的地标。它是外来旅者关于丽江最强烈的视觉符号，更是丽江生活的人们的亲人。几乎所有人都愿意认为，自己是雪山的后裔，雪山是自己的先祖。

2

毋庸讳言，抛开玉龙雪山这一元素，丽江一样会美得肆意和嚣张。丽江的美，其实取决于2400多米的海拔高度，云南西北部的地理位置，多民族聚居的文化生态，以及800多年的建城历史。这些元素构成了丽江的气候、风情、筋骨、体态、性格、思想，构成了丽江的色彩、声音、线条，使丽江变得丰富、饱满而深邃。在丽江的美学体系里，一盏千年飘香的普洱茶，一条通往西藏和缅甸的茶马古道，一个叫纳西的民族，都会比玉龙雪山更有历史厚重感，更值得深究与玩味。雪山融化形成了流水，让古城充满韵律之感与生命精气，这是丽江美的一个重要表征，但雪山并非不可缺少，浙江的南浔，广西的阳朔，上海的周庄，山西的平遥，加上前面提到过的江西婺源，湖南凤凰，它们都没有雪山，可是它们一样名闻天下。

是的，如果没有玉龙雪山，丽江上空的天会一样湛蓝，云朵会一样妖冶。丽江木府里的植物会照样长得茂盛。阳光透过树枝照在单孔拱桥上的光影一样绚烂多姿。那些材质古朴、漆色斑驳的酒吧、客栈同样会让无数旅者流连忘返。街道两边的垂柳在水中的倒影一样婀娜。街头踱步的纳西人心中的歌一样随时会飞出来。——丽江的美是多向度的，玉龙雪山不过是其中的一面。如果没有玉龙雪山的存在，丽江的美并不会受到致命的影响。

可是我们依然有理由认为，如果没有了玉龙雪山，丽江就不可能是现在的丽江。没有了玉龙雪山，束河古镇上的马也许就不会那么镇定乖顺。街头此起彼伏的手鼓声听起来就会嘈杂纷乱。那些酒吧里的歌者歌声里的忧伤就会有很多虚假的成分。纳西古乐听起来就会显得缓慢沉闷了些。没有了玉龙雪山，相传当地男女殉情后奔赴的理想国——玉龙第三国将在哪里安放？张艺谋导演的实景演出作品《印象丽江》将以什么为背景？

雪山改变了丽江的气质、节奏乃至精神。因为雪山的存在，几百年前木府的主人也就是丽江的统治者也许会比其他地方的统治者仁慈得多，在某一张手令里，原本是斩立决的判决，在他与雪山对视之后也许会改为斩监候（暂时收监，来年再判）。雪山容易让我们产生如此的想象：今天的街头上穿着纳西族服饰一脸沉思的老人可能有一个木府王爷的前世；一个隐迹的犯人在丽江金盆洗手，浪子回头；一个脾气急躁粗野的屠户来到丽江变成了一个舞文弄墨、举止文雅的读书人；传说中的艳遇也会有瞬间的真情，而相互仇恨的人们会冰释前嫌，握手言和，挈阔交谈……

3

追本溯源，人们向着丽江和雪山纷至沓来，乃是源于人类对雪的热爱。无须怀疑，雪，是我们公认的人世间最美好的事物之一。——雪与雷电、雨雾、冰雹一样，都是上苍派向人间的使臣。可是闪电、雷声让我们心怀畏惧，雨水、浓雾、冰雹让我们躲避不已。只有好脾气的雪，让我们信赖甚至倾心。比起其他，雪显得从容，慈悲，圣洁。它在空中飘扬让我们怀疑它有一双芭蕾舞者的脚尖。它表面轻如棉絮，可是它有一颗六角形的结晶的心。雪是善良的，不然，它怎么可能如此轻盈？恶会让人的灵魂变得沉重。在人们眼里，雪是祥瑞之物，我们习惯把雪称为瑞雪，下雪预示了明年的好年成（瑞雪兆丰年）。

我们会用雪来命名和记录这个世界的许多美好：把美丽善良的女孩叫作白雪公主。夸一个女子聪慧可人为"冰雪聪明"。用"独钓寒江雪"形容一个人的洁身自好。用一个雪天访友临家门不入的故事来说明魏晋时期的风度与气质。我们喜欢明代文人张岱，因为他曾拥毳衣炉火，独往湖心亭看雪。我们在冬日劝好友对饮最好的理由是"晚来天欲雪"。中国历史上最好的尊师故事是"程门立雪"。我们把给需要的人提供帮助，叫作"雪中送炭"；把为麻痹对手藏起来的行为，称作"雪藏"。中国最著名的小说之一《红楼梦》，主人公贾宝玉最后的结局就是雪夜出走……

雪是上天投寄给大地的亲密信件，或是介于诗歌与偈语之间的秘密言辞。

雪是写在大地上供人参悟的古老箴言，或是令人醍醐灌顶的无字经文。

可是雪是挽留不住的。它就像月光、流水和梦境。它铺天盖地，然而转瞬不见。满地的残雪消融，是人世间最让人伤感的事情。

然而雪山紧紧抱住了雪。雪山不让雪融化和消逝。如果说雪是上苍印制供人类阅读的经文，那雪山就是收藏了浩迭经卷的藏经楼，或是一座诵经声不断的天然教堂。

然而雪山头顶着雪冠，仿佛人群中沉默的有德行的长者和智者。如果用雪山来隐喻一种人格，那人格就包含着圣人具有的高迈、深沉、隐忍、睿智、沁凉、慈悲及圣洁。在中国历史上，孔子是一座雪山，老子是一座雪山，诸葛亮是一座雪山，朱熹是一座雪山，沈从文是一座雪山……

　　是雪成就了雪山。是雪山挽留了雪。是丽江成了人人拥戴的雪的故乡。我们喜欢丽江，不仅因为那是一个花团锦簇的千年古邑，更因为是在尘世间可以终年看到雪的地方。他们来到丽江，是为了和雪山在一起，就像信徒，要和教堂在一起。就像读书人，要与圣人在一起。——如此揣度丽江为天下人传颂的原因，是否接近了真相？

4

　　我就是到访丽江的人群中的一个。我就是这雪山的信徒与向往着白发圣人的书生。我就是渴望通过雪洗涤内心的罪人。

　　我想在雪山面前我是污秽的。我已人到中年。我撒过无数的谎，对自己爱的和尊敬的人，当然也有恨的厌恶的人。我也起过无数龌龊的念头，为了内心的私欲乃至身体的欢愉。我醉酒后会胡言乱语，以致令人不堪。我偶尔会给年老的父母以脸色。我一定还做过不少不齿的事情，尚未得到审判与清算。——不仅是因为时候未到，不仅是没有人发现我的恶念和恶行，更因为我的许多隐疾乃是人们共同的病，比如冷漠，麻木，自私，猥琐，短视，甘于堕落，乃是这个时代共同的痼疾。

然后我站在了雪山面前。在丽江，我一次次回过头来，与雪山静静对视。我听到它对我的询问，似乎在引导我说出我的龌龊。在他面前，我在反省自己：从何时起，我没有拒绝恶的诱引，并与之同流合污？何时开始，我放弃了少年时的信念？我的血是什么时候开始慢慢变凉的？有哪些美好的，已经死去，有哪些丑陋的，正在生成？

在丽江古街街头，在丽江纳西族文化博物馆，在蓝月谷（水干净得多适合洗身！），我一次次地回过头来，与雪山对视，仿佛聆听一个长者的教诲，或者一座教堂的诵经。它在洗刷我心上的尘。它在引导我找到回头的路。

在丽江，我就住在可以看到雪山的地方。在一个早晨，天还没亮。因高原反应睡不着的我随手拉开了窗帘。我看到晨风中的雪山——

它静静地矗立在那里。既不悲伤，也看不出欢愉。然而你可以感到它的雪冠之下的眸子的深深注视，仿佛在安慰着我这个因初临这海拔高的城市多少有些惶恐、负罪的男子的心。它是美的，它有着完美的锐角、光影和色泽，那白雪皑皑的山顶仿佛蓝天下一个白色锃亮的三角晶体。有一朵浮动的云簇拥着它，似乎是要给它的颈项裹上一条松软的围巾。

当天空开始变得微明，天边的第一缕霞光准确地投射到了它的身上，仿佛是一个古老的仪式开始上演。那白色的山顶开始变暖，并且慢慢变红。雪山山顶仿佛一个巨大的烛台，而朝霞成了这风中摇曳的烛焰。

丽江此刻依然在沉睡。四周依然寂静和昏暗。唯有雪山像一只天地之间的火炉，火焰飘摇，魅影重重。

这是丽江天与地的对话？这是雪山在借助霞光为自己净身？这是古老的丽江，以这样的方式，一次次地脱胎换骨，一次次死去又活转？

面对雪山，我仿佛是减轻了罪名的囚徒，或者是沐浴之中的婴儿。

西藏

XIZANG

去林芝看桃花

1

目的是去林芝看桃花,可我们首先抵达的是拉萨。到达拉萨的时间是深夜十一点多,拉萨贡嘎国际机场到达大厅的人寥寥无几。我们屏住呼吸,手机里用很小的声音联系接机人:"您好,我们到了。请问您在哪?"这使我们看起来有点鬼鬼祟祟,有点偷偷摸摸,有点贼头贼脑。

在无数内地人的观念里,去西藏无疑是一件有几分危险的事。那里的海拔太高了,仅拉萨就有3600多米高。高海拔带来的空气稀薄,对于生活在低海拔地区的内地人,就是一个极其严峻的考验。种种在西藏不适的传闻在内地流传:有人仅仅小跑了几步就感觉肺部要炸裂了一样;有人开车开着开着眼前却出现了幻觉；有人洗个澡第二天却发起了高烧，不两天原本强壮如牛的他竟患上肺气肿，还没来得及转移到成都就丢了命；有人彻夜失眠，并且听见了自己心脏像鼓一样跳动；有人一到西藏就头疼欲裂，并且伴有呕吐、眩晕……

可西藏是许多内地人认为一生最少应该去一次的地方。因为那里是迥异于内地的所在。那里是藏族人的祖居地，是与我们完全不一样的生活场。如果说我们是现代的，那他们就是恪守着古老传统的。如果说我们的生活是快得近乎慌乱，是快得把灵魂都要丢了，那西藏的生活就意味着一种与灵魂相依偎的慢。如果说我们的生活是繁华乃至喧嚣，那西藏的生活就意味着难得的亘古的荒凉与沉默。西藏的物产，独成体系；西藏的文明，引人入胜；西藏的生态，让西藏被称为世界上最后一块净土。那里的山一年四季积雪不化，喜马拉雅山脉上的珠穆朗玛峰是世界上最高的山峰。

西藏的高冷奇绝让我们向往，可种种被人告诫的不宜让我们对去西藏望而却步。我遵照有关人士的告诫，在出发前几天服用了红花草，据说可以舒张血管以迎接更多的氧气。我曾考虑坐火车进西藏，据说如此会让自己的身体有一个较长的适应期。但这样一来，我的假期就要延长不少，我的工作又不允许。就这样，我怀着忐忑的唯恐冒犯的心情坐着飞机落在了贡嘎机场。

我轻轻试了试鼻息，觉得并没有随时要晕厥的感觉，喉咙呢，也不太紧。我想可能是人们传说中的喘息正在到来，我的肺部说不定此刻正在接受西藏的盘查审问，过一会儿，它就可能受到有罪的判决。我抿紧嘴唇，用最小的声音和最少的词汇回应着司机的礼貌问话。对方的普通话并不好懂，我呢又像个竭力控制成本的小商贩。我们的交谈越来越少，终至于沉默。

然而这时候我的手机响了，是来自北京的、我的新书的出版人的电话。他是一个激情澎湃的诗人。他根本不考虑此刻已经是午夜，几句简单的寒暄之后，开始用十分激越的语气向我介绍他刚刚想好的关于我的新书的推广计划。他主张在全国几个重要城市邀请不同的嘉宾举行新书分享会。他说到分享会的不同主题，计划中的邀请嘉宾，说到激动处，其语气已经完全不像是一名出版人，而完全是沙盘前推演战术的将军。我渐渐被他感染，以同样的激情回应着他的计划，加入了他的讨论。我的语速越来越快，声音也不由自主地增大——

我发现什么也没有发生。我既没有胸口发闷，也没有呼吸不匀。西藏并没有传说中那么可怕。她对我是宽厚的，并没有给我这个初来乍到的内地人来一个下马威。车窗外灯光下寂静的街道、建筑，并没有让我的心更加紧张，反而是一点点地放松了下来。

到了住处。我想我应该给告诫我的朋友们以足够的尊重。我没有洗澡，虽然已是四月，一路上的天气已有初夏的热度。

不一会儿，我就沉沉睡去。一夜无梦。

2

布达拉宫的外墙边上千个黄铜制作的转经筒在人们的拨动下轰轰转动。早晨探进来的光在转动的黄铜上显得不知所措——那些拨动转经筒的人们不少是一身户外打扮的饶有兴致的游客，更多的是面色黧黑、穿着袍子的当地人。相比那些游客的漫不经心，当地人拨动转经筒的动作就虔诚得多，手上的力气也大了不少。他们有的好像是走了很远的路，袍子有些脏了，有些呢就好像住在不远的地方，来这里环绕着布达拉宫转动着转经筒就成了他们每天的必修课。

围着布达拉宫顺时针转圈是无数住在拉萨的藏族同胞的日常功课，我想这肯定也是许多在拉萨生活的汉族人或者去西藏旅行的人愿意做的事情之一，同时也应该是我此次去林芝看桃花的一张入场券。我固执地认为，没有围着布达拉宫转过圈，没有去林芝看过桃花，就跟没有花钱购票进景区一样不合法。

抵达拉萨的第二天一早我就来到了布达拉宫。她离我住的酒店只有十多分钟的车程。我看见那在电视上和画册上看到过无数遍的布达拉宫依山垒砌,群楼重叠。她是松赞干布迎娶文成公主的爱情城堡,更是藏传佛教中宫殿的宫殿。她庄重又华贵,古老、威严而慈悲。她的样子,既像是匍匐在山顶的豹子,又像是堆放在天地之间的经卷。

我跟着游客和当地人围着布达拉宫顺时针往前走。黄铜制成的转经筒在我的身边咕噜噜地转动,仿佛一条河流在哗哗作响。大悲咒的吟诵声在四周回荡。我顺手拨动了转经筒。有点沉。我前面的游客模样的人们立即没有了耐心。他们停止拨动转经筒,加快步伐向前走去。

我的手却依然拨动着转经筒。我跟随在一个藏族老妪的后面。她的步伐有些奇怪,似乎是受到过某种疾病的伤害,一摇一摆地很用力的样子。可她拨动着转经筒的态度是极其虔诚的,每一个转经筒用的力和时间都几乎一致,那些黄色的圆形金属物在她身后发出轰隆隆的沉重的转动声。

她的口中念念有词。她的另一只手上,是一只小小的转经筒。她的手摇动着,那只小小的转经筒一刻不停地摇着头。

我跟在她的后面,拨动着转经筒。我的手经常感到一阵灼热。我想我是正好触碰到了她刚刚拨动的位置,那上面依然保留着她的体温。如此,我就像是握着她的手,与她进行了一场秘密的交谈。

我不知道她是谁,有着怎样的命运。我甚至来不及看清她的面容。在高高的山上,布达拉宫仿佛一位慈祥的长者,默默地注视着我。

3

汽车告别了拉萨,按照既定的行程沿着318国道向着林芝出发。一路上我看到了植被稀少、群山裸露的西藏,道路蜿蜒的西藏,远天远地的西藏。房屋三五成村,偶尔看到羊群。雪无处不在,仿佛天空之下晾晒着经卷。

四月的时节,在内地南方,早已草长莺飞,我看到的西藏,却仿佛煮过的黄铜铸成的铜像。春天在这里,依然遥不可及。

一路上我小心地调匀呼吸。我仿佛一名只有小本钱的商贩,紧紧捂着自己的钱袋(肺部)。然而高反还是如约而至。它在海拔5013米的米拉山口袭击了我。

我走下了车。我看到巨大的蓝色天幕下白云生长,米拉山口在白云下威风凛凛。它坚硬,有力,沉默,威严,不容置疑。近处是浑圆的荒凉的黄土。远处是射向天空的凛然的钝角。到处是积雪。五色经幡在风中哗哗作响。两头头上披着哈达的牦牛雕塑有着严肃的甚至有些凶猛的表情，打量着走向它们的人群。有一块石碑写着山的名字与海拔高度，向人宣告它的主权。

像所有游客一样，我兴致勃勃地欣赏着这高原上的大美之境。我拍照，尝试着调整拍摄的角度。然而我感到一阵眩晕。我发现我肺部的氧气急剧散失。我的脚下变得虚弱无比。我眼前的米拉山口仿佛幻觉。我的身体在变轻。我在瞬间老去。我感觉自己顷刻间成了一名需要依靠拐杖才能出行的老者。

我转过身往回走。我控制着脚步，一步一步挪向汽车。我仿佛一个溺水的人。岸（汽车）就在十几米之外，可我有一刻怀疑自己能否安全抵达那里。在登上车的瞬间我觉得我耗尽了全部的力气。我抓着座椅慢慢挪到了座位上，合目，静坐，调整呼吸。

过了两三分钟，我才感到自己一点点地恢复了过来。

在那一刻，我感到西藏就像一只凶猛的豹子或者秃鹫。

我并没有感到沮丧。相反我还有一丝兴奋。我视此为通过了某种资格审查和考验。我想我因此进入了一种崭新的境界。我仿佛一名少年，因醉酒获得了与成年人平起平坐的权利。毫无疑问，经过了高反的验证，西藏接纳了我。

4

可我承认我对西藏是极其陌生的。车外的西藏不断变幻，可是我找不到丝毫的认同感。我对这里的山不熟悉，江西的山到处是郁郁葱葱，而西藏的山是荒凉的、静默的。我对这里的植被毫不熟悉，我几乎不认识车辆经过的任何一种植物。它们的形状基本上是我没见过的样子。已是四月初，江西早已是花红柳绿、姹紫嫣红，可这里的它们依然消瘦，枯黄，寡着一张脸，或把头埋在荒凉的山中，或毫无表情一副大病初愈的样子站在道路两旁。朋友说到八九月份来，西藏就会变成多彩的，可是我不是西藏八九月份的旅客。这里遍布着雪迹，可我坦言我对这里的雪是不熟悉的。江西的雪落下之后就迅速融化撤离，仿佛它们知道自己不过是这个世界的匆匆过客，不宜久留，而这里的雪，虽然有一处没一处，可完全是一副拒绝融化的样子，好像它们是这个世界的原住民，是与放牧在天底下的羊群同族类的古老生物。我对这里的语言、文字都是不熟悉的，我听不懂任何一句藏语，看不懂哪怕一行藏文。我对佛教略有所闻，日诵《心经》，可我对这里的经书一点都不懂。我对这里的喇嘛们身上的红色露肩僧衣也缺乏认知，因为在内地，僧侣的服装是黄色的袍子。我甚至对扎西达娃也一无所知，他是文学西藏的代名词。他笔下的作品我读过一些，可我承认我不甚了了。虽然以前多次在全国性的文学会议上看到留着长发、面色黝黑的他端坐在主席台的位置上，而此刻他就在我们队伍的前面，一辆丰田越野车内。我不熟悉抵达林芝当地的人们为欢迎我们跳起的舞蹈，以及双手托起哈达献给我们每一个人的礼节……

我怀疑在整个西藏此刻只有我一个人来自江西，因为据我所知，江西人并没有分配到援藏的任务。并没有江西人因为援藏留在了这里。所以，我并不奢望此行我能听到一句江西的乡音，碰到一个喝着赣江、信江、抚河或鄱阳湖水长大的江西人。

我还是遇见了同乡。他的名字叫张国华。他是原中国人民解放军第18军军长，是为西藏和平解放立下巨大功勋、为西藏带来巨大福祉的人。他同时是离我的家乡只有百来里远的江西永新人，14岁时曾经当过井冈山英雄袁文才的号兵。他已经离世40多年，可是我还能感到他在西藏的存在。几乎每一个西藏人都认识他。当我向人介绍我来自张国华将军的家乡，几乎所有人都对我报以亲人一般的热情与善意。

我还是遇到了亲人。它在3100米海拔的林芝的怀抱里。当我初入林芝的腹地，我看到它远远地站着，像满脸狐疑表情的、怯于与我相认的故人。

然后我看到一路上它大片大片地盛开。它向着我奔跑。好像是它终于认出我来，然后相邀着更多的桃花来与我相认。

看着那一片粉红色的云朵，我竟仿佛一个唐朝人，见到了已成为吐蕃王妃的文成公主。

我终于要说到桃花了。

5

桃花是中国俗世里最让人亲近的花朵。

我们把最可爱的女人叫作"小桃红"。我们说"桃之夭夭"。我们让人世间最美好的友谊用桃花来证明："桃花潭水深千尺，不及汪伦送我情。"我们把人世间的美好的人人向往的地方称为桃花源。我们记得那么多的关于桃花的诗句，它们集体向我们讲述人世美好的认知："人间四月芳菲尽，山寺桃花始盛开。""去年今日此门中，人面桃花相映红。人面不知何处去，桃花依旧笑春风。""桃李春风一杯酒，江湖夜雨十年灯。""西塞山前白鹭飞，桃花流水鳜鱼肥。"

在内地，在南方，桃花是春天里盛开最早的花朵。总是春节过后不久，寒风依然料峭，草色依然枯黄，大地依然空空荡荡，桃花几乎在一夜间长出，原本一脸严肃的城，顿时喜笑颜开，原本沉默寡言的旷野，就像被点着了火一样欢快，天地间立即涌动着爱意和暖意。

随着桃花的盛开，其他的各类花色开始粉墨登场。桃花，实在扮演着春天领班的角色。

而在西藏，在海拔3100米的林芝，我们看到了南方的报春之花桃花，就像在举目无亲的异乡，遇见了曾经相濡以沫的亲人。

它是祖国南方春天在西藏的"转世灵童"。

它是西藏这本大书用汉语写就的导语。

有人告诉我说林芝的桃花与我所在的南方的桃花并不是一个品种。江南的桃称作碧桃，而林芝的桃是树体格外高大可长千年的光核桃。可我固执地认为，它们是一体的，拥有同样的血型和基因。

——我看到桃花在林芝得到了特别的拥戴。林芝每年三四月份都举办一个桃花节。我们就是今年桃花节受邀的客人。在林芝巴宜区嘎拉村举办的桃花节开幕式上，我看见了人面桃花相映红的景象。在一大片桃花盛开的桃花林中间的空地上，无数人头上缀着绢做的桃花，歌手们在台上唱着桃花，模特们身着与桃花契合的服装，主办方用飞机在空中撒播着桃花。穿着节日盛装的人们在桃花树下，举行着射箭比赛等古老的活动。

年轻的男女在桃花树下交谈、调笑。任何人都会觉得他们的调笑是合理的,因为在如此一座由盛开的桃花构成的爱情的殿堂里,再不恋爱就来不及了。

——我看见在一个叫索松的村庄里,桃花盛开在倾斜的、荒凉的山坡上,或在长着青草的山涧里。它们的颜色,要比我所在的南方的桃花要淡一些,花瓣要小一些,我想是因为这里的氧气不是那么充足,它们出于节俭的习惯小口小口地呼吸,小片小片地开着花。这使它们看起来比我所在的南方盛开的桃花要谦逊得多,也就显得更有书卷气。

四周山峰如屏,积雪在山顶上发出晶体一样的光芒。

近处的地上绿草如茵。

桃花,让这原本荒凉的地方变得宛若仙境。

无数的人们愿意不远千里万里去造访它们。我看见不少写着"湘""云""蒙"车牌的越野车停在路边。

此刻,来自不同地方的人们有了共同的户籍:他们都是桃花国的子民。

有朋友告诉我,海拔 7782 米、被称为"西藏众山之父"的西藏神峰南迦巴瓦峰就隐藏在群峰之间,它终年积雪,云雾缭绕,人们很难见到它的真容。它在西藏群峰中形状最为锐利,其三角形的锐角就像是一把刺向天空的长矛。

因为林芝的桃花盛开，我愿意产生如此的美好想象：这一把怀着杀戮之心的长矛，由于有了鲜花的簇拥，也会随时生出止戈归隐的柔软之心。

——我看见在具有1500多年历史的错宗工巴寺，一枝桃花从寺庙的墙体逸出，把头伸向了寺院的门口，完全就像一个没有专注听讲经的年轻僧人。不远处，巴松错发出蓝色的水光。雪山在远远地照耀着。我相信它的灵魂是经巴松错的水和错宗工巴寺的诵经声洗过的，每一瓣花瓣都会处子般洁净，或者说，它的叶脉里，早就住进了神灵。

6

有了桃花的陪伴，我重新打量起西藏，西藏于我就不再是陌生的存在了，而是生出了几分似曾相识的感受。那原本凉薄的高高在上的月亮有了几分人世间的烟火气。那遍地的石头似乎也是有灵魂的生命。那风中啪啪作响的五色经幡不仅是跟命运有关的祭坛，也是可供鉴赏的艺术和建筑。我所遇见的每一条狗每一头牦牛，肚子里都可能藏着一部经书。我所喝下的每一口酒，都会有桃花的倒影。被称为生命禁区的阿里无人区，其实是我们所不知道的亿万生灵的福地。我们在西藏的某个夜晚毫无声息地下起的一场雪，说不定有一颗桃花一样温暖的、充满柔情的心。

有了桃花的陪伴，这一路上遇见的人生初见的人们，让我觉得有了亲人般的亲切。我在色拉山口的雪地上遇到的旁若无人舞蹈的年轻女子，她的内心是不是有超过十亩以上的桃花盛开？而那个面对巍峨的、白雪覆盖的群峰双手合十哭泣的女子，她双肩耸动的样子，可能不是出于悲伤，而是源自面对圣境的欢喜（无须隐瞒，面对林芝桃花，我也有落泪的冲动）。在索松村探出头来与我招呼的满脸酒气的藏族男子，要用怎样的办法，才能让他邀请我进屋与他喝上两杯？而在鲁朗星星像钻石那么大的夜空下，看不见灯火的旷野间，我获得了几辆合围的房车中间，烧起篝火跳起舞的、一群看起来充满野性的人们的邀请，喝起了罐装的啤酒。一杯酒下肚，我就立即有了与他们同样的纵横四海的心！我遇见来自浙江的年轻诗人陈人杰。他说这是他待在西藏的第七个年头了。他在浙江的一家金融部门工作，妻儿都在浙江。可是他依然没有回到内地去的打算。他说只要一回到内地，回到内地的人口密集的大城市里，他就觉得憋得慌。他在酒后说自己憋闷的时候，下意识地摸着胸口，好像车流不息的内地才是缺氧的地方，而远天远地的西藏给他提供了他所需要的一切精神的滋养。我读过他写下的一些诗句。

那是一些同样需要无垠星空和旷野才能活下去的诗句。我看到他在西藏如此松弛、自洽，根本看不出他所说的那种在内地的憋闷得慌的状态。我有了和从前面的丰田越野车里钻出来的扎西达娃攀谈的愿望，我想和他谈谈很多年前我读他的《西藏，系在皮绳结上的魂》的感受，谈谈迷宫一样的西藏时间……

7

我喝着青稞酒，吃着烤牦牛肉。因为有桃花的陪伴，我这个沉默寡言的人，开始热衷与人攀谈。我似乎在拼命倾倒，要把自己的心倒空，为的是腾出位置，想多装一点西藏。我一直把我的手臂和脸庞裸露在外，为的是，让自己的皮肤变得更黑一些，更接近西藏的肤色。我喝了不少青稞酒，吃了不少石锅炖肉、羊肉、香猪肉和牦牛肉，我想我的舌头，已经有不少成分是西藏的了。我一直有轻微的高原反应。我想，我的肺是不是一直在跟西藏谈判，请求获得西藏的收留？我的眼睛，充斥着西藏的景色，那么，它们也已经成了西藏的信众。我已经有了这样的想法：我能不能通过援藏的方式留下来，像诗人陈人杰一样，成为西藏的一部分，或者，让西藏援我，把我当作需要援助的对象，让西藏援救我世俗化了的、污秽不堪的灵魂？

我想通过桃花的介绍，到错宗工巴寺礼几天佛，或在索松的桃花树下，跟在藏族女子后面，种上几天青稞，是否可以？或者向西藏的老艺人学习西藏经典乐器扎木聂、骨笛，向在宾馆门口跳着锅庄欢迎我的小伙子学习几天舞蹈，是否可以？

8

可是我不能滞留西藏。就像大多数人一样，我的身份只是一个普通的旅者。在现实中，我不过是一个孱弱的人——一个怀着战战兢兢的态度在南方生活的人。我有对我来说十分沉重的工作需要完成。我要日日揣摩上司的心思。我回到家就要读妻子的脸色，如果觉得不悦我就要想办法哄着她。我有年少的女儿需要陪伴，有年老的农民父母需要赡养。我有江西赣江边的故乡需要我时时回望。我的身体里有让我难以启齿的隐疾，为了对抗它或者与它和解，我不得不处处赔着小心。我说话，却往往发现别人的声音在说话。我发表见解，却发现我越是辩解，就离我想表达的观点越遥远。我哭，我只能在背地里哭。我把笑容镶在脸上，不仅因为我需要保持适当的风度，还因为很多时候我对这个世界充满了妥协。我读书、写作、看电影，不仅是我想在内心保留一份远方，还因为我要掩饰自己内心的孱弱，填充内心的虚无。我喝酒，并不是为了让自己的心在酒精的作用下练习飞翔，而更多是为了与俗世中的人们结盟。

我的生活被虚假的大词包围。我的喉咙经常被别人征用，说一些我完全不解其意的话语。我的身上遍布枷锁、镣铐，可我长期以来并没有挣扎的愿望，因为我没有觉察镣铐在身，我想那肯定是枷锁、镣铐已经与我的骨头密不可分，成了我身体的一部分。我早就是卡夫卡的《变形记》里的格利高尔，可我毫不自知，或者是有所察觉，可也没觉得这样有啥不好。

我没法自由迁移。我的假期快结束了，我必须回到旧有的生活秩序之中。西藏于我不过是虚妄，不过是意外。我于西藏不过是过客，不过是影子。我在西藏一周，却没有与任何一个藏族同胞交上朋友，也没有学会哪怕一句经文。我没有向任何朋友讲述过江西的庐山、井冈山，也没讲过陶渊明、欧阳修、黄庭坚、杨万里。我留在西藏的脚印，将很快被擦去，我手机里的关于西藏的留影，不过是幻觉。总有一天，手机的失效，或者其他原因，这些照片都会损坏、消失，最终毫无印迹……

我的假期快结束了。

9

飞机越升越高。地面的房子越来越小，道路越来越细，群山的山脊与沟壑越来越模糊，植被、土壤和岩石的那一部分渐渐不见。然后，我看到的西藏，只是一片茫茫的白色。

那是我见过的最独一无二的白。它久远，厚实，凛然，威严，圣洁，慈悲。那是史前才有的古老的白。一座座山峰隆起，它们在天空下聚拢、碰撞又裂开，握手又别离。它们之间形成悬崖，形成沟壑峡谷，形成无比壮阔的景象，积雪将它们浇铸，白雪覆盖的山峰发出巨型晶体才有的耀眼光芒。机翼之下阳光猛烈，天空湛蓝，这使得群峰更加光彩夺目，无与伦比。

我久久地盯着这雪砌的高原，这白雪覆盖的世界上最高的屋脊。我相信那就是传说中神灵居住的地方。我知道南迦巴瓦、珠穆朗玛、冈仁波齐等等都藏身其中，它们在藏族同胞的口中性格各异，但都有着不可更改的意志和普度众生的慈悲。

我的泪水终于忍不住流了下来。我知道在这白雪皑皑的群峰之下，就是我刚刚熟悉就立即分别的西藏。那里天高地阔，云彩纷飞，城乡散落，桃花灿烂。那里星大如钻，人们很容易与自己的灵魂相遇。那里是一个与我们的现代文明完全不一样的、自足的生命场。那里的人们心怀信仰，热爱修行，相信因果报应，相信生死轮回，爱用磕等身头计量人生的长度和深度。那里的人们经常梦见神灵，爱把一切生灵当作自己的亲人。那里的时间可以折叠、弯曲，此刻也是过去，过去也是未来。那里天高路远，人们很难抵达，也因此，那里的文明系统，还没有遭到现代文明的侵扰。

我只在那里待了一周。我什么都没有留下，可是我对西藏已经有了乡愁。那里有铜质的转经筒上藏族老妪的手温仿佛神谕，有林芝的桃花与我滴血认亲。它像一面镜子，照见了我的孱弱与平庸，照见了我所处的现实的促狭与龌龊。因为生命中有了西藏的存在，我最少可以设想，或许有一天，我可以抛弃所有轻装上路，向着我心中的天堂，一步步磕头到天之尽头，或者最少，我的内心哪怕就像我所处的内地一样嘈杂拥挤，依然可以空出一块地方，安放我的白雪皑皑的高原，相信慈悲圣洁，是这世上永远的存在。

再看机翼下的风景，雪迹遁去。西藏已远。我在座位上坐好，等着飞机一步步领我返回我的尘世。

福建

FUJIAN

五店市的马

在与泉州并不多的交往里,我无由觉得泉州应该是一座到处能见到马的城市。这没有什么不对。在古代,乃至不远的过去,偌大中国,有哪座城市,不是用马拉动运转的?马实在是电力时代以前城市生活不可或缺的部分。皇帝的圣旨,需要驿马传送才能抵达城市掌管者的官邸。得到新的任命的官员,需要骑马去新的治所赴任(走马上任)。乡间收集的粮草,要通过马车才能运往城里的官仓。那些大大小小的客栈,都有专门的马厩,供来往的马歇脚。大户人家的门前,都有拴马石,以接待来访的客人……

然而我以为泉州是一个与马关系更不一般的地方。首先,她算得上是外省人最多的城。她的治下有城曰晋江,乃是因接纳了晋朝北方躲避战乱(五胡乱华)的中原人而得名。成千上万的汉人，从东晋的首都洛阳，或是整个中原，到这被称为中国南边陆地尽头的泉州，中间山重水复，数千里之遥，没有马的运载，怎么可能到达？干粮、细软、家谱，这些脆弱又金贵的事物，没有马的驮运，怎么携带？中国历史上，没有马，北方朝廷的声音，这最南边的泉州怎么听得到？泉州是闽南的商业中心，可如果没有马，勤劳精明的闽南商人，靠什么来运输茶叶、布匹（丝绸）、瓷器这些全世界都很抢手的商品？明代最伟大的航海事件，乃是郑和下西洋，船队起航的地点在离泉州不远处的福州长乐港。可据史料记载，郑和曾经到泉州搜罗最优秀的船工去造船。他会不会同时搜罗了许多马加入他的举世无双的船队？他的船队，甲板上就跑动着许多马。郑成功、施琅是泉州人，他们的赫赫战功，必须由马上建立。这么一想，泉州有过著名的养马的历史也说不定。

　　在泉州，我的眼前总是晃动着许多马的影子。晋江五店市的街区内，古老的石板路上，我似乎听到了许多马踏过的声响。试想如此材质的路，如果没有马走过，那就太遗憾了。那凹凸不平的地方，该有马踩踏出来的印迹才对。那一栋栋宛如皇宫的红砖古厝之间，如果跑动着一匹匹白色的、鬃毛飞扬的骏马，那该是一种多么动人心魄且相得益彰的美。阳光照耀，红砖墙上，出现了一幅跃动的马的投影……庄氏家庙和蔡氏家庙，这两座具有地标意义的历史深厚的庙宇，如果门口没有经常停驻载着孝子贤孙从外省归来的马匹，怎么证明这里的家学深厚后继有人？那高中进士榜的后生，在家庙门前骑着高头大马戴着大红花。那在外开了商号的，用四驾的马车拉着他衣锦还乡的愿望。开元寺的门外，该有马摇动着尾巴。它们在静等着进去求佛的某位官员或客商的家眷归来。寺里的钟声传来的那一刻，马会不会停止咀嚼，脸上的表情一如寺内的沙弥？

在我的印象里，泉州应该是一座透着马的气质的城市。她多元、包容，陆地和海洋、东方与西方多种文化在这里交汇。她野性不羁，因为有了与内陆或者说中心省份的遥远距离，她就有了牧野之感。她动感十足，每一个在这里生活的人，都怀着一颗闯荡江湖的心。还有，她称得上性感妖娆。东西方文明的融汇让她有了一种混血的美……仿佛马，有一双良善、慈悲的素食主义者的瞳孔，扬起的马头，飘扬的马鬃，以及滚圆的肌肉，是动物中最美的样子，跃动的马背，时刻响应着远方的呼唤……

可我到达泉州的时候，泉州城里已没有了马。这是一个电力和燃油的时代。泉州的地面上跑动着火车和汽车。路上到处是斑马的条纹，可看不到马的踪影。没有马跑动的泉州，多少显得不那么灵动和张扬。这不是泉州的问题，这是整个世界的问题。我们已经到达了一个不需要马的时代——一个机器的时代。

可我在泉州还是见到了一匹马。那是在晋江五店市街区门口的白色的马。它佩了漂亮的马鞍，头低着，鬃毛趴在脖子上，仿佛是刚刚从外地归来。它是按照真实的马的大小塑造的一尊马的石雕作品。它雕得太好了，远远看去，根本就不像是一匹石马，它好像随时可以出去吃草，或者奔跑在街区之中，把马蹄踩踏在石板路上，高昂的头颅，映在红色的墙上。我去的时候正是雨天，马就站在门口，身上因雨水浇灌而显得征尘重重。当我走进五店市，我疑心所有的人都有可能是它的主人——包括蔡氏和庄氏家庙里进出的人，以及古厝屋檐下躲雨的人。由于马的存在，我觉得他们都是走了远路的人。他们的身上，有没有携带着几张银票、路条，几块碎银，以及一把防身用的匕首？

一片修行的叶子

依我说,福建安溪的铁观音,是中国茶的谱系里,天生带有佛性的生命体。

不然,何以其他的名茶得名往往来自其生长的地名,或者因其让人产生美好感受的形,如曰龙井,曰毛尖,曰瓜片,曰雪芽,曰寿眉,曰太平猴魁,曰天柱剑毫……而铁观音却仿佛是佛门弟子,被赐予了与佛门有关的名?

铁观音,这个由铁与观音这两个本就风马牛不相及的词组合生成的奇妙的名词,自有一种放下屠刀立地成佛的意味,一种由恨生爱、由深渊到云端的曲意语境,一种沉重又轻逸、混沌又澄明的气质,一种阅遍人间苦难的悲悯情怀。

安溪人对铁观音的得名有两种解释。

一种说,清乾隆元年(1736年),安溪西坪南岩村有个读书人叫王仕让，经常与朋友在南山之麓自己筑就的一个书轩谈诗论画，或者在夕阳西坠之时在书轩之旁流连忘返。一日，王仕让见层石荒原间有一株看起来特别的茶树，就把它移栽到了书轩，并对之精心培育。乾隆六年，王奉诏晋京，通过关系转献此茶给乾隆皇帝，乾隆皇帝饮后大悦，以其乌润结实，沉重似铁，味香形美，犹如观音，赐名"铁观音"。

另一种说法是清雍正三年（1725年）前后，安溪西坪松岩村有个茶农叫魏荫，信奉观音，每日早晚必在观音像前敬献清茶一杯，数十年不辍。一夜，魏荫梦见自己荷锄出门，在一溪涧边的石缝里发现一株枝叶茂盛、叶片闪闪发光的茶树。第二天，他按梦中指示前往寻觅，果然在一个叫观音仑打石坑的地方发现一株与梦中所见一模一样的茶树，就将茶树挖回种在家里的一口破铁鼎里。第二年春天采摘此树茶叶制作成茶，结果发现茶质特异，香韵非凡。魏荫以为是观音所赐，又因种植在铁鼎之中，就将其命名为"铁观音"。

第一个故事，满含书香，似乎是验证铁观音的文化基因。第二个故事是说，铁观音乃是天赐之物，被民间对菩萨数十年如一日的信仰浇灌而成。

两个故事都美好祥瑞。而且，都寓示了这一点：这是一片天然带有佛性的叶子。

同时，人们愿意把铁观音的佛性，归功于安溪这地方的灵性。

一方水土养一方人，当然也养一方草木。"安溪"，从字面上说，安静之溪也。它当然更适合做隐士向往的归隐之地，百姓安居乐业的桃源，修行人的修行之所。

它不像"赤壁""荆州""燕赵"这样的地方，仅从发音就感受到一种干戈之气，一种关隘才有的凶险意味。

安溪在音调上是平缓的，低速的，安静的，小声气的。而安溪的历史和地貌，正与安溪的语调和字义相同。它少有战火，少有重大历史事件。

今年七月，我去了安溪，但见到处是连绵起伏、苍苍郁郁的山。山势不高，可植被苍翠，满山的树木碧绿，皆有如新漆。

如此的水土自然就让草木天生带有佛性。我看到了安溪的山上到处是整整齐齐的茶园。已经过了采茶的季节，可毫不影响我对这块土地的春天想入非非。我想既然乾隆皇帝认为铁观音味香形美，犹如观音，那在春天，那满山遍野的茶树上的崭新叶子，那些雨天里带着透明雨珠的新鲜叶子，岂不就像坐在莲花盘上的滴水观音？

安溪的朋友跟我说，一片在安溪的茶树上生长的叶子，要经过采摘、晾青、做青、炒青、簸拣等工序，才能成为可以泡饮的铁观音茶。

哦，这多像在说一个有佛性的凡夫俗子，通过布施、持戒、忍辱、精进、禅定、智慧六度修行，终成正果，成佛做祖！

在安溪这一草木殿堂，一片叫铁观音的叶子在修行。满目青山就是它的经卷。一棵茶树就是它的禅房。春天的雨水声就是它的诵经声。

修成正果的铁观音茶自然就法力无边。半发酵的它，除了一般茶叶的功效外，还可以抗衰老、抗动脉硬化、防治糖尿病、减肥健美、防治龋齿、清热降火、敌烟醒酒……

就像佛祖，以苍生为念，以普度众生、救苦救难为本。《心经》曰："照见五蕴皆空，度一切苦厄。"

它清香雅韵，冲泡后有天然的兰花香，滋味纯浓，香气馥郁持久，有"七泡有余香之誉"……自安溪县西坪镇发现和种植到如今近300年来，铁观音以其独特的魅力成为了中国最有名的茶之一。它由福建开始，迅速风靡全国，并且漂洋过海，为全世界茶客所热捧。

这一片有佛性的叶子，用自己独特的香味和功效，在人们的舌苔上建起了有着近300年传承的、属于自己的庙堂，有了自己旺盛的香火，普天下的茶客都成了它的信众。

——在中国，有谁不知道铁观音呢？喝茶的都喝过它。它是酒店、饭馆和茶馆里的标配。它的香味，仅用鼻子就可以闻出来，舌头只要沾上就可以指认出来。或者你不喝茶，你也会对铁观音这个名词耳熟能详——这是多么独特的、慈悲的、美好的名字。

观音按照所求称千手观音、送子观音、南海观音。铁观音也依发酵程度和制作工艺，分清香型、浓香型、陈香型三类。

我也是铁观音的信众。我偏爱的是陈香型铁观音的味道。在南昌，我家对面就是一条茶街，全中国的茶都在这条街上聚合。其中我最爱去福建人老李开的铁观音茶楼喝陈香铁观音。我们爱亲热地称它"老铁"，就像称呼一个有着深厚交情的老友。

我曾经喝过1985年的铁观音。是在我所在的南昌，朋友带我去一个福建的商人朋友家喝茶。福建商人朋友是在南昌旅居，房子是租赁的，可房内根雕茶台、工夫茶具一应俱全，为营造良好喝茶气氛，墙上还挂着有着人生深意的书画。听朋友介绍我，福建朋友就以为我会写文章，必然是资深的茶客，如奉神明般捧出了一小袋茶，说是1985年的铁观音。

那是我这辈子喝过的最美好的茶。那滋味老派，馥郁，沉着，持久，明亮。它在舌苔上登陆，在口腔盘旋，然后在肠胃唇齿间弥漫，似乎整个五脏六腑有金光闪耀，整个茶室仿佛成了一间光明广大的殿堂，而每个人俨然都是一尊被精心雕塑的金身佛陀。

我们同去的人有七八位。可是这一小包茶喝了十余泡依然香味不减。最后，福建朋友把泡过的茶倒在水壶里煮着，那香气竟然还如原初。

——它多像一座有着经年历史的佛寺，远比普通的佛寺有更高的法力。藏经楼里，也有更加经典的经文。

在安溪，我寻着铁观音的足迹。我发现县城有很多设施都与茶有关。山有观音山，楼盘有铁观音山庄，公园有茶叶公园，酒店有茶叶主题酒店。福建省农林大学在这里专门设立了茶学院，湖滨东路上，一家挨着一家的是茶店铺。还有茶博汇、明珠茶业城、铁观音博物馆、茶叶大观园……

安溪，这是一座带着茶的胎记的城。

我相信我见过的所有安溪人，从胎里就有喝茶的爱好，就接受过了铁观音茶的施洗，天生就是铁观音茶的信众，也因此，天生就有了铁观音一样的慈悲心。

我去了安溪的田间地头。我看到漫山遍野的茶园。茶文化主题公园、茶庄园开在了安溪的大地上。很多村庄开办了茶主题的乡村游。由茶衍生的产业深入安溪的每一个角落，每一个皱褶处，每一个毛孔。

据官方统计，安溪县100多万人，其中有80多万人从事着与铁观音有关的工作。

在安溪，我听到过很多关于铁观音让很多人过上了好日子的故事——

比如一个叫桃舟乡的地方，建起了一个茶文化庄园，庄园名叫添寿福，不仅包含了铁观音茶的种植生产、定制销售，还搭上了休闲旅游。这样一个以绿色为理念的庄园，带动周边数千户农民建设无公害茶园近万亩，从业农民每人平均年收入3万元。

比如祥华乡冠和茶庄园，瞄准了养生的理念，建设茶文化交流中心、茶文化博物馆、制茶体验加工区等，带动周边近千户农民增收。

一个叫双格村的村庄，以茶为媒，走出了一条茶旅结合的路子，年接待游客5万余人。一个安溪县的小村庄，被国家旅游局评为了全国旅游扶贫重点村。

一个叫举源村的村庄，别出心裁，一方面让茶农开展互助合作，一方面建立了从种植到仓储和销售都可全程跟踪的"有身份证茶追溯系统"，让无数茶客爱之如宝。举源村因此摘除了贫困的帽子，举源村生产的铁观音茶，获得第七届世界名茶大赛银奖、2011年福建省铁观音名优茶金奖……

而在另一个叫灶美村的村庄里，传统的铁观音踏上了网络快递的云朵。在这个全国知名的淘宝村里，每天都有无数铁观音茶被快递到全国的客户手中。

听着这些故事，我知道了一片天生带有了佛性的茶叶，从来就没有中断它的修行之路。它访贫问苦，它慈航普度。它从来以黎民苍生为念。谁有苦难它都愿意搭一把手。

一个黄昏，我来到了安溪尚卿乡的五阆山顶，看到四面山峦如围，山下的茶园层层叠叠、葱葱郁郁，而天空云霞纷飞，色彩斑斓。

这多么美！天地间仿佛就是一杯铁观音茶，青山是茶杯，清风是泡茶的水。层层叠叠的茶园就是这杯中的观音。

而整个安溪，四面环山，清风徐徐，茶山葱郁，天空干净，不也是一杯更大一些的铁观音茶吗？

我似乎看到了这青山里茶在奔跑，在诵经，在修行，在念着苍生。天地间忽然有了浓郁的茶香和佛堂里特有的气息。

我忽然问自己，我是谁？

我也是这茶杯里的一片茶叶吗？

我配当这茶杯里的一片茶叶吗？

相比这满山的茶，我肯定是不堪的。我内心藏着嫉妒、贪、嗔恨等阴暗的情绪。

我的皮囊里还积累了太多恐惧、悲伤、痛苦、暴力的冲动，乃至不明形状的得意。我无法做到佛祖所说的心无挂碍。我为这世界做得太少，可我总是怨恨自己得到的不多。

如果把我比拟成一片叶子，我只能算是一片污秽的叶子。

这么想着，我唤了朋友，急急下山去了。

我拾到了一块碎瓷片

在福建平和,一座葱郁的青山里,一个名叫南胜窑的形同废墟的窑址旁边,我拾到了一块白色的碎瓷片。

它原本隐埋于尘土之中。可是,只要稍稍擦拭,它就现出了锃亮的釉色,好像它是土里的白金。

它的质地是坚硬的,对瓷器稍有了解的我知道,要烧到1300℃的高温,才能达到如此的硬度。

温度是瓷器工艺重要的指标。景德镇、龙泉、德化等名窑的瓷就是1300℃。这是不是可以说明,它是与景德镇瓷、龙泉青瓷、德化白瓷比肩的艺术?

没有人知道它在地里埋藏了多少年——500年,还是300年?我所知道的是,早在大约500年前(明正德年间),平和人在这里发现了与景德镇的高岭土并无二致的陶土。他们从几百公里外的景德镇请来了师傅。原本倾斜的山坡，稍做收拾就成了瓷窑，原本寂静的青山里，升起了第一缕瓷烟。

在景德镇画匠的教导下，世代耕种的平和人开始在瓷上描花绘朵。因为没有景德镇皇家美学程式的桎梏，他们少了景德镇画匠们笔下的拘束。他们画得恣意、野性、张扬。某个瓷罐上有一片叶子张牙舞爪，似乎是正好有风吹过。某个瓷盘上有一头野鹿腿太长了，而尾巴又忘了画。一只在瓷瓶上飞起的鸟，根本无法分清它是燕子还是乌鸦。

我所拾到的碎瓷片上并没有完整的图案，而只有两根蓝色的线条。它似乎出自吃醉了酒的画匠笔下，或者是并无多少绘画功力的画徒手中。它们轻重无拘，既不笔直，也不平行。它们貌似肆意潜行，却在不远处拐弯攀爬向上。然后，线断了。

这一块碎瓷片，是来自一个瓷盘，还是一只酒盏？这两根仅存的蓝色线条，是荷叶的藤蔓，还是菊花的花瓣，或者是一只孔雀的尾翎？我所拾到的碎瓷片太小了。它只比拇指甲盖大一点点。这样的两根线条，来去无有，完全看不出它出自怎样的母体。

然而，这两根蓝色的线条，让我的想象有了自由滑翔的乐趣——

有没有可能，它们是几百年前的平和人两道眺望的目光？

烧成了的平和瓷摆在了平和的母亲河花山溪河的码头边。不少短衣打扮的人挑起瓷器走上了船舱。花山溪河在不远处拐了弯。它的远方，是泉州、厦门的入海口。

这是告别的时刻。深山里的孩儿要奔向大海。四周的青山泪眼相送。未出过远门的孩儿们未免有点紧张。那瓷器上不知叫啥名儿的鸟，紧紧关闭了喉咙，生怕发出让人不安的叫喊。那瓷壁上的缠枝莲，相互间牵起了手，仿佛只有这样，它们才会让自己更有信心一些。两岸的青山千嘱咐万叮咛，船开了。

平和人的目光跟随着船只越拉越长。他们看到长长的旅行之后孩儿们都到达了泉州或厦门的码头。在那里，它们遇见了景德镇青花瓷，宛如发现了这世上的另一个自己。它们见到了德化瓷，惊异于德化瓷白皙如雪的好皮肤。它们立即成了朋友，并且面对大海庄严起誓，不管以后到哪里，它们都是一个家族的子孙，同甘共苦的兄弟。

它们开始了在海上的颠簸之旅。巨大的海风掀起海浪，让它们开始有了翻江倒海般的眩晕。景德镇的瓷器完全没有了皇家官窑的威仪，瓷上的花朵随时有散落的可能。德化白瓷的脸色明显不好，仿佛病了一般惨白。平和瓷壁上的青花有了脱水的迹象，有几朵莲花甚至卷了边。不过要不了多久，它们都能活过来。地理的原因，因为天生离海要近一些，平和瓷更早地适应了海洋的脾性。它们习惯了海风的腥味，看惯了海上的日出日落，在汹涌的海浪中，它们渐渐静如处子，甘之若饴。

这些漂亮孩儿由于个个光彩照人，逐渐成了海洋的名角儿，成了海上各种力量角逐的对象。很快它们就有了一个念着好听的洋名儿——"克拉克"瓷。公元1602年，荷兰东印度公司在马六甲海峡截获了一艘装载了数十万件平和青花瓷的名为"克拉克"的葡萄牙商船。1604年，这些瓷器在荷兰阿姆斯特丹拍卖，引起了巨大轰动。人们把这种具有开光构图形式、装饰风格特征明显的青花瓷统称为"克拉克"瓷。

克拉克，一个散发着浓郁海洋气息的名字。经过了海浪的捧打，以及海洋的重新命名，它们从此就拥有了海洋的基因。我手里的碎瓷片上的两根蓝色线条，有没有可能，就暗指了它们蓝色海洋的血统？

这些漂亮孩儿有福了！它们乘着海船来到了欧洲、非洲和东亚许多国家和地区。它们被东亚部分国家和欧洲的人家请进了家中。它们被摆放在餐桌上、壁炉上，整个家居就立即充满了人人喜欢的东方的蓝调。那美轮美奂的青花图案，成了人人追崇的东方文明的索引。欧亚大陆乃至世界各地的人们，纷纷以拥有包括平和的克拉克瓷在内的中国青花瓷器为荣。一个政府工作的内阁大臣，家里怎么可以没有几件像样的克拉克瓷盘来装牛排，让刀叉与瓷器碰撞时发出清脆的声响？一个镇上有头有脸的法官或商人，怎么可以不用克拉克咖啡杯喝香喷喷的咖啡？

全世界的人们对青花的推崇加大了中西方的贸易往来。专做海洋贸易的各国东印度公司纷纷来到中国，沿着一路的碎瓷片找到了瓷烟滚滚的平和，这个并不知名但离海洋切近的山区。他们带来了全世界的订单，以及带有伊斯兰、东亚、欧洲等地异域风格的图案。东方与西方，在一只克拉克瓷盘上甜蜜交会。世界各种文明，在一个瓷器圆形的弧面握手言欢，组成具有强烈张力却又奇特和谐的画面。黑眼睛黄皮肤的中国人，与蓝眼隆鼻的外国人，在平和原本狭窄的街道亲密交谈。画室里，平和人在瓷上画他们所不知的花朵灵兽以及各种家族的纹章。瓷窑边，把火的师傅已经几天几夜没合眼了，可还有好几船的烧制任务在等着他。

随着景德镇高岭土资源逐渐枯竭以及万历年间的民变造成的瓷业衰落，平和的瓷器订单更多了。整个平和，成了一座火焰熊熊、烟尘滚滚的瓷窑，那原本就不宽敞的花山溪河河道，运瓷器的船只更加拥挤不堪。

这样的好日子过了多久？200年，还是150年？晚明之际，崇祯在一棵树上吊死，清军入关，中国开始进入清王朝统治时期。出于对海洋的恐惧，清政府实行了片板不准入海的海禁政策。

原本是海洋起点的泉州、厦门，成了内陆的城市。原本舟楫奔忙的平和花山溪河河道，瞬间变得空空荡荡。没有了海外的订单，平和人熄灭了山上的窑火，捣毁了自己的瓷厂，填实了原本满是窑洞的山体。那些瓷器的图样，由于异域风格明显，很可能会被当作有政府不允许的海外关系的证明而干脆都烧了吧。烧瓷的平和人，扔下了在瓷器上画画的笔，收回了转盘边张开的腿，重新拿起了锄头变回了农民。他们收回了向海洋眺望的目光，重新做回了老老实实的山里人。

山上的瓷烟散尽了。许多年后，平和原本因瓷窑林立而坑坑洼洼的山体重新长满了植被。那段曾经与世界在一个青花瓷盘上握手言欢的历史，被掩埋于地下，仿佛从来没有发生过。即使到了1680年，康熙实行海上贸易解禁政策，官窑的景德镇火焰熊熊，这片曾经创造过民间造瓷神话的土地再也没有重新燃起窑火。

然而平和的山体里还有大量的碎瓷片。它们破碎，但不肯腐烂。它们是那段辉煌历史的中心证人。它们一直在等待着大海那边有人前来滴血认亲。20世纪90年代，正当全世界的学者久寻历史上大量的克拉克瓷的产地而不得时，中日两国学者在平和县南胜、五寨等地发掘出了许多碎瓷片。经过研究,他们发现其质地、图案、色泽都与海外的许多依然保存的克拉克瓷的实物标本完全吻合。他们确定平和就是海外克拉克瓷的中国故乡。——海外的游子找到了中国闽西深山里隐名埋姓的亲生母亲。

2017年3月,我来到了平和。正是春天,青山葱翠,万物兴荣。几同废墟的南胜窑窑址被一个篾片织起的网覆盖。站在南胜窑窑址的旁边,手捏着这一片比拇指甲盖稍大的碎瓷片,我的目光不禁远了起来。沿着这两根蓝色线条,我似乎看到了五六百年前平和青山上瓷烟滚滚,平和花山溪河上舟楫往来的繁荣景象。——看到了平和有几分野气又有几分羞怯的瓷孩儿们被洋人亲切地呼着洋名、奉为至宝的景象。

我手中的碎瓷片的两根蓝色线条,其实是历史的索引,时间的卧底。沿着它们,我们很容易就越过现实进入了平和产瓷的历史深处,从这满目葱翠的青山看到当年瓷窑之上升起的火光。

台湾

TAIWAN

台北的颜色

1

就和全世界所有的城市一样，台北无疑是多彩的。——阳明山上的植被是绿色的。台北故宫博物院的斗拱是蓝色的。仁爱路的台北孙中山纪念馆的屋顶是黄色的。东吴大学里钱穆旧居素书楼的门是红色的。街头到处可见的 7-ELEVEN 便利店的标识是红蓝黄三色相间的。著名建筑 101 是蓝色的（它与台北故宫博物院斗拱的蓝并不相同。台北故宫博物院斗拱的蓝是深蓝色，101 的蓝是湖水蓝）。台湾师范大学大门的柱子以及校内的几栋主体建筑是看起来颇有年份的暗红色。我住的酒店的外观是白色的。西门町很多伸展到街面的店牌是鲜红的，上面写着黑色、黄色或其他色彩的店名……总之，说台北的色彩是丰富的，大致不会招来对台北有认知的人们的反对。

可我固执地认为台北是黑白色的。我愿意用很多证据来证明这一点。比如说，中正纪念堂建筑的主色调是白色的。东吴大学的校牌是黑色的。我去过的诚品书店信义店的大门外观和店名是白色的，而店内标示诚品书店畅销榜的背景墙是黑色的——书店里的书琳琅满目，但黑与白无疑是书的基调（书是白纸黑字）。台北是一座书店很多的城市，隔几百米就有一个书店。有书店守望的城市是安静的，就像一张黑白相守的围棋桌。在台期间，我参观了被称为台北文学地标的纪州庵文学森林。早晨，我与同伴走在通往纪州庵的同安街，感觉街道狭窄，安静，灰旧，充满了历史感和人情味，就像走在黑白照片里一样。两边斑驳的建筑错落有致，阳光撒过，街道布满了黑色的建筑物倒影，就更加重了这种印象（印象中台北很多街道都是这个样子）。

还有，台北人给我的印象，是素净的。他们穿衣，讲究素雅，颜色或黑或白，或者灰色、浅蓝，很少看到穿得大红大绿的台北人。他们说话，都是轻轻地，即使醉酒，也不会咆哮。他们说话，取消了卷舌音，让我这不善卷舌的南方人感觉到愉悦。他们的声音，是隐忍温柔，是浅尝辄止，是言犹未尽，仿佛白色的月光，在黑色的夜里轻轻流淌无边，也如白雪，沙沙落满了黑色的窗台。他们望着你时,脸上的表情是浅笑的。他们仿佛既不会大喜,也不会大怒大悲,仿佛他们已经承受过大苦大悲,从此看透了这人世,知道万事无所谓争取抢夺,只需要淡淡地去接受和努力。

2

搭我去钱穆故居的出租车司机告诉我,他的祖先是明末清初跟随郑成功从福建迁徙到台北的。搭我到机场的司机的祖先是清末从漳州移民到台北的。台湾师范大学文学院的胡衍南教授祖籍是江西南昌,因我在南昌工作,为此我们认了老乡,碰杯干了好几杯酒。我在北京认识的台北著名学者龚鹏程先生与我是江西吉安的同乡,他1956年生于台北,可他父亲是吉安值夏人,与我的家乡大约百里,1949年因军旅身份赴台。龚先生每称自己为吉安人,题字落款必署名"庐陵(古吉安称庐陵)人龚鹏程"。几乎所有的台北人都不是原住民,他们的故乡、祖籍地大都在海峡对岸,或一条海峡相隔的福建,或承载过沉重历史的长江之滨、黄河两岸。

大陆向包括台北在内的台湾进行大规模移民的举动,在历史上发生过多次:

明崇祯元年，时值福建大旱，福建人颜思齐、郑芝龙为抗拒官府欺压，率领闽粤居民迁居台湾。

1661年，郑成功以南明王朝招讨大将军的名义，率25000名将士及数百艘战舰，由金门进军台湾。

1949年，蒋介石率200万军民退至台湾。

……………

几乎每一个台北人都有一个大陆的故乡。那故乡或者是一张1949年以前的黑白照片，或者是一张白纸上的线条交错的黑色地图。那故乡或者因为时间切近光影还算清晰，近到××街××巷依然可以查证，或者因年代久远已经模糊，只剩下一个名称变更了的地址，一个沧海桑田后的隐约遗迹……

这使得几乎每个台北人都对大陆怀着复杂的乡愁。

那乡愁的颜色是黑白色。那该是几乎所有台北人内心的底色。

3

在台北，我决意去拜访钱穆。

对大多数中国读书人来说，钱穆是一个标志性的存在。他是一本经书，一个路标，一座矗立在史学领域的纪念碑。

他是吴越国太祖武肃王钱镠跨过海峡的血脉，著名的无锡钱家走出的宗师级的人物。

他有传奇般的一生：高中没有毕业，却历任燕京、北大、清华、川大、齐鲁、西南联大等大学教授，无锡江南大学文学院院长，一生著述80多种1700多万字。他在《国史大纲》里阐述的国人必对国史怀有温情和敬意的劝勉，多年来成为中国人文知识分子心中的金石之音。

他是一位伟大的师者。他的学生，数十年来，始终在内心奉他为永远的老师。如我一般愚笨的读书人，书架上也有他的《中国历代政治得失》《湖上闲思录》《先秦史》……

钱穆先生1949年迁居香港创办新亚书院。1967年，他移居台北，次年由蒋介石安排迁入台北市士林区外双溪之素书楼，直到1990年6月，即他去世前三个月被当局以公产为由要求搬离，共住了23年。——以纪念他幼居五世同堂大宅之素书堂侧，病重之时母亲不舍昼夜守候之情而命名的素书楼，在他去世后辟为他的故居，至今已成为台北的一个文化地标。

走进东吴大学，穿过朱红色的素书楼大门（门牌为黑底金字），沿着左边的台阶而上，就进入筑在高处的二层小楼，进入了一个与外界的草木扶疏迥异的黑白世界——

白色的客厅上，挂着落款为晦翁的朱熹的榜书黑色拓片对联，内容非常适合用来形容钱先生的一生：立修齐志，读圣贤书。横批是"静神养气"。在另几面墙壁上,是钱先生亲笔题写的对联和心得字迹。其中一副,内容为"水到渠成看道力,崖枯木落见天心",让人感受到大学问家深厚的学养和定力。小楼到处是黑色的老式桌椅床榻,黑色的钱穆铜像,黑白的著作图像,黑白的书法,黑白的老照片……

钱先生在白色的墙壁上挂着的相框里,或专注于板书,或与人侃侃而谈,或拄着拐杖举着烟斗,或与夫人胡美琦(江西南昌人,又是我的同乡!)相依相偎。他花白头发,戴黑框眼镜(晚年的他几近全盲,眼前一片黑暗,让我想起了阿根廷国立图书馆馆长、同样是一个国家文明的守护者、盲诗人博尔赫斯),穿对襟白褂,或黑色棉衣。这位中国文化的炼丹者与传播者,有着让人崇敬的、大儒才有的笃定表情。想当年,素书楼里,先生声音洪亮,发表着对历史的真知灼见,感动着一代代学子。有人听课多年不间断,从学生听成了教授,又领着学生来听……

而时至今日,先生的声音远去了。他研究了一辈子历史,自己终于成了历史里的一部分,成了黑白照片里的一个旧人。他活了96岁,正合了"仁者寿"这句老话。

——钱穆故居的黑白色调,更加重了我对台北主色调是黑白的印象。

4

同伴们纷纷把手机拍摄的台北发至微信群里。整个微信群里色彩斑斓，充满了十分热闹而喜庆的气氛。却有人别出心裁，把自己手机的拍摄模式设置成了黑白模式，结果他发到微信里的图片全是黑白的：黑白的忠孝东路路牌，黑白的捷运站站台，黑白的台北孙中山纪念馆，黑白的101楼顶视角下拍摄的台北夜景（黑白的台北夜晚，恍惚，摇晃，仿佛一个巨大的梦境），黑白的士林观光夜市，黑白的永康街，椰树整齐排列的仁爱路、重庆南路、市民大道……黑白的满城骑摩托车的人，黑白的匆匆穿过斑马线的人……

台北的空气清新、阳光明净，同伴的黑白照里的台北就有了十分单纯的质地。相比微信群里的彩色图，同伴的黑白照里的台北似乎更接近台北这座城市的本相。那些照片里的台北，是朴素、沁凉、怀旧的台北，是轻声细语的台北，是淡淡的忧愁和悲伤的台北。这座远离大陆的城市的历史与现实，众所周知还有着不可言说的部分，在黑白的照片里，它们就集体呈现为不黑不白的灰暗颜色。

江西

JIANGXI

梅关处处

1

赣南客家的历史，其实是一部让人百感交集的迁徙史。而赣南客家有据可查的最早的迁徙，大概是"永嘉之乱"后的衣冠南渡。

据史载，早在西晋永嘉年间，匈奴贵族刘渊之子刘聪部将石勒歼晋军十余万人，又有部将呼延晏率兵攻洛阳，歼灭晋军3万余人。洛阳城破，刘聪俘晋怀帝，杀太子、宗室及官员、士兵、百姓3万余人，又挖陵墓、焚宫殿、掠城池，中原大地血流成河，史称"永嘉之乱"。

战乱中的人们，慌不择路，挈妇将雏，牵马骑驴，从中原向着长江中下游一路南迁，渴望找一安宁的所在。他们出发的时候，领头的人是不是带了指南针？数以万计的人们，响应着统一的律令，向南，向南。似乎人们没有去过的南方，是饱受战乱之苦的人们能够安心的所在。那里传说土地肥沃，随便插一根柳条，都可以长出一座春天。那里山川秀丽，美好的自然景观，正好可以修复他们在战乱中饱受伤害的心灵。他们沿颍、汝、淮诸水流域，过湖北，入长江，仄入彭蠡湖（鄱阳湖），又入赣江，经过千里奔袭，疲惫不堪的人们来到了赣南，在这一几乎荒无人烟的荒蛮之地，停下了南迁的脚步，开始起屋造舍，开荒种地，繁衍生息。有人不肯停步继续南行，去了闽粤，成为闽粤地区的客家先民。

原本人迹罕至、鸟兽横行的赣南，从此人烟渐稠。那遍地植被的荒野之所，从此吹拂着文明之风。

"永嘉之乱"后，中原陷入更加危险的境地。匈奴、羯、鲜卑、羌、氐等胡族大举入侵，烧杀抢掠，曾经建立了雄秦盛汉的汉民族已经到了灭族的边缘。史载，慕容鲜卑掠夺中原，以数万名汉族少女为奸淫，为军粮，一路奸淫宰杀烹食，走到河北易水时，吃得只剩下8000名少女，一时吃不掉，又不想放掉，就将8000名少女全部淹死，易水为之断流。羯族行军作战从不携带粮草，而是专门掳掠汉族女子作为军粮。那些俘获来的手无寸铁的汉族少女被称为"两脚羊"，夜间供士兵奸淫，白天则宰杀烹食。在此亡族灭种的多层次杀戮之下，北方汉人人口剧减，一时间只剩下四五百万人。

侥幸躲避过"永嘉之乱"得以在中原残存的汉人们又面临着亡族灭种的危险。他们心里装满了对死亡的恐惧，怀着对生的向往，沿着先行者的足迹，速速逃离了那完全破碎的家乡，披荆斩棘，水路旱路交替进入江西。他们在赣南的树林深处山水之间听出了乡音，找到了亲人。他们留在了赣南，与先行者一起开荒种地，把与中原迥异的赣南，经营成丰衣足食的美丽家园。那些有关中原战乱的可怕的噩梦般的记忆，那些烧杀抢掠、黑烟滚滚的情景，被他们当作前世幻影留在了心里。

中国北方战乱频频。从北向南的路上，士族、农民、仕人、手工业者、商贾，迁徙者络绎不绝。政治文化经济中心的北方，从来就是兵家必争之地。不仅是"永嘉之乱"，五胡乱华，在唐代，"安史之乱"，黄巢起义，藩镇割据，接二连三的战争，让人们几无一日安宁。在北宋，靖康二年四月，金军攻破东京，对东京百姓烧杀抢掠，还俘虏了宋徽宗、宋钦宗父子，以及赵氏皇族、后宫妃嫔与贵卿、朝臣等共3000余人北上金国，东京城中公私积蓄为之一空，史称"靖康之乱"。然后高宗南渡，故家世胄亦步亦趋。后来元兵南下，百姓又开始了南迁。百姓随宋帝南迁情景，在清末学者徐旭曾所撰的《丰湖杂记》里有记：

元兵大举南下，宋帝辗转播迁，南来岭表，不但故家世胄，即百姓亦多举族相随。有由赣而闽、沿海至粤者；有由湘、赣逾岭至粤者。沿途据险与元兵战，或徒手与元兵搏，全家覆灭、全族覆灭者，殆如恒河沙数。天不祚宋，崖门蹈海，国运遂终。其随帝南来，历万死而一生之遗民，固犹到处皆是也……西起大庾，东至闽汀，纵横蜿蜒，山之南、山之北皆属之。即今之福建汀州各属，江西之南安、赣州、宁都各属，广东之南雄、韶州、连州、惠州、嘉应各属，及潮州之大埔、丰顺，广州之龙门各属是也。

——无休无止的战争催赶着北方汉人沿着祖先的足迹向南方进发。南迁，在中国历史上已经成了一种巨大的民族惯性。赣南、岭南、闽南这些冠之以南名的大地，宛如宗教里的净土，田园诗人笔下的桃花源，慷慨收留了祖祖辈辈被战乱驱赶着逃亡的人们。

2

这些中国北方迁徙而来的幸存者，开始都以所住的地方自称,他们称自己为福广人、岭东人或者循州人、嘉应人、汀州人、韶州人、虔州人,或者直接以当地县名为名。——他们似乎找到了对迁徙之地的认同感,将自己来自北国的流亡经历妥善藏匿在了南方的崇山峻岭之中。

可不知从何时起,他们有了"客"的称谓。以"客"为名的这些中国北方迁徙而来的血脉,这些战争的幸存者的后裔,可是拥有7000多万人口的大民系。因为与这样一个名号的民系形成的密切关系,赣州成为客家南迁历史上具有重要意义的四大州之一(另三个州为惠州、梅州、汀州),有了"客家摇篮"的美称。

"客"在百度词典里的解释为:1.外来的(人),与"主"相对。2.外出或寄居,迁居外地的(人)。在中国古代诗歌里,诗人们如此表达"客"的名状:"独在异乡为异客,每逢佳节倍思亲。"(唐·王维《九月九日忆山东兄弟》)"燕台一去客心惊,笳鼓喧喧汉将营。"(唐·祖咏《望蓟门》)"梦里不知身是客,一晌贪欢。"(南唐·李煜《浪淘沙》)"细雨成阴近夕阳,湖边飞阁照寒塘。黄花应笑关山客,每岁登高在异乡。"(明·王翃《客中九日》)……客的弦外之音是不安,是劳顿,是羁旅,是身处异乡手足无措的局促,是月光下客栈里的辗转无眠。用"客"来命名这样一个已经落户南方数百年甚至1000多年的庞大的民系，这是多么酸楚的尴尬的让人百感交集的心理！它意味着这一人群庞大血脉久远的民系从来没有忘记自己的根植、来路和历史；意味着即使居住数百年，植被茂密、物产丰饶，插一根枝条就会长出一大片森林的南方，于他们从来只是必须日日谨慎低头的异乡屋檐，只有他们回不去的中原，才是他们梦里怅望的故乡；意味着迁徙从来就是他们的文化胎记，他们从来都是一个在路上的族群；意味着只要有需要他们可以随时响应着血脉里的召唤，打理行装离开寄居地，义无反顾地奔向新的不可知的旅途。

这些中国北方迁徙而来的幸存者，因为从来就把自己当客居者，千百年来有了矛盾的文化心理，形成了复杂的相生相克的文化习俗。在赣南，他们勤于耕种，即使如崇义上堡这样的高山之巅，他们也想尽办法造出层层叠叠的梯田，打下粮食酿成酒。他们热情好客，即使一个陌生人来访，他都会受到所有在场人的款待。但他们又从来就怀着客居者近乎本能的不安，或者说千百年来对战乱的恐惧一直埋藏在他们心里。他们模拟城堡的样子造出硕大无朋的可供数百人居住的围屋，在围屋的顶部密匝匝地布置了用于武装防卫的炮口枪口，似乎是随时做好无论老少一齐持枪御敌的准备。他们对当地的自然气候似乎有了认同，为抵御南方深山老林里特有的瘴气他们发明了擂茶，就是用很多种具有防风去湿功能的食物原料擂成碎末作为茶饮，并且利用当地的物产做出了种种美食，形成了独特的客家菜系，仿佛是铁了心要扎根此地世世代代把日子过下去，但他们对火有着一种近乎本能的崇拜。在宁都，每到元宵，壮年男子都要玩一种竹篙火龙的游戏，就是竹篙点火，一群壮年男子持着这熊熊燃烧、火焰不断掉落的竹篙在村子里狂奔，究其心理，我想不仅是为了驱邪纳吉，更是一个路上的族群借助火焰驱赶内心的不安，警告黑暗中虎视眈眈的对手。他们貌似与当地土著达成谅解，亲如家人，但当他们吹起一种叫唢呐的响器，那种流淌在不老铜管里的呜咽，有着当地土著无法理解的客居者才有的悲伤。

3

那不断迁徙的客家人知道，从赣南到岭南必须经过一座山叫作大庾岭。赣江、章水之上，居南国五岭（其他四岭为骑田岭，都庞岭，萌渚岭，越城岭）之首的大庾岭（梅岭），是阻挡客家子孙南迁的峭拔关山，也是古代军事之重要隘口。开凿大庾岭，打通赣南与岭南之间的壁垒，不仅是客家民系南迁的夙愿，也是历代朝廷的必需。早在秦始皇统一中国后，秦人在南岭开山道、筑三关，即横浦关、阳山关、湟鸡谷关，以打开沟通南北的三条孔道。大庾岭顶上的关隘就是横浦关。这大庾岭上最早的关隘后为战争所毁。到唐代开元四年（716年），辞官返乡的广东人张九龄奉旨督率民工"饮冰载怀，执艺是度"，凿修大庾岭驿道，拔地千仞、危崖百丈的大庾岭山隘成为了一条"坦坦而方五轨，阗阗而走四通"的、青石鹅卵石铺砌而成的官方驿道。诗人出身的张九龄还在驿道两旁遍栽梅花，以慰藉南来北往的旅者，大庾岭因此有了梅岭的别号。宋淳化元年（990年），宋太宗为确保岭南经赣江而达汴京通道的畅通，在大庾设置了南安军。嘉祐八年（1063年），又在梅岭驿道的隘口上修建关楼一座，名叫"梅关"。

"南扼交广，西拒湖湘，处江西上游，拊岭南之项背"，梅关，自古被视为江西南面之"重险"，历代军事战略要地。

"商贾如云，货物如雨，万足践履，冬无寒土"，是古代对梅关古道热闹和重要程度的描绘。

梅关，是客家历史上的一座重要的关隘，客家南迁路线图上的一个醒目的标识。

梅关，或许是守望赣南客家人命运的一只历史的眼睛，是解开赣南客家子弟命运及情感性格密码的一道索引。

4

客家人历代的南迁容易让人误以为南方是客家人恒定的宿命般的迁徙方向。"臣心一片磁针石，不指南方不肯休。"血管里流淌着客家人的血液的文天祥的《扬子江》一诗是客家人迁徙的渊薮吗？但梅关知道，客家的历代迁徙方向不唯一味向南——

南宋末年，蒙古人入主中原，晋代时外族入侵中原的历史在时隔1000多年后再一次上演，汉文化再一次陷入危险的境地，赣南、岭南、闽南客家子弟为捍卫汉文化不致遭受践踏和消亡，揭竿而起，追随南宋右丞相文天祥抗击元军。文天祥兵败，为躲避元朝蒙古人的追捕株连，客家民系又一次开始了大迁徙。他们不是向南，不是挈妇将雏过梅关，而是就地隐藏，入山唯恐不深，入林唯恐不密，终至形成"逢山必有客，无客不住山"的史实；

清初时候，赣南人口因世代繁衍大增，山多地少的矛盾，使得许多赣南人响应政府发起的"移湖广、填四川"的移民运动，离开深山老林，逆着祖先向南的方向，分别进入了广西、湖南、四川；

晚清动荡，客家人洪秀全发起了太平天国运动。这一差点将清政府掀下朝廷的战火，从者多为客家子弟。当天京（南京）陷落，洪秀全儿子洪天贵福在赣南石城被俘，太平天国的将士遭到剿杀，百姓纷纷逃匿，居住在赣南的客家人又一次被迫迁徙，迁徙的路线毫无规则，真正称得上是慌不择路；

同样是晚清时期，为利益之争，赣闽粤的一些客家人和当地人经常发生械斗，令清廷头疼不已。为解决土、客之争，清政府划出专门地区安置包括赣南人在内的客家人。赣南人又与岭南、闽南的客家人一道，开始了命里的大迁徙，分别到了海南、广西，甚至漂洋过海……

命运从来就不仅仅只有一个方向，唯迁徙本身成了客家民系的宿命。包括赣南客家在内的客家民系的不断迁徙，乃是中国这个国家苦难历史的旁证。客家的不断被放逐，是汉民族甚至是整个中华民族九死一生、不断涅槃必须付出的成本。

5

历史的车轮驶到了 20 世纪 30 年代。1934 年 10 月，由于第五次反"围剿"的失败，中共中央书记处不得不开会接受共产国际驻中国军事顾问李德的建议，决定中央主力红军和中央领导机关撤离中央革命根据地，离开他们经营和奋斗了 5 年之久的赣南,进行战略转移。

随着中革军委《野战军由十月十日至二十日行动日程表》《关于第一野战纵队组成及集中计划的命令》《野战军南渡贡水计划表》、红军总政治部《关于准备长途行军与战斗的政治指令》等一系列命令的颁布,红三、九、一、五、八军团分别撤离战场,于10月17日开始从于都河畔出发,迈向了史无前例的二万五千里长征。

据时任李德翻译的伍修权的《长征的准备与出发》一文记载,奉命进行战略转移的"主力红军有一、三、五、八、九5个军团,还有个三十四师"。再加上新成立的军委和中央机关纵队,整个部队共约8.6万人,号称10万大军。

1934年的金秋十月,于都河畔铁流滚滚,送别的唢呐声呜咽。那是中国军事史甚至是中国历史上都称得上十分壮观和经典的场景,一些亲历者的回忆资料为后人再现了这一经典时刻:

驻在于都河附近的一些伤员、病号和机关的工作人员,得到消息后已经提前行动,涌到桥头,军委正在设法调整秩序。那些步履艰难的伤病员,一看来了主力部队,纷纷围上来打听各自的所在单位。大批苏区派出的民工,挑着、抬着一些笨重的机器、箱子、坛坛罐罐、成捆的纸张、书籍,还有火炮部件,与作战队伍一道,拥挤在窄小的木桥上。那座用小船、门板、杉杆架成的浮桥,在奔腾的河面上摇摇晃晃,吱吱作响,真有"不堪负担"之感。

——耿飚(时任红一军团第二师四团团长)《耿飚回忆录》

赶到于都河边为我们送行的群众中,除了满脸稚气,不懂事的小孩子跑来跑去,大人们的脸上都挂着愁容,有的还在暗暗地流泪。老表们拉着我们的手,重复着一句极简单的话:"盼着你们早回来,盼着你们早回来呀!"连我们十分熟悉的高亢奔放的江西山歌,此时此地也好像变得苍凉低沉了。

……深夜,秋风吹动着残枝败叶,吹动着一泻千里的于都河,吹动着身着单衣的指战员们。寒气很重了,我们回首眺望对岸举着灯笼、火把为红军送行的群众,心中不禁有股暖融融的感觉。

——杨得志(时任红一军团第一师一团团长)《横戈马上》

红旗猎猎,战马嘶鸣,整齐的队伍站在河对面的草坪上,源源不断的人流,从四面八方汇拢来。他们扶老携幼,来到于都河畔。乡亲们有的把煮熟了的鸡蛋塞到我们手里,有的把一把把炒熟的豆子放到我们的口袋里。有的拉住我们战士的手问:

"什么时候回来？"有的止不住"呜呜"哭了起来。

——杨成武（时任红一军团第二师四团政治委员）《杨成武回忆录》

....

跨过于都河上的浮桥，10万身着单衣的铁流，开始了探索中国前途命运的苦行。

6

从赣南出发的、路程二万五千里，转战赣、粤、湘、黔、陕、川等14个省的长征，在中国革命史甚至人类历史上都是惊天动地的壮举。长征，"战胜了重重艰难险阻，保存和锻炼了革命的基干力量，将中国革命的大本营转移到了西北，为开展抗日战争和发展中国革命事业创造了条件"。

长征的牺牲也是无比惨重：从赣南出发的中央红军是8.6万人，可是经过湘江之战，就只剩下3万余人。及至1935年10月19日抵达吴起镇（今陕西吴起县吴起街道），只剩下区区7000余众，近8万壮士成了路上的亡灵。

这也是赣南客家也许不亚于衣冠南渡、宋代南迁等等历史记忆的一次重大的迁徙事件。因为离开赣南的近8.7万大军中，有五六万壮士是赣南客家子弟，占中央红军总数的65%。

赣南子弟在整个中央红军中占有如此大的比重事出有因。伍修权在《我的历程》中关于长征的准备与出发部分道出了缘由："……大约在长征开始的半年前，就进行了各项准备工作。第一是苏区猛烈扩大红军，建立新的兵团。那一时期，新成立了好几个师的部队，有以周昆为军团长的八军团，以周子昆为师长的三十四师，还有少共国际师等部队。为了这次转移积极扩军，除了把地方游击队整编扩充到主力红军外，还把根据地的壮丁几乎都动员参军了，有的农村里只剩了妇女老弱。"史载，仅长征出发地于都县为积极响应中央猛烈"扩大百万铁的红军"的号召，在长征出发前的两次突击扩红中，1万余名于都儿女参加红军，先后组成了8个补充团，补充到红军队伍中。

四渡赤水，强渡大渡河，爬雪山，过草地……长征承受的艰苦难以想象。作为长征红一方面军主力的赣南子弟兵的牺牲难以想象：

兴国一县在长征路上牺牲的子弟兵达一两万人，这意味着每一公里长征路都倒下一个兴国籍战士。

石城一县，全县人口近13.6万人，先后有19327人参加了红军，其中参加长征的达1.6万多人，占红军总数近1/4，在长征路上，无论是冲破封锁线，血战湘江，飞夺泸定桥，爬雪山，过草地……都有石城子弟兵的冲锋陷阵。而最后，1.6万石城子弟兵，到达陕北时，仅剩73人。

红都瑞金的儿女们，牺牲在长征路上者，也有1万多人。

整个赣南在革命战争年代牺牲的有名有姓的烈士为10.8万余人，其中有半数倒在长征路上。

7

十万铁流从赣县王母渡至信丰县新田间突破国民党军第一道封锁线，沿粤赣边、湘粤边、湘桂边西行。途经的梅关，又一次成为赣南客家迁徙的见证。

梅关知道，赣南，这个由1000多年前中原人为躲避战乱一次次迁徙形成的客家摇篮，从来就有着好客的慷慨的本性。她接纳了最为艰难、濒临困境的中国革命，并为此付出了巨大的代价。作为中央苏区主体的赣南，当时总人口为240万，就有33万人参加红军，60万人支援前线。她对红军的物质支援竭尽所有，从1929年从井冈山转战赣南至1934年长征，6年来赣南为中央红军提供稻谷84万担，被毯2万多床，棉花8.6万余斤，草鞋20万双，米袋10万条和制造枪弹的8万多斤铜等。此外还有价值10万元的中西药品和150多万元军费。红军长征后，赣南重新被国民党占领，遭受的报复罄竹难书。其中瑞金作为"赤都"，首当其冲地遭到国民党势力最疯狂、最残酷的报复，全县被残杀的达1.8万多人，许多地方成了"血洗村""无人村"。连国民党的报告也称：在"清剿"区，无不焚烧之屋，无不杀之鸡犬，无不伐之树木，无遗留之壮丁，"间阎不见炊烟，田野但闻鬼哭"。

月照梅关。赣南子弟穿过梅关，义无反顾奔向不知尽头的旅程。倾听着主要是赣南子弟的中央红军的行军脚步声，月光下的梅关渐渐有了母亲的柔情。梅关，那是赣南土地最后的一道送别的目光。看着年龄从16岁至55岁不等的赣南男儿踏向生死难料、吉凶未卜的旅途，梅关咬住了牙关揪住了心。

梅关作证，赣南客家子弟又一次被押解上路。赣南客家民系的身体里潜藏的迁徙的基因又一次被战争激活。这是一个内心充满悖论的民系。这个视任何地方都为异乡的、内心揣着巨大不安的民系，是否只有在反复的奔袭中才能获得短暂的安宁？这个心怀隐忍和不甘的、永远怀着寻找的使命的南方精神的游牧民系，在他们的文化观念里，是否有一块完美的理想的福祉才是他们梦里的家园？是否因为这样的一块福祉存在，才让他们一千多年来在历史的边缘游走不息？

和他们的祖先一样，他们跨过梅关之后，从此再也无法回到出发的地方。他们的热血,将染红沙场;他们的魂灵,将要在更远的异乡飘荡。他们成了一个个真正的永恒的客者,就连曾经的家园,于他们也成了异乡。

从瑞金到北京……赣南人的牺牲成就了整个中华民族的新生。

8

"松山下村／二十年前有人口一百有余。或因考学,或外迁／和务工,或老病,或其他／现在,村子常住人口约为五十。"

这是我的朋友、赣南诗人三子的诗歌《人物记》里的诗句。多年以来,三子写下了大量的以"松山下"为主题的诗句,以表达他对乡土现实的关怀,对时间消逝的感伤,以及对爱与亲情的挽留。这些诗歌发表在《人民文学》《诗刊》《花城》等刊物上,他的第一部诗集甚至就以《松山下》为题。松山下这一地址因此为广大诗歌读者所熟知。松山下,慢慢成为当代汉语诗坛一个颇有名气的诗歌原乡。

松山下,其实是赣南曾经为中央苏区首都瑞金境内的一个小小村庄,是赣南诗人三子的故乡。

客家人三子在《人物记》里用貌似不动声色的语句记录了

松山下 20 年来人口急剧减少的事实。他写下这首诗的时间是 2006 年 3 月。可是短短几年后问及三子，他告诉我，松山下的现有人口，已经不到 20 人了。几年的时间，远比 20 年的消失来得更加迅猛。而造成人口锐减的重要原因，是人们抛下田亩去外省的开放城市打工了。

"又到了一年最寒冷的时候 / 田野不见人，只有丘陵和山冈的墓地边 / 几个移动的影子 //……一年又一年 / 看得见的亲人，背着水井里的月亮 / 去到遥远的他乡 // 一年又一年 / 看不见的先人在土里，守着 / 地上的一片芒草和村庄……"（三子《冬至》）这个叫松山下的小村庄的人口减少远非孤例。从 20 世纪 80 年代开始，赣南或年轻或年长的人们，纷纷从浓荫之下，大山深处走出，搭上南来北往的火车汽车，欢欣鼓舞地奔向了传说中遍地黄金的城堡。而离赣南最近的、古称岭南的、中国最早实施改革开放政策的广东，自然成了赣南人的首选之地。

据统计，近年来，900 万人口的赣南，有 300 万三子笔下的"背着水井里的月亮 / 去到遥远的他乡"的人们。

——1/3 的人口远离赣南，成为中国辽阔国土上的漫溢洪流，300 多万客家子弟远走他乡，以我也许不够成熟的判断，那是赣南客家子弟不逊于衣冠南渡、二万五千里长征的新的重大的赣南客家迁徙事件。强大的国家律令，报纸电视上连篇累牍的关于邻省因实施改革开放政策风起云涌的消息，先行者掘金的事实，让赣南客家子弟又一次激活了他们身体里古老的迁徙因子，开始了新一轮的大迁徙。在巨大的历史惯性作用下，在同样巨大的现实感召下，他们义无反顾地奔向了或浩荡或逼仄的旅途。

原本热闹的喧腾的赣南顿时冷寂了下来，只留下了老人和孩子。那仿佛是，1000多年前，尚未接纳南渡的中原人时候的寂寥空虚，仿佛是，壮年的男子离开了家乡参加长征之后的荒凉与阴郁，翠微峰下，仙水岩边，空荡荡的村庄里，门无论关上还是打开，其声音都让人惊心。

这其实不仅是赣南客家子弟的一脉独行，几乎所有中国人都成了陌路上的行人，他乡屋檐下驻足的旅者，而整个中国，仿佛成了一个奔涌不息的巨大的旋涡。据国家统计局发布，2012年全国人户分离的人口为2.79亿人，其中流动人口为2.36亿人。这就意味着，有2.36亿中国人或为生活所迫或为发展计离开家乡，有将近1/5的中国人怀着赌徒的凶狠和流浪者的迷茫，走在了吉凶未卜的异乡的道上，构成了春节前后火车站、汽车站和机场骇人的汹涌人流。

——他们都成了为躲避"永嘉之乱"仓皇南逃的客家先祖的文化后裔。他们都在开始自己的人生履历上的长征。他们人人都成了客家子弟，他们每一个人都是自我放逐、自我游牧的江湖客。

9

很难用简单的是或者非来评价这一场巨大的迁徙潮的功过。的确，农业往往入不敷出，被国际公认是不赚钱的行当，田地里特别是南方的田地顶多能维持温饱却很难生长财富，用官方的话说，转移富余劳动力，为贫困的农村增加收入，于城市和乡村、国家和个人都是一件多方共赢的事情。这些年来，随着进城务工热潮的不断升级，农村经济及农民素质的确大有改善。原本面貌陈旧的乡村，盖起了许多城市别墅形状的楼房。那些原本乡里乡气的农民，因为接受过城市文明的洗礼成了有技术懂维权的现代人。但另一方面必须看到，随着青壮年的离开，承载过中国古代哲学和诗意、一次次承担起国家经济软着陆使命的乡村，正面临全面崩溃的危险：田园荒芜，伦理失序，垃圾遍地终至环境恶化，教育医疗败落，各种象征了乡村文明的雕花镂纹的古民居因无人居住与维护渐渐颓圮，各种礼仪习俗因无力传承删繁就简渐渐消亡，上梁结婚都因难以凑齐一套完整的响器最后都是草草收场，留下来的老人孩子因为缺乏照料安全得不到保障难免遭遇不测（比如老人在无人知晓下死去，孩子被贩卖婴儿的人进村窃去，女孩遭性侵），留下来的神案上的瓷器花瓶气窗上的砖雕内壁上的精美木雕都被假扮收买古董的贼席卷一空……

而那些背井离乡的人们，少数人赢得良好发展机会，大多数依然穷困潦倒，有的甚至付出生命的代价。户籍等障碍让他们进不了城市成不了城里人，他们长期待在城市，习惯了城市生活又再也不愿回到自己的故乡。迁徙给乡村带来巨大的伦理裂变和文化断层，让路上的人们在城市与乡村的两难之中无所适从。他们的生存遭际，他们的心路历程，是我们这个时代精神的重要特征。

同样是赣南客家子弟的茨平是一名有着近20年城市打工经历的农民，同时也是一名至今依然不算太知名的小说作者。多年来，他一边打工一边写作，写的都是他这些年关于打工所见的真实生活。有一天，他给我寄来了一篇名字叫《猪坚强》的中篇小说。这篇标题貌似不雅的小说对打工仔情感和命运入木三分的揭示，深深地震撼了我。

小说的主人公是一个叫石秀的中年女人。当打工开始兴起的时候，她与丈夫一起离开家乡到城里打工，结果成了煤矿矿工的丈夫在一场爆炸事故中丧生，她成了寡妇。在老家上学的女儿肖丽丽成了工厂女工石秀所有的希望所在。10多年来,为了让女儿将来不像她爷爷奶奶和她那样过苦日子,她在外面咬着牙根拼命赚钱,希望能供女儿读书。她认为穷人家的孩子,唯有读书才能从穷人家跳出来。她只要女儿能上大学有出息,就是累到七老八十累死了也甘心。可是她的女儿因为种种原因读不下书了,也跑到石秀的城市成了一名打工仔,在石秀的求情下在石秀打工的公司里做了一名文员,重复着石秀一样的命运。并且因为从小到大石秀远离家乡,她的女儿与她根本没有母女同心的默契。她的女儿与不良青年恋爱,与她吵架,最后离家出走,杳无音信……石秀满街地呼喊着女儿的名字,声嘶力竭,一个乡下女人寻找女儿的声音,却淹没在汽车马达的轰鸣声,工厂里机器的转动声,电视里枪战片的爆炸声,街市男男女女的叫喊声、说笑声,酒店里的浪笑声,歌厅里的歌声和呐喊声等等这些五花八门的声音之中。

石秀的命运是千千万万个迁徙者也就是打工仔的命运。她的街头被淹没的绝望呼喊,也藏匿在无数个第一代打工仔的胸腔里。而她的女儿肖丽丽的离家出走,正是当下打工二代精神迷茫、灵魂无着的写照。

——这些新鲜的客者客观上集体承担了推动国家改革开放纵深推进的重大使命,可最后他们成了既无法立足于城市又无法回到故土的双重意义上的异乡人。他们的明天,将在哪里?

10

我终于又要说到梅关了。细心的读者可以发现,我已经在很长的篇幅内没有说到梅关了。是的,在这一次名为打工的迁徙潮中,人们已经坐上了汽车和火车离开家乡奔赴前程。一次次凭借着脚力跋山涉水、仓皇南逃的赣南客家子弟,要再次进入过去被称为蛮荒之地现在是改革开放第一线的岭南,或者进入全国任何一个城市,搭上京九线的列车、赣粤高速上的客车和飞机数个小时就可以抵达。那唐代张九龄奉旨督率民工"饮冰载怀,执艺是度"修筑的青石鹅卵石官方梅岭驿道,只能容一人挑着担子徒步穿过的梅关,已经成了一个行将荒废的历史建筑,一件只适合作为文物收藏的旧物,一件适用于旅游开发的文明景观。

可我执着地认为梅关依然无处不在。它是赣南客家子弟让人百感交集的迁徙历史的纪念碑,也是汉民族不断寻找立锥之地的见证。它驻守在岭南与赣南之交的大庾岭上,也屹立在所有被命运放逐漂泊他乡的客者的旅途之中,成为履历中一切悬崖或者关节的隐喻。

正是盛夏，我来到了梅岭。走过一段普通的山路，踏上一段碎青石铺就的、三四米宽的古驿道，回转之间路忽然就变得陡峭了起来，行走变成了攀登，非弓背屈膝不能向前，脚步因此滞重，每迈一步都像把山提在手上，脚底的凹凸不平的青石就会给人追咬的感受，仿佛那路面成了审判的判官，而自己是一个形迹可疑的正接受审问的疑犯。不是梅花开放的季节，两旁的梅树长着绿色的叶子，叶子下面那些黑色的枝条沉默无声，仿佛它们是占卜者贴在命运之路上的无法识别的符咒。——梅关古驿道以陡峭和崎岖逼视着每一个来者，提示着所有来者旅途之艰辛、前程之凶险。

我终于来到了梅关。我的全身都浸在汗水里。梅关，仿佛通过这种方式来给予每一个接近它的人以洗礼。远远地，我看到两峰夹峙，梅关盘踞其中，赭黑深沉，雄浑有力，仿佛是一把巨大的锁，将相邻的两座山牢牢锁住。梅关门额署着"南粤雄关"四字。楼右侧，有一块面积约三四平方米的巨大石碑，上刻"梅岭"两个楷书大字，一笔一画都如刀劈斧凿，气势夺人，镇守关前。而穿过关楼，在向岭南的那一面（南面），门额则写着"岭南第一关"。以关为界，关北为赣南，关南就是广东的南雄市——南雄，即是"南粤雄关"的意思。

梅关，如同一道城门，将广东、江西隔开。梅关，更是一切往来客者的一道命门。自唐以来，梅关雄踞此处，凡一千多年，它见证了多少以客商、僧侣、官员、平民等身份中原北来穿过赣南跨过关隘奔向天涯的客者的命运，它收藏了多少汉民族亡命向南的悲烈历史，无论衣冠南渡、宋帝南迁还是长征和打工潮都在它的身体上留下了长长的投影或者深深的宛如伤口的刻痕。它是鉴证客家子孙南渡时的路途中修整容颜的古老铜镜，可以照见一个路上民系的前世今生的锈迹斑斑的模糊镜子，也是古往今来包含赣南子弟的客家民系亡命天涯时挂在胸口上的一把祈求平安富贵的长命锁。

梅关这枚古老的铜镜，照见了以迁徙为终极命运的赣南客家眼神里的惊恐——梅关南面的城门上镌刻着一副据说是清康熙年间南雄知州张凤翔撰的对联：梅止行人渴，关防暴客来。似乎暴露了赣南客家子弟千百年来的心理玄机。迁徙的人鞍马劳顿，行至凶险梅关，正所谓慌不择路、渴不择饮，望见梅子，如遇救星，衣衫褴褛，却目光如炬，正是迁徙之人身陷旅途时绝望与希望相互交织的狼狈之相。而以客为名，有着迁徙传统，习惯四海为家的客家子弟，却要给同样往来穿过的客者冠以暴客的侮辱之名，并且借助梅关，如临大敌般防备抗拒与自己有着同样命运的客者的到来，正是被历史不断驱赶着行在路上的客家民系从来都缺乏安全感的悲剧性格的充分体现。从这一角度来说,梅关,是否也可被称为一个微型的如临大敌的客家围屋,一个封闭的可以诠释客家民系复杂心理的精神物象?

——曾经"商贾如云,货物如雨,万足践履,冬无寒土"的南粤雄关梅关似乎冷寂了下来,正与"嘉峪关""山海关"等等闻名天下的、象征中国精神的关楼一起老去,比历史上任何一个时代的迁徙都要更加汹涌的打工潮似乎绕开了它。它只是作为一道旅游风景存在于世。但或许它是一个具有强大繁衍能力的生命体。那些火车站、汽车站、机场航站楼,何尝不是它的子孙,与它有着血缘关系的晚辈。包括个体生命中的无数道看不见的关卡在内的一座座驿站是一座座新的梅关,正迎来送往天下四海为家的人们,防暴客于关前,解渴客以梅子……

梅关处处。踩着古老的碎青石走在返回的路上,我又一次打量着古驿道两旁那些蔓生着黑色枝条的梅树。想着寒冬时节,古代的客家走在通往梅关的路上。旅途何其艰辛,而眼前梅花朵朵如诗如画,宛如沧桑老者听到了婴啼之声,龟裂的土地享受着甘雨之浴,坚硬的梅关为浪漫抒情的梅花簇拥,冷冽的寒风中有一缕缕梅香飘荡,汉民族被追赶着一路仓皇奔袭的历史,悲烈之中是否有几分诗意?那脚步踉跄的客者艰难的旅途,是否要变得通畅一些?那吉凶未卜的命运,是否有了被祝福的感觉？

　　愿梅花开在所有的旅途，所有的难关险隘。愿所有在路上的客者，都有梅花慰劳，香气迎送。愿所有在路上的人们，都会有一朵梅花与他（她）相伴，与他（她）结为永不分离、不为人知晓的亲人。

瑶里的月亮

公元前 400 多年前，吴王夫差为越国勾践所灭，为躲避杀身之祸，吴国太子鸿和王子徽的子女，分别从安徽休宁翻过虎头山和婺源嶂公山来到瑶里，见山高林密，河水潺潺，古木参天，修竹青翠，还有那飞鸟闲散，走兽从容，是隐居的好地方，便起房屋，辟田地，过起了庶民的平静生活。他们升起的炊烟，与早晨深山里的雾气、黄昏的山岚融在一起，无人知道，那云蒸霞蔚之中，有曾经吴国的王室血脉，在此栖息。

夫差的后裔在瑶里渐次繁衍。千年的时光过去了，这些前世王室的子嗣，或为樵夫，或为渔父，或为田舍翁，或为猎手、药师、货郎、屠户。他们一律粗布短衣打扮，满口方言土语，似乎再也寻不到一丝贵胄之气。他们劳作之余团坐闲谈起祖上的万里江山，感觉不过是传说里的繁华旧梦而已。

是源于梦的启示，还是鸟兽泄露了天机？忽一日，这里成了瓷的世界，瓷的王国。瑶里的高岭山，白色的黼粉是做瓷的最好的材料。无形的泥土，成了有形的胚胎；卑微的泥土，成了高贵的艺术。

大约唐代中叶，瑶里开始兴起了一种新型的行业——陶瓷业。世世代代的瑶里人从此精于制瓷，从男人般的敞口大水缸到宛如少女般的细颈圆底薄胎瓶，从粗糙的盛皿到精致的艺术品。

从破碎的江山中逃命的瑶里人在千年之后重新创造了一个新的王国——那是盛开在瓷壁上的彩绘江山。看惯了花开花落的瑶里人从此拥有了自己的永远不败的花朵，那是瓷上盛开的青花，有着比时光还要悠长蜷曲的藤蔓。

昔日的荒凉小镇变成了繁华的商业街区。酒肆、茶楼、客栈里小厮们忙碌不已。瑶河摇橹的咿呀声不绝于耳。一船船的瓷器走下码头，驶过山边，向遥远的地方去了。远方，那是瑶里的高岭山也望不到的地方。

有了银子和画匠眼光的瑶里人开始重新打量自己的家园。南面象山北面狮山之下，那低小茅屋门口，过去坐着剥豆子听雨声也没觉得不好，现在看来就显得窄小憋屈和寒酸了。然后有了黛瓦青砖的瑶里，依山倚水、高低错落、玲珑有致，青石板巷子折曲蜿蜒、曲径通幽。然后在村口种上樟树，在村中种上芍药、紫薇……小镇四周的山川与流水，小镇怀抱里的建筑和植物，那是画匠笔下的美学，有着瑶里世代流传的画谱里的结构和气韵。那山路上背着柴薪行走的老者，河边浣衣的女子，穿着肚兜的小儿，还有那树上的画眉，地上的鸡犬，墙角的梅花，屋后的修竹……午后的阳光迷离，有人不免疑惑：那到底是瑶里日常的实景，还是瓷上虚构的风光？

瑶里人似乎执意要把生活变成瓷上的图画。比如村中的祠堂，别个大村小镇的，斜撑雀替都雕鳌鱼，刻虎豹，只有瑶里的，雕的是一只只玲珑的瓷花瓶形状，长腹细颈，上面彩绘了梅花、菊花或兰花的图案，细颈处还扎了似乎是绫罗做的彩带。比如狮岗胜览民居里，梁门和窗，雕刻100多幅微雕木刻戏文人物画。从这些木刻中，看得出瑶里人长期在瓷画中浸染赢得的超乎寻常的对美的耐心，以及对时光的体贴温暖。绚烂的光影处，我似乎看见，有一匹马，鬃毛纤毫毕现，响鼻和嘶鸣依稀可闻，前蹄似缠绕戏台锣鼓之声，要从门上的雕刻里奔腾而出。

瑶河里的红鲤鱼在水中摇头摆尾，吐泡呼吸，悠然嬉戏。满河的红颜华彩。据说从很久以前，瑶里人就立下戒碑，禁止捕捞瑶河里的鲤鱼。——这样的禁忌变成了历经千年的传统，其中传达出瑶里人什么样的美学趣味？是否因为对长于制瓷的瑶里人来说，一河的红色鲤鱼，更适合成为画匠们观摩意会的天然写生教具？猛听得"哗"的一声响，河心一群鲤鱼炸开，似乎是戏台下曲终人散，又仿佛《百子图》里的孩子，从瓷上雀跃着走下来，在阳光下，练习奔跑。

宋元时期，制瓷的重心从瑶里移至景德镇。瑶河忽然寂静了下来。水面上涟漪圈圈散开，那不是橹的摇动使然，而是风，吹皱了瑶里在河面上的倒影。鸟在空中叫了一声，山谷之中，小镇之上，回音阵阵。山坳里的窑烟若有若无。有老者走在青石板上，人精瘦，神悠闲，目沉静。阳光穿过他的花白胡子，在地上留下的却是悠长的黑色影子。那是从景德镇退休的老画匠，功德圆满的制瓷工人。

仿佛大戏唱罢，风流云散，瑶里从前台转至后台。做过多年主角的瑶里变得沉静。那不是没落贵族的颓废与哀伤，那是看惯了云舒云卷的闲散淡定，是同时体会了繁华和苍凉的超然和平静。风过如扫，雨过如洗，瑶里，在雕花的门楣前，不知名的老画匠手上的折扇摇动下，渐渐沁凉。

人们纷纷前来拜访瑶里。那墨绿的山，那黛瓦白墙的民居，那摇头摆尾的狗，那淙淙的流水，那份闲居的心情和遗韵，都是我们曾经拥有又最终不慎失去了的。

是在一个金秋的夜晚，我与一群城里的文字客在月光下的瑶里穿行，看瑶里影像斑驳，瑶河潺潺流动，天空星星如钻，四周青山如抱，白云似乎是瑶里悠然忘归的家畜。是什么让我们这群习惯提防、各自为政的现代人敞开了心扉？我们竟然在田野燃起的篝火旁，唱起了久违的歌谣。火焰照亮了所有人的脸庞。不管是中年还是青年，男人还是女子，在这一刻，我们都成了唱诗的孩子，回到母亲怀抱中的孩子。

那薄胎的、瓷白的月亮在天上隐现。她收藏了瑶里的历史，洞察了瑶里时光深处的秘密。

她是瑶里一枚充满了乡愁的徽记。

她是瑶里一件釉过了的挂在天上的瓷器。

丰城的窑

如果说瓷是人类文明的象征,那窑就是人类文明的摇篮。

如果说瓷是四处漂泊的文明游子,那窑就是需要经常回溯的微型文明原乡。

这些年,我爱看瓷,去过北京故宫、台北"故宫"、景德镇等地方看瓷,有了许多意想不到的美好经历,捎带着,写了一本叫《青花帝国》的书。

也看窑。景德镇的古窑,福建漳州平和的克拉克瓷的古窑址,都去看过。吉州窑呢,那是我的故乡的风烟,是小时候就亲近过的。

有人说,瓷上有山水花鸟,有杯盘罐盏,有时间的刻度朝代的信息,窑嘛,一个废弃的隆起物而已,有啥看的呢?

可我认为,作为大地上的文化遗存,窑可能隐藏着一个地方文明和精神的密码。——它是一个具有丰富信息量的文化母体，是指认一块土地气质的最好证据。

看窑去。

江西丰城是被列入唐代六大青瓷名窑之一的洪州窑的故乡。洪州窑，从东汉晚期开始，历经三国、两晋、南北朝、隋、唐、五代，约有800年的历史。

人们从文献中知道洪州窑的存在，可没有人知道其窑址在哪里。1977年，江西省文物考古专家在丰城曲江罗湖地区发现了一处烧造青瓷的窑址。后经近20年的多次发掘，先后在丰城清理出东汉时期的圆窑和隋唐时期的大型龙窑，出土陶瓷器及窑具近两万件。洪州窑的产地浮出了水面。1996年，经国务院批准，丰城洪州窑窑址被列为全国重点文物保护单位。

说是看窑，可先看的还是瓷。我们先参观了丰城市博物馆。那里，有最精华的洪州窑瓷器介绍与展示。

丰城市博物馆的瓷器展厅里琳琅满目。那是些需要绳子系住的四系方耳罐、用于陪葬的瓷俑、用于熏香的博山炉、盛酒的杯盏、寓意吉祥的鸡首壶、长颈的莲花瓶、印着暗花的碗、开片的玉壶春瓶……

它们的颜色是米黄色和褐色。它们的身上有经年的黄土印记，显示它们在泥土的黑暗里待了很久。它们身上的纹饰有方形纹、水波纹、麻布纹等。它们还有一道共同的美学体征，就是釉不及底——那是洪都窑这一家族的共同族徽：那釉色从瓷首瀑布一样涌向瓷底，可在途中似乎接到了一个统一的律令，猛地刹住了脚步。仿佛是洪州窑的图腾，从这一美学特征上，我们可以感受到动与静、儒与道、喧嚣与沉默、绚烂与平淡……

在器型上，洪州窑的瓷与景德镇的瓷初看起来并无不同。可是，洪州窑的瓷要显得更饱满雄浑，更古朴粗犷，正与东汉到五代这一段历史的气质对应。

那是比宋元明清更古的古代。那样的古代，要比后来更删繁就简，更有天地原初之感，更具有强大的生命张力。

那是落日、沙漠、荒原、古井、炊烟、茅庐、旧城池、古驿道构成的古代。

那也是班超平定西域、魏蜀吴逐鹿中原、陶渊明种菊、李白醉酒的古代。

当我了解到洪州窑出产的青釉瓷器产品曾遍及全国各地，甚至远销东亚、西亚，《唐书·韦坚传》中，有洪州窑产品运抵长安的记载，我不免想入非非：

陶渊明、李白饮酒，杜甫的"潦倒新停浊酒杯"，用的可是洪州窑生产的酒盏？

"置酒高殿上，亲交从我游。中厨办丰膳，烹羊宰肥牛。……乐饮过三爵，缓带倾庶羞。主称千金寿，宾奉万年酬。"（曹植《箜篌引》）在如此举杯交错具有浓郁魏晋风格的盛大场景上，洪州窑的瓷是不是有可能在现场？

它是否以砚台、笔洗的身份，陪王羲之书写《兰亭集序》，伴顾恺之画《女史箴图》？杨贵妃的荔枝，洪州瓷是否做了托盘？

看窑去。

汽车穿过丰城市区，向着乡间驶去。乡村路颠簸，不一会儿，汽车就剧烈摇晃了起来。多好呀，我感觉自己，正坐着马车，驶在汉唐的古驿道上。

我们来到了赣江东岸的石滩乡港塘村窑址。我之所见，不过是一个隆起的不规则土堆。土堆边两头牛在偃卧。我们的脚下，全是瓷器的碎片——那可都是汉唐时代的遗老。不远处，是几口水塘，闪耀着水光。水塘里，许多鸭子在游。更远处，是那个叫港塘村的村庄，一栋栋崭新的现代楼层民居矗立。

环视着处于赣抚平原的丰城乡村，想象着洪州窑生产的盛景，我的眼前不禁迷离了起来。我仿佛回到了洪州窑兴旺的古代。顷刻间，那些现代水泥钢筋的房子不见了，四野涌现出了无数的烟火。在离我不远的窑址上，火焰熊熊，烟火中，有人肩扛着两长条瓷器出来，有人呢，推着槎柴向着窑口去了。有人在火道旁用长长的杆子举着火照（瓷胚样品）。十几米处的水塘边，有人在交流，他们是交流瓷器交易的信息还是生产的进度？更远处，别家的窑厂升起了白烟。整个赣抚平原，在烟尘中隐现。而更远一些的赣江码头，许多瓷器正在装船。天空灰蒙，而赣江里不少船已经张开了帆，驶向长江的方向和茫茫天际，驶向汉唐历史的深处……

〔据调查核实，丰城辖境内6个乡（镇）、19个自然村共有20余处古瓷窑址。之间相距20余公里。——那该是一个多么庞大的瓷器王国！〕

我想参与其中。可我没想好，我该是做那个举着火照的汉子，还是撑船向远方的船夫，或者是，池塘里采瓷泥的脚力，抑或看不见的车间里，画着纹饰的画匠？

五代以后，因为瓷土的匮乏，洪州窑冷了。青瓷的生产断了。那些隆起的窑包，渐渐成了夕阳下沉默的废墟。

这没有什么遗憾的。历史的发展，旧的总归要让位给新的。东汉末年分了三国，三国之后是魏和两晋，然后是南北朝和隋唐。洪州窑青瓷的风光，要让位给250公里之外的景德镇。

可是，丰城因做瓷而起的文脉并没有断。创造过洪州窑辉煌历史的丰城人，也同时被这样的一段历史塑造。那一段历史，赋予了丰城人以勤劳、智慧、开放的永恒品格。那隆起的一座座窑址，是丰城人制瓷辉煌历史的注脚，也是丰城人勤劳、智慧、开放基因的贮藏库和精神的纪念碑。

跟随着青瓷的脚步，掌握了高超的瓷器烧造技艺的丰城人到了景德镇。他们把复杂的工艺带到了景德镇。宋代的景德镇，以青瓷的生产一跃成为全国的重要产瓷区，毫无疑问，是善于青瓷制造的丰城人发挥了巨大的作用。

从宋至清，乃至当代，在景德镇制瓷的历史长河中，血脉里涌动着与瓷器天生的亲和力的丰城人扮演了非常重要的角色。擎起景德镇瓷业大厦的五府十八帮中，丰城帮是非常有力量的一支队伍。

在景德镇制瓷历史上，我们可以搜索到无数丰城名家的身影：王步（1898—1968），中国陶瓷美术大师，在青花渲染方面有独创，作大片荷叶，能用青料从浓到淡一次染成，不见细碎笔迹，被誉为"青花大王"；其父王秀青，系清朝同治、光绪年间优秀青花画手。杨海生（1922—1970），中国陶瓷美术大师，其陶瓷捏雕技艺在景德镇首屈一指。曾龙升（1901—1964），中国陶瓷美术大师，民国时期至中华人民共和国成立初期的雕塑名家，"陶瓷曾"，与天津"泥人张"、佛山"陶塑刘"并称为中国雕塑巨星；其子曾山东，6岁时不慎落水得病，用药不当，致终生聋哑，却瓷雕技艺精湛，据说有袖中捏人像的本事，其创作的《天女散花》大型瓷雕，至今依然陈列在人民大会堂江西厅……

我的朋友、20世纪60年代末期出生的孙立新，是在景德镇画瓷的丰城人，景德镇陶瓷世家"孙公窑"第四代传人。他每跟我说起他的瓷艺传承，总是追溯到他的曾祖父，清光绪年间为求生存少年即离开家乡到景德镇学习瓷艺的孙洪元。我总是纠正他的说法。我说，你不仅是孙洪元的后代，更是东汉以来在全中国占有显著地位的洪州窑的嫡亲传人。

不事瓷业的丰城人在其他的领域同样干出了卓越的成绩。——他们是洪州窑的后裔，是深谙冶炼之术、与火焰热舞过的陶瓷工人的子孙，是有着勤劳、智慧、开放基因的后来人。毫无疑问，他们干啥子都能干出名堂的。

丰城的朋友给我列出了他们在新的时代的成绩单：近些年来，丰城市经济发展长期列于江西全省县域经济最前列，县域经济与县域综合发展综合实力连续多年名列全国"县域经济与县域基本竞争力百强县"。其循环经济园区获评全国再生资源优秀园区和国家级绿色园区。

我知道循环经济园区意味着什么。在我很小的时候（20世纪70年代末至80年代初），丰城人给我的印象是摇着拨浪鼓走村串寨的货郎。他们总是一副不紧不慢、步伐坚实的样子。我们经常用破旧的塑胶鞋底、塑料纸、鸡毛、破铜烂铁等换他们的麦芽糖。而我们的母亲们，用家里的旧物换他们货担上的针线纽扣。想不到，小小的货担，在丰城人的手上，发展成了全国著名的循环经济园区。

——我们当然有理由敬重丰城土地上那些已经废弃的洪州窑。它们何尝不是可以再生的精神母体。窑边那些带着美丽花纹的瓷器碎片，何尝不是可以给当代生活提供源源不断的能源的精神芯片！

前世风流蜀口洲

南宋年间，一位名叫欧阳德祖的老头儿在礼部尚书任满后带着家眷来到庐陵泰和县蜀口洲（今江西省泰和县马市镇大江下村），见赣水滔滔，土地肥沃，风景优美，便住了下来，建房屋，辟田地，种上甘蔗和茶。平日荷锄扛犁，闲来读书吟诗。一束南宋的阳光照在村口的老樟树下一颗梳着发髻的白发苍苍的头颅上。树上鸟鸣声不断，而老人长睡不醒。没有人知道，那个粗布短衣、流着口水的老头儿竟是当朝前任礼部尚书。

欧阳德祖的子孙在蜀口洲渐次繁衍。大约一两百年后，蜀口洲已成为一个炊烟四起的村庄。村里人依然保持日出而作日落而息的生活习惯，偶尔也读读书，对对诗什么的。对他们来说，读书吟诗仅是从老祖宗那儿继承过来的一点点茶前饭后的趣味而已，而以此通过科举考试入仕为官，无疑是一件十分遥远、不敢奢望的事儿。只有种好甘蔗和茶,才是咱庄稼人的本分,那是老祖宗对他们最好的馈赠。

直到明朝永乐甲申年间,一名差官飞马来报:蜀口洲欧阳俊高中进士榜!一个平常说话咬文嚼字、满口之乎者也、五谷不分、四体不勤,常被村里人笑话的人成了天子门生,这让全村人感到新鲜、疑惑。而新鲜过后,他们该干啥还干啥去。却有人开始做起了进士梦,暗地里督促儿孙闻鸡起舞,寒窗苦读。

欧阳俊不日起身赴任。8年后也就是永乐壬辰年,又有差官来报:蜀口洲欧阳和高中进士榜!

接连二人高中进士使蜀口洲人对生活有了再认识。他们蓦然惊醒于自己是礼部尚书的后代,血液里有读书人的基因。他们从此有了一个高于生活的理想。他们广建学舍,把在田埂上放牛、在老樟树下玩耍的孩子全部赶到学舍读书作对。琅琅的读书声响了起来,在茶林和甘蔗林中回荡。

从祖先那儿承继的读书趣味、村人观念上对教育的重视使文化传统逐渐形成。读书成了蜀口洲人侍弄甘蔗和茶之外最重要的事儿,成了他们的责任和使命。四书五经在村里成了畅销书,"书中自有颜如玉,书中自有黄金屋"成了老一辈对晚辈谆谆教导时常挂在嘴边的话,"悬梁刺股""程门立雪"是村里人讲得最多的故事。爱读书的孩子成为全村人的宠爱,不喜读书的人受到全村人的歧视。村庄到处可见如此动人的景象：夕阳西下，发须凌乱的老者身子斜卧在老樟树裸露的树根上，手捂一杯茶，听着一旁的孙儿奶声奶气的读书声，摇头晃脑，渐入佳境。而他的旁边，是一把刚从肩头卸下的老锄头。

蜀口洲村崇礼尚文的文化传统促使孩子们发愤读书。这使蜀口洲人有了比种植甘蔗和茶更大的收获：

永乐甲辰年，差官来报：欧阳洙高中进士榜！

永乐辛丑年，差官来报：欧阳哲高中进士榜！

又报：

……欧阳汤高中宣德丁未年进士！

……欧阳席高中正德戊辰年进士！

……欧阳德高中嘉靖癸未年进士！

…………

蜀口洲的路上，报高中的马蹄声纷至沓来。一个个学子穿过了茶林和甘蔗林踏上了锦绣前程。他们有的是兄弟进士，有的是父子进士，有的是三代进士。其中永乐辛丑年欧阳哲三兄弟都为进士，时称"三凤"，正德辛未年进士欧阳嵩兄弟8人都名列进士榜，时称"八龙"。从明永乐甲申年至清乾隆辛巳年短短300多年间，蜀口洲的学子名列进士榜者竟有21人之多！

这一幕幕的辉煌，被蜀口洲人题列在欧阳氏总祠的牌匾上。

"鸣阳三凤""父子进士""兄弟尚书""三世宪台""朝分八龙"，这一块块笔力遒劲、透着古意的牌匾，记载了蜀口洲鼎盛的人文历史。宗祠上头，骄傲地写着四个大字：五经科第。

蜀口洲不仅出才子，也出才貌双全的男子。在他们总祠的门口，就有一块为旌表嘉靖丙戌年欧阳衢中了探花的旗杆石。旗杆石上，写的就是"探花"二字。

蜀口洲的路上烟尘滚滚。差官报高中的声音此起彼伏。起初，差官只敢奢望能得几个报喜钱，讨一杯蜀口洲的茶解一路的干渴。与村里渐渐熟了，也就胆大了起来，和村里人大声地打着招呼，或者幻想着也娶到这里的哪位女子，沾沾灵气，让自己的儿孙也弄个进士当当，老了丢掉这差官的活跟着戴了官帽的儿孙享清福去。

蜀口洲的进士们在全国各地做官。他们有的在京城礼部、刑部、吏部供职，有的在云南、浙江、河南、山东、福建任副使、运使、布政使、推官、知县等职。无论在京城还是地方，无论官职是大是小，他们都以道德为本，清廉淡泊，唯勤勉为官是务。若同朝为官，他们就相互监督，彼此提醒，唯恐有一人身陷泥淖而不能自拔。而其中最为奢侈的不过是那个名叫欧阳熙的自称十一世孙的后裔，做官后回乡为他们的祖先立下了几块红石墓碑。以德为本，这是蜀口洲人共同的品质。他们是嚼着甘蔗和喝着茶水长大的，很早就尝尽了人间的甘苦，从甘蔗和茶这两种蜀口洲世代耕作的植物中参悟出做人的大义。富贵如甘蔗，嚼之只有短暂的津甜，结果却是满目惨不忍睹的残渣，而纯洁的精神和高尚的人格却是茶，有着隽永的芬芳。这是否为南宋年间那位名叫欧阳德祖的老头儿植下甘蔗和茶的真正寓意所在？

以德为本，这也是蜀口洲人不可违背的祖训和诫命。在蜀口洲的欧阳氏总祠正堂上，有一块匾额，上书"崇德堂"三个大字。这三个大字如传处遥远却清晰无比的一声棒喝，时时响在每一个蜀口洲的进士耳边，令他们不敢有丝毫忤逆，让故乡人耻笑，使故乡因之而蒙羞。

以德为本，这也是庐陵哺育的所有中华英才的品格。欧阳修、杨万里、文天祥、解缙、罗洪先，都清正廉洁，刚直耿介，正气如虹。庐陵，因而有了"人文渊源之地，文章节义之邦"的美誉。

蜀口洲村琅琅的读书声使村庄飘荡着书香和墨香。在文化的长久濡染中的蜀口洲人，个个举止儒雅，言谈不俗。他们挽起袖管采茶割蔗，打下袖管研墨作诗。他们在家里的门壁、门墙上题诗作画，雕花镂纹，在门坊两侧写着充满儒学意味的对仗工整、意韵生动、含义深刻的对联，让文明渗透到生活的每一个角落。这些画和诗及木刻至今依然保留在蜀口洲数幢青砖黑瓦的明清建筑内。建筑保存完好，里面的木刻诗画美轮美奂，各具美感。其中一家的门壁一边写着"士大夫为子孙造福谨家规崇俭朴教耕读积阴德此造福也"，另一边写着"士大夫为我生惜名敦诗书尚气节慎取与谨威仪此惜名也"，字为描金，稍一擦拭即满壁生辉，灼灼发亮。其中内容，是否隐含了蜀口洲人从明到清短短300多年时间内出了21名进士的密码？而在另一家的门壁上，是相对的两个五条屏，描金的十幅山水花鸟画。画作笔触细腻，功力老到，无一笔斑驳脱落，意境深远，充满禅趣。

　　蜀口洲人的趣味和精神气质更充分地体现在村前一座名为"复亨堂"的分祠内。分祠内除柱子外，榫头、门壁、藻井、顶板，无木不雕，雕刻的图案千奇百怪，造型精绝。

　　那真是一个木刻艺术品博物馆。有各种各样的花卉图案，有人面兽、鹧鸪、牛、鳌鱼、麒麟、龙、金钱豹、鹿、凤等各种动物图案，有书、扇、元宝、弓箭、琴台、笛等工具图案，有亭榭楼阁桥廊等建筑图案。箭穿古钱，是否象征钱财如粪土、富贵如烟云的人生观？诗书半卷，那读书的人哪里去了？琴台半掩，听琴的又该是谁？麒麟直指吉祥。有一个图案竟是一双圆口布鞋，是否意指婚姻？……

　　也许每个木刻图案都有寓意，但不为后人所知罢了。也许如此复杂的木刻的作者本是一个思想简单的人，所有一切不过是兴之所至，率意而为。而在人们费力猜解时，他可能正在暗中掩嘴笑呢。

分祠的匾额为明代理学家王阳明写就。"复亨堂"三个大字，真是写得不错！字为正楷，点提按捺，笔笔遒劲，字字厚重。而据说是王阳明脱下脚底的鞋子蘸墨写成的。一本正经的理学家王阳明先生，来到这文风浩荡的进士村，竟露出自己率真狂放的天性，让世世代代的蜀口洲人，都时时刻刻牵挂着他的那只穿在脚下生云、提在手中生花的饱蘸浓墨的鞋子。

....

几百年过去了。几百年前的蜀口洲，已成为今日的百来户人家居住的大江下村。田地里的甘蔗和茶林仍在，树上的鸟鸣仍在，田埂上的牛和路上的荷锄扛犁者仍在，乡音和姓氏仍在，几十幢青砖黑瓦的明清建筑仍在，一条赣江依然在村边缓缓流淌。而明清远了，21位进士远了，飞马来报的差官远了，王阳明远了。几棵枝繁叶茂的大樟树下、炊烟四起、寂静悠远的大江下村，恰似一幅年代久远、纸张锈黄的水墨画卷。

一个过去叫蜀口洲、现在叫大江下村的村庄或者说一块名叫庐陵的土地历经千百年的嬗变，一定有她自己的秘密。今天，一个名叫江子的庐陵后裔写下的，也许仅仅是时间深处秘密的一部分。

南方有嘉木

1

老实说，想从我的乡党、明朝著名外交家陈诚的故乡江西吉水县阜田镇下陈家村，找寻出太多依然遗存的与他有关的史迹，是一件颇为困难的事。虽然说 600 多年前，29 岁的陈诚因参加科举考试，获第三甲赐同进士出身而与这块土地告别，后因五次出使西域而成为中国历史上耀眼的人物，晚年又回到这里，并且在这里生活了 30 多年，直到最后死去，他在故乡待的时间超过了一个甲子。可当我抵达，我发现这里与同属我的故乡赣江以西的其他村庄并无多少区别：都是丘陵地貌，村庄建在田野中间，因人口密集耕地不足，村里的房子一栋紧挨一栋，拥挤得让人喘不过气来，根本看不出五六百年前陈诚在这里生活的一点原貌。有一个祠堂建在村子边上，一副古色古香的样子，门前还装模作样地挖了一个半月池，可仔细一看不过是一个山寨版的仿古建筑。墙体用的是红漆，里面的柱子是钢筋水泥的浇筑物，地面也是水泥铺就，根本没有雕花斗拱原木梁柱青砖地面构成的纯正古建筑的镇定与威严。祠堂的正中，挂着据说是陈诚的画像。画像中的他，戴着带翅沿的官帽，穿着红色朝服，留着山羊胡须，端坐如仪。可这样的画像，与我所见其他族群先祖画像并无多少分别，并没能提供丰富的与历史有关的信息。画像上有陈诚的自赞词，可那都是些完全不切实际的自谦之词。画像之上，挂着一块"承恩逸老之堂"的古朴行楷匾额，大概是说，明朝某位皇帝赐他逸老之名，然后为后人奉为至宝传承至今，以证明村庄与朝廷曾经的关系。另一块匾额"木天振彩"，所用何典，所记何事，没有人能说得清。村里人告诉我，这个村里的所有男性都姓陈，并且绝对是陈诚一个人的嫡亲子孙，可是看着眼前这些穿着现代服饰、身材面目、年龄气质各异的人们，我实在想象不出他们的先祖陈诚的面貌。有一口水井据说是陈诚用过的，两块枷锁形状的青石板色泽深黑，表面剥蚀斑驳，中间的圆心有杂草逸出井口，带着湿淋淋的水汽，可是这样的水井在赣江以西的乡野间比比皆是。村里有些旧时民居，看年份超不出晚清或民国，与陈诚所在的明朝毫无关联。或许族谱是可以保留历史遗迹的最好证据，那些谱序、画像、像赞、诗文有如时间之密码，读之可以破译陈诚历史之轨迹，了解陈诚之交往。可有人告诉我说，保管族谱的人去了县城，一时半会赶不回来，我想通过翻阅族谱获得陈诚的史迹的愿望也落了空。

可是在这块土地上依然有不凡的史实，古老的时间依然留下了它确凿的证据。我说的是两棵树，一棵是古柏，长在下陈家村的空地上，另一棵叫柰树，长在离下陈家村两里路远的上陈家村（陈诚出生的村庄）。这两棵树都卓尔不群，气质非凡，据说是陈诚时代之物，它们根须的深处，就是已经沉睡了数百年的明朝。

2

1413年，已经48岁的吏部验封司员外郎陈诚突然接到一项新的任务：护送前来朝拜的帖木儿国国王沙哈鲁的使者回到他们的新首都哈烈城（今阿富汗赫拉特市），并与西域各国展开和平外交。

拜领永乐皇帝朱棣旨意的陈诚喜忧参半。喜的是，朱棣坐上龙廷已经11年，外交上有了不少大的手笔，如从1405年开始派遣郑和率两万多人出使西洋，至1413年已经达到四次，派曾经在洪武年间出使西域的使节傅安多次出使西域。可作为举国上下都十分公认的外交天才，陈诚并没有得到朱棣的重用，这让朝廷上下都疑惑不已。陈诚以为朱棣依然因他与方孝孺和练子宁的友谊而耿耿于怀，将他冷藏，可今天的任命充分说明，他在朱棣心中有很重要的地位，朱棣在下一盘很大的外交之棋，陈诚早已是朱棣心中需要摆在重要位置的棋子。他将因此拥有建功立业的大好机会，这远比在验封司做个半死不活的员外郎要痛快得多。忧的是，他曾被同乡解缙推荐入文渊阁修《永乐大典》，负责中国历史外交部分的编修，大量的史实让他清楚地知道，西域之路万里之遥，自然环境极端恶劣，对人的体能是一个极大的挑战，并且沿途各国之间关系复杂，政治气候瞬息万变，任何不测随时都有可能发生，西汉张骞、苏武的经历，本朝极为出色的外交大臣傅安于洪武二十年奉命赴西域撒马尔罕，被扣留13年后才得以回国，1500人的庞大使团，只有17人活着回来，就是这条古老道路凶多吉少的最好证明。

陈诚的确是明朝稀有的外交天才。与他同朝的许多同乡，如解缙、胡广出身于书香门第和官宦之家不同，他的父亲是个商人，却又热爱旅行，早年"挟赀遍游江湖，南及岭海，北抵燕赵，如是者数年"。陈诚最终成为一名优秀的使节，与他父亲早期对他的影响不无关系。他于29岁因殿试第三甲赐同进士出身，分在吏部行人司任行人之职，没过多久就在明朝外交舞台上崭露头角，洪武二十九年（1396年），奉旨出使西域撒里畏兀尔（今柴达木盆地西北地区），短短几个月，就在刚刚发生重大叛乱的柴达木盆地建立了"安定卫""曲先卫""阿端卫"三个军事要地，并通过启用当地部落首领、奏请朝廷派遣官吏推广先进农业生产技术等措施，让人人自危的柴达木盆地迅速走向了正轨，生活方式也从游牧转为了定居，原本豆腐般脆弱的边疆局势有了长治久安的可能。一年后，他被朱元璋委派出使安南，以八品微职，跟无理侵占中国五县土地的安南国王陈日焜进行边界谈判。这几乎是不可能完成的工作，可陈诚经过长达数月针锋相对的艰苦论战，胡搅蛮缠的陈日焜最终妥协，派出使臣向明朝廷谢罪。建文年间，他又被派往广东，成功处理元朝灭亡后留滞的阿拉伯人与当地人的矛盾……他懂得藏语、蒙古语、阿拉伯语等多种语言。他有丰富的学识，熟悉诸多周边国家的风俗与法典。他有超常的工作能力及严谨的处事风格。他的性格忠厚笃实，同时又有一种不达目的不罢休的坚韧不拔。他兼具了羊的温顺、牛的耐力和猎犬的警觉。他的个人品行更是无可挑剔，就连他的对手安南国王陈日焜，也曾上表赞美他有"清高节操"。

可是正当陈诚取得了一系列成绩，在明初政坛上声名鹊起时，靖难之役爆发，朱棣取代侄子朱允炆当上了皇帝，立即对建文旧臣大开杀戒，不愿给他起草诏书的方孝孺被诛，873人因受牵连被凌迟处死，入狱及充军流放的达数千人。礼部侍郎、陈诚故乡吉水县毗邻的临江府三洲（今新干县）人练子宁惨遭磔尸，练氏族人151人被诛，亲属371人被流放，其村庄480户人家惨遭横祸，无一幸免。陈诚与方孝孺、练子宁相交甚厚，诸多相互唱和的文字便是明证。早在陈诚中进士第二年，方孝孺便写了《陈子鲁字说》一文相赠，称陈诚"端方雅重，好学有文章"。方、练被诛，陈诚受"瓜蔓抄"的影响遭贬谪流放。解缙、胡广等内阁大臣的暗中帮助，使陈诚于永乐四年（1406年）得以被重新启用，可从1406年到1413年这7年间，他除了入文渊阁参与编修《永乐大典》，后改任吏部验封司员外郎外，并没有能实际参与到整个国家的外交事务中。

陈诚满以为自己多年练就的外交才华就要无用武之地，48岁的他眼看着要在吏部无穷无尽的报告总结、连篇累牍的文件中终老，没想到，西域大国帖木儿帝国形势急转，其国王——跛脚的帖木儿挥师直指中国，一路锐不可当，眼看一场关系到明朝国运兴衰的战争一触即发，帖木儿却突然病死，他的四儿子沙哈鲁通过武力夺得王位，一改其父对中国的虎视眈眈、杀气腾腾，主动派出使团来中国表达修好之意。朱棣敏锐地觉察出其中的外交机会，决定派出使团护送帖木儿帝国使者回国，以重新构建中国在古老的丝绸之路上的影响力，从而巩固边界的安全。他选择了被他雪藏了13年之久的陈诚，担任本次中国使团的指挥官（典书记）。

陈诚的重新启用极有可能是胡广、金幼孜、杨士奇等内阁大臣在朱棣面前说了好话。他们都是陈诚的江西同乡。杨士奇与胡广还与他同属古称庐陵的吉安府，首辅胡广与他关系更近，是同一个县（吉水）的子民。但这更是雄才大略的朱棣对陈诚的巨大信任和托付。种种迹象表明，朱棣大气恢宏，又知人善任，坐稳了江山之后，他就能尽释前嫌，不管是藩邸旧人，还是建文降臣，只要德才兼备，他都可以不拘一格任用。

陈诚责无旁贷。1413年9月，陈诚领着只有9个人的中国使团与帖木儿帝国使者一行离开了北京，开始了向西的长旅。

3

仅仅依靠脚力和马力（当然也可能包括了骆驼的作用），陈诚一行完成了这一次历时两年余、里程大约1.5万公里的长途旅行。据史料记载，陈诚奔赴西域的路线大抵如此：从时为朱棣行宫的北京经河北涿州、真定（今正定），在平阳（今山西临汾）渡黄河至陕西华山，抵长安，至咸阳，然后经泾州（今甘肃泾州）、兰州，穿过河西走廊，出嘉峪关，一路走访了哈密、鲁陈城、火州、盐泽城、崖儿城、吐鲁番、于阗、别什八里、养夷、渴石、卜花儿、达什干、赛兰城、沙鲁海牙、迭失迷城等中亚大小番国，于1414年9月抵达了距嘉峪关7000里的哈烈。从北京到哈烈，他们在路上走了整整一个年头！

由西汉张骞凿通的，雪山、戈壁滩、河流、沙漠组成的崎岖的丝绸之路，宛如一道大地上的闪电。它是使节陈诚第一个要和谈的对象。一路上他小心翼翼地揣摩这条路的脾性，慢慢适应这条路的阴晴凉热，恳请这条路的接纳与陪同。他因此要忍耐劳顿、饥饿、干渴、寒冷、炎热、风暴、病痛的考验。他要学会与这条路上的乘骑相处，与瞬息万变的天空交谈。他要十分精细地管理整个团队的粮食、水和药物。到了雪山他要懂得躲避雪崩，到了河流边他要学习渡河的技术。蚊虫叮咬，他们该如何忍受？虎啸狼嚎，他们怎样应对（据说西域之国盛产狮子）？盗贼欺近，他们又该如何防备？"杯泉杓水求不得，且向道旁少休息""马带征鞍卧软沙，人拥毡裘坐终夕"，这是陈诚出使路上的诗句，部分道出了他们行路的艰苦卓绝。

然而他不仅要与这条路达成和解，更要与这条路上的国家友好往来。他不仅是这条古老道路上的旅人,更是怀着朝廷使命的使者。一路上他认真履行自己的职责,充分发挥自己的外交才干,每经过一个番国,他必访贫问苦,了解当地风土人情,并及时造访王公贵族,给他们赠送精美的瓷器、丝绸和茶叶。他给国王颁布诏书,向臣民表达大明王朝的和平之意。他卖力地塑造着大明王朝的文明形象,宣扬着中国皇帝的仁德仁政。他始终和颜悦色。——那是与他的使命十分契合的表情。

他们给西域各国留下的印象果然不错。没过多久,他们就成为沿途人们踊跃追捧的明星,人们口中可以带来好运的尊贵客人,人们箪食壶浆,等待在他们即将抵达的道路上,当他们离开,人们将他们送了一程又一程。

他们来到哈烈。这是他们此行最终的目标,也是他们最重要的使命。陈诚使出浑身解数,与沙哈鲁进行会谈。时局反转,他的待遇,要比遭到扣押的同朝外交大臣傅安优厚得多。他与沙哈鲁似乎特别投缘,他的优雅谈吐与斯文举止,深深吸引了沙哈鲁,他精心塑造的大明王朝的非凡气象,与大明君主朱棣的文韬武略,让沙哈鲁对中国产生了强烈的向往。帖木儿国朝中有元朝旧部恶意诋毁明朝的形象,陈诚不卑不亢又有理有据地批驳,最终让沙哈鲁对诋毁明朝的元朝旧人进行了惩罚。这位十分干练的风度翩翩的东方使节,最终获得了沙哈鲁的充分信任，他与明朝的交好之愿，从此再没改变。

在哈烈期间，陈诚还遍访了当地知名宗族、商会，并与驻帖木儿国的各国使节交上了朋友。如果友谊是一座建筑，作为设计师的陈诚知道，筑牢这座建筑的底座，是十分重要的事情。

陈诚出色地完成了出使西域的使命。可是，当他于1415年冬天领着一个由中亚、西亚各国派出向明朝廷朝见的300多人的使团来到中国时，朱棣并没有让陈诚停止出使西域的步履，半年之后，明成祖朱棣又命令他再次护送哈烈、撒马尔罕、失剌思、俺都淮等地的使臣回国。

从此，陈诚周而复始地行走在这条古老的道路上：永乐十四年（1416年）六月至永乐十六年（1418年）四月，陈诚再次受命出使西域，护送哈烈、撒马尔罕的使臣回国。线路与第二次同。永乐十六年（1418年）十月至永乐十八年（1420年）十一月，陈诚第四次出使西域，线路与前同。永乐二十二年（1424年）四月，朱棣再次派陈诚出使西域各国……

大路朝天。这条无比漫长而艰辛的道路，谁走上一次都会像是死过一回，可陈诚在上面走了一次又一次。他是整个明朝为数不多的用无休无止的行走上朝的人。他是中国历史上周而复始的行者。他在西域的朋友越来越多。他与丝绸之路上的人们的拥抱越来越不止于礼节，而是出于真诚。如果说，陈诚一行在第一次出玉门关时在整个西域基本上是举目无亲,那经过周而复始的访问、斡旋,他们的朋友已经遍及了整个西域。只要他们的身影一出现在西域,整个西域就会奔走相告:那个名叫陈诚的朋友又来啦!

他持续地传递着明朝和平友好的信息。他给沿途各国的王臣送去瓷器、丝绸、茶叶,也送去持久的和平的决心。他帮助沿途番国运输赠送给明王朝的狮子、名马、犀角和胡椒,也鼓励他们持续向明朝派出商队、使臣。他甚至帮助部分国家料理政务,比如1418年,他就给帖木儿国带去了朱棣特命翻译的北魏贾思勰的《齐民要术》,帮助帖木儿国国王沙哈鲁在其国土上种植水稻,并带去先进的农业灌溉技术,以解决让沙哈鲁头疼的粮食问题。他为沙哈鲁与朱棣牵线搭桥,让他们虽万里之遥从未谋面却亲如兄弟。他们互通书信,无比肉麻地表达着对彼此的向往之意(朱棣在一封信里如此表达他们的关系:"相隔虽远,而亲爱愈密,心心相印,如镜对照。")。世界两个著名大国,也因此有了难得的关系清朗的时刻。

跟着陈诚来到明朝的西域使团人数越来越多了(其中不乏冒充使者的商人)。历史上长期保持紧张状态的嘉峪关变成了友谊关,表情凛然的边境变成了热闹非凡的国际贸易市场。这是陈诚对当朝做出的独到的贡献。对自己如此的出使成果,他是否满意？

4

　　陈诚当然不仅是一个政治的人，他更是一个文化的人。他熟读中国的经史子集。他同丝绸之路沿途各国交往，为表达中方观点，肯定会经常引用中国文化的经典。他不仅是一名外交大臣，更是一个中国文明的使者。他说话，其实也是孔子、孟子、老子、庄子在说话。他的表情举止，其实隐含了中国文化的教化与影响，西域诸国通过他，可以近距离地感受到中国文化的魅力，有着数千年文明历史的中国的风度与气质。他给西域的王者臣民送去瓷器与丝绸，其实也是送去中国的美学及精神。他写诗，记录下丝绸之路上的风光、自己的心路历程，一共有数百首西域纪行诗问世，这并不属于外交工作范畴，不属于朱棣给他的任务，完全是他作为一名文人的道统使然。——他不仅是大明的臣子，也是陶渊明、李白、杜甫的隔世弟子。这些诗作，至今早已成为中国外交与西部诗歌发展史上重要的史料。他写下著作《西域行程记》和《西域番国志》（与李暹合著），详细记载了沿途各国的风光、出产、风俗，与其说他的本意是献给皇帝，不如说是献给时间。他给帖木儿国带去中国农业经典《齐民要术》，以及中国先进的农业灌溉技术，与其说是帮助帖木儿国国王沙哈鲁在其国土上种植水稻，不如说是向中亚推介中国的农业文化——数百年来，这一推介在中亚产生了十分重要的影响。

朱棣死于1424年。如今明朝早已不在了。陈诚的使命早已结束。可陈诚依然在。他还在影响着无数的人。他积十余年往返西域而形成的诸多外交经验（他晚年写下了《历官事迹》），被后来的李东阳、杨廷和、王崇古等多位明代名臣推崇备至，近代洋务运动的主要倡导者李鸿章，也从中得到了巨大的滋养。他与人合著的《西域行程记》和《西域番国志》，依然被现代西方学者研究。他的故事，依然在丝绸之路上传颂。他依然在他的诗中呼吸——在诗中，他旷达，乐观，幽默风趣，喜欢自嘲，有着中国传统士大夫的典型人格。在以他为始祖的吉水阜田镇下陈家村，依然精心保存着他的许多故事。有一个流传至今的习俗据说是起源于他：每年元旦，全村男丁齐聚一堂吃"朝里肉"、饮"朝里茶"。据说当年，朱棣为补偿陈诚出使西域旅途劳顿、生活艰苦，特赐他十斤肉回家过年。陈诚吩咐族人煮熟，以篾签串成，每串五片，给全村分享，寓意"五子登科"。因肉是皇帝特赐，所以被村民称为"朝里肉"。除了吃"朝里肉"，村里的男丁还会一起"出行"，即男丁们抬着龙灯和安放在宗祠里的菩萨前往田埂上行走，据说是为纪念陈诚出使西域这一重大历史事件。他们通过这一举动告诫族人，要互相友爱，不惧劳苦，做国之栋梁……

因为他的功勋、著述、精神，这个"为帕米尔高原带来安宁和和平的15世纪最杰出的使者"（苏联历史学家弗拉基米尔佐夫语），成了中国历史上不死的人。

5

毫无疑问，陈诚是中国历史上与张骞、苏武、班超、郑和等并列的巨人。按理，作为他的同乡，我应该很早就熟悉他的事迹与精神，可是相反，很长时间里我并没有认识到陈诚的价值。我第一次接触陈诚是在20多年前。那时候，20出头的我在家乡的某个文化单位上班，因工作关系有了整理故乡历史文化名人生平的机会。我接触到了陈诚的资料。他在南宋英雄杨邦义、大诗人杨万里、笔记小说家罗大经，明代《永乐大典》总纂解缙、内阁首辅胡广、理财大臣周忱、理学家罗洪先等人构成的故乡名人群中，多少显得有些另类。命运将他放置在独一无二的环境中，让他成了与他们不同的那一个——如果说他们是密室里的人，那他就是旷野中的人。如果他们是多数人中的人,那他就是极少数中的一个。他所经历的一切,是我们所陌生的。那些他抵达过的国家与地区,因名字过于拗口让我们难以记住。那时候我的认知体系,还不足以对他的人格与功勋做出判断。转瞬间,我就忘了他。

可随着年岁增长,我越来越觉得他的了不起。比起那些纯粹因诗文、官声等出名的乡党,他其实要更加不易。他带着无比艰巨的使命,与同胞七八人离开祖国,忍受着各种艰苦不适,孤悬于外,无所依傍地独自面对着这一条古老的道路,与无边无际的西域,沿途国家的君主与臣民,"顾臣一片赤心,三寸强舌,驱迟往回"。(《奉使西域复命疏》)。他要在这举目无亲的西域,学习各种礼仪,把握外交时机,靠着几张诏书,和自己的一张利嘴,全力塑造自己祖国与君主的形象,以吸引各个西域国家与明朝建立良好的和平外交关系,让他们信赖他,从而信赖中国,使他们沿着丝绸之路络绎不绝地来到中国,从而创造了中国历史上万国来朝的文明奇观。他所干的工作,无异于在沙地上建塔,在荒原上徒手筑城。他不可思议地完成了中国历史上的壮举,让庞大帝国因为他享受到了难得的化干戈为玉帛的安宁。他的辛苦难以想象。他的功勋无可比拟。他实在是故乡名人群中兼具了大智大勇的人。

——我接受了我的朋友、南昌某学院教授、他的嫡亲子孙陈头喜先生的邀请,来到了他的家乡吉水县阜田镇下陈家村。面对着祠堂里悬挂的他穿着红色官服留着胡须并无多少显著特征的画像,我想那也许是后人为方便祭祖请不知名的画匠画的一个替身。真正的他,应该不是这个样子。

我想象着他真正的相貌与气质。我想他一定是一个长相俊美、风度翩翩的美男子。因为据我所知,朱棣多以貌取人,他挑选郑和去做领着两万余人的船队下西洋的指挥官,就是让相士袁忠彻相面后的决定。在袁忠彻看来,郑和"身长九尺,腰大十围,四岳峻而鼻小,眉目分明,耳白过面,齿如编贝,行如虎步,声音洪亮",是堪当大任的人物。以此类推,被委派出使西域、其使命与郑和不分伯仲的陈诚,相貌和郑和相比当然不会差到哪里去。

陈诚应该和郑和差不多都有九尺高的个子,当然也许和郑和比起来要瘦一些。因为如此的十余万里的行走,再长的身高与再多的膘都是多余,而身材矮小又肯定无法与大国尊严相匹配,而不会得到朱棣的青睐。与如此遥远的路程相得益彰的是,他应该有一副比普通人厚得多的脚板,以及粗壮结实得多的小腿。同时,我宁愿相信他还有一个凡人不及的强大的胃,不管是冬天的冰雪还是异域难以下咽的食物,它都可以迅速消化,立即储存为繁重的工作所需要的能量,让他的繁重的外交工作得以正常展开。不然，他的行走，会更加辛苦，更加难以忍受。

他应该十分注重仪表。他的发须，肯定会经过精心修饰。他的服饰，也应该是讲究的。他应该有一双十分有神的眼睛，仿佛他的故乡——中国南方到处都是的湖泊一样地沉静与光亮，让西域各国的王者与臣民都愿意与他对视；他学识渊博，见解过人，总能给别人以滋养；他说话清晰，表达简洁准确，逻辑严密，声音娓娓动听；他应该有一定的幽默感，并且举止文雅，无数人都愿意跟他结交，愿意与他成为朋友。他本名诚，他对待所有朋友，一定是像他的名字那样十分真诚而用心的。有一个故事正好说明了他这一点：永乐十四年（1416年），陈诚再抵帖木儿国，给沙哈鲁带去的礼物，竟然是由明朝宫廷画师精心绘制的、由沙哈鲁进献给朱棣的宝马的画作。这肯定是来源于陈诚的精心设计。可以想象，当画作打开，沙哈鲁看着画面上也成了使臣的坐骑注视着自己，会是怎样地惊喜与感动！他因此与沙哈鲁结成了深厚的友谊。这种友谊远超过了使节与王者之间的关系。他每次赴西域，都受到了沙哈鲁的款待，有很多次，沙哈鲁都在自己的王宫中设家宴招待他。距陈诚五赴西域四年后的宣德三年（1428年），沙哈鲁竟然十分想念陈诚，派出使节再赴明朝，向当时的中国皇帝朱瞻基恳请再派陈诚赴哈烈。这是怎样有魅力的一个人，让一个西域大国的君王如此牵肠挂肚！

6

1424年，朱棣病逝，仁宗皇帝即位，昭告天下，停止四夷差使，已经走到了甘肃的陈诚听命返回，从此结束了他命定的西域长旅。

他先是回到了北京，在自己的官邸听候朝廷差遣。可整个朝廷似乎忘记了他。一年后，他辞去官职，回到了故乡——江西吉水县阜田镇上陈家村，回到了他人生的初始之地，对他来说，上陈家村这个小小的名不见经传的村庄，才是他的丝绸之路的起点。

他脱下了朝服（他最终官至广东布政司右参政），穿起了家居的、与当地人并无二致的粗简服饰。他用退休工资在故乡盖起了一栋别墅，以供自己一大家子居住。他养花，种菜，上田，下地，"晨兴理荒秽，带月荷锄归"。他喝着当地的粗茶，吃着当地人的寻常食物，用当地的粗瓷大碗喝酒。清明，他为死去多年的父母坟墓培土，春节，他与自己的子子孙孙一起团聚。

他与当地的文人墨客来往，互相唱和。他与农民谈着桑麻，说着收成。他与子孙讲述着礼义道德的理念，为的是，让整个大家族有一个良好的秩序。他的样子，跟当地的老农民没什么两样。仿佛是，他从来就是这里的人，一步都没有离开过。

他不再与人谈论国事，也对五使西域之行守口如瓶。他不再说起蒙古语、阿拉伯语、藏语，好像他从来就没有学习和使用过它们。方孝孺、练子宁的惨死，以及自己的同乡解缙曾担任内阁首辅最后却被埋在雪里活活冻死的遭遇，早就让他知道，所谓的宦途与政治，比他五次走过的丝绸之路还要凶险，作为朝野都注目的、从三品官职退休的高级官员，他唯有谨言慎行，才能免于灾祸。或者，他所有的远行都是为了早日回到家乡，这个中国历史上著名的行者，他最想得到的身份，不是多大的官员头衔，也不是要立下怎样的不世之功，而是像现在这样，做一个养花种菜、颐养天年的返乡者。

回到家乡的陈诚享受着含饴弄孙的天伦之乐，全力弥补着他出使西域不能照料家小的亏欠。他有四个儿子，十个孙子。他乐于担任这个大家族的族长。晚年，为拓展他的家族的生存空间，他兴致勃勃地做出了一个至今影响他的后裔生活的举动——率领子孙把家搬到了离上陈家村数里远的地方，重新开基建了村庄，并取名为"下陈家村"。由此，下陈家村与上陈家村两个村庄，都成为他的故乡。

从西域返回故里后他历经了宣德、正统、景泰、天顺四朝。

他死于1457年，享年93岁。这个有可能是整个大明王朝最为辛苦的官员，同时有可能是中国古代史上行走里程最长的人（远远超过了张骞、苏武，一生行走10万里的徐霞客也无法与之相比），也是古代中国难得的长寿之人。他的年龄，正好是那个醉酒后被埋在雪里活活冻死的同乡解缙的两倍。难道是，出使西域这种超出人体极限的任务让他的体魄得到了锻炼，让他的体能得到了非同一般的提升，他因此收获了健康与长寿？或许是，超常的磨砺早已让他荣辱不惊，而这样的人生态度，便让他的身体以最小成本的消耗运行，从而让他获得了超长的寿命？

陈诚没有给他的后人留下什么物质上的遗产。五次出使西域，那些传说中精美异常、价值连城的西域之物，他一样也没有带回来过。他的吉安同乡、内阁首辅杨士奇说他"象犀珠玉，视若瓦砾"。他是对自己的品行有极高要求的儒者，那条无比漫长的、让他为国家的安全往来不息的丝绸之路，也是让他的人格不断完善、让他的人生不断抵达圆满的路。

但他还是留给了故乡两句含义丰富的遗嘱，那是两棵他从西域带回来的树。

那是两棵非同一般的树——它们无疑是树中的异类，就像陈诚是故乡古代名人中的异类一样。

7

两棵树中的一棵是柏树,生长在陈诚晚年率子孙迁居的下陈家村的一口水塘边。我看到的500多岁的它,与本地柏树毫不相同,它的主干并不粗大,可笔直向上,并且坚硬异常,多像一颗钉子钉在大地上。它在离地面约两米处分成多叉,分别向上、向左右生长。它的枝叶杂乱,仿佛是人迹罕至、无边无际的古道上不衫不履的行者。它的枝条有的已经枯死,它因此有了苍凉的气质和凛然的表情,可旁边的枝叶,仿佛是要弥补死去的枝条耽误的浓荫,长出了球状的绿意。又有枝条拼命向上攀升,仿佛是行团派出的脚力立于高处打问前程。——这棵形象奇特的柏树,几乎就是西域路上坚忍不拔的陈诚的精神写真。

村里的人用和我一样的方言(也肯定是500多年前陈诚使用的方言)告诉我,在20世纪80年代,这棵树本来已经成枯死状,可进入21世纪,它又抽枝长叶,变成了现在的模样。它有顽强的生命力,心中有着秘而不宣的宏愿。

陈诚从西域带回来的另一棵树是柰树,植在陈诚出生和辞官返乡后居住的地方——上陈家村。

我看到的柰树比起柏树表情要柔和些,形象也没有柏树那么张狂。已是寒冬，可它依然满头绿叶。它在离地面几十厘米的地方就分成两枝，然后各自向上生长，整棵树形规规矩矩的，远看是南方乡野寻常可见的草木的样子。只是它的叶子有着南方的树叶少有的阔大和硬厚。村民说，它春天时会长出白花，夏天的时候会结芒果一样形状的果子，果子的味道是苦涩的。

　　我不知道它何以名"柰"。是因为它特别有韧性，能忍耐一切不适应吗？陈诚带着这两棵西域的树种回乡，是想告诫后人，做事有耐性，要学会忍耐、坚持，他的一生能在极其凶险的环境之中安然无恙，并且立下了绝世功勋，乃是靠的内心的冷静、坚定与韧性吗？先人的玄机需要长时间的参悟，而我从村民口中得知这棵树有着特别的性格：500多年来，村里人想着光大陈诚精神，想着让它生儿育女，多次剪枝嫁接、栽种，可都不能成活。它看起来并没有500多岁，而只有一两百年的树龄。原因是它原本并不是长在这里，而是在离这里几百米远的地方。一两百年前，几百米远的柰树莫名枯死，却在不久后从这里爆出了新芽，然后慢慢地，长成了现在这个样子。

　　由此我真的相信草木有灵。它跟下陈家村的柏树一样有着强大的不死的生命力。它又有着某种魔性，携带着某种特别的信息，保持着500多年前的主人远行的惯性。或者说，它的体内，部分携带了陈诚的精神基因（那棵柏树何尝不是如此）。

我几乎要相信，只要有一声特殊的号令，它就很有可能拔腿而去，向着西方出发，把脚印印在那条古老的无与伦比的丝绸之路上。

玉一样的山,玉一样的人

天帝遗玉此山,山神藏焉,故名怀玉。

——摘自《方舆志》

1

玉从来就是一种指向美好的物器。它让人想起流水和春天,永恒的绿意,美丽的容颜,圣洁的人格和情感。位于江西上饶境内的怀玉山,传说因天帝遗玉而得名。怀玉山的景色的确有一种玉一般葱绿温润的感觉。我在山中所住的怀玉宾馆的四周,有罗汉松数十棵,一看就知道是有数百年树龄的罗汉松,枝干粗莽,叶冠葱茏,俨然端坐金銮、令人臣服的王者。而满山绿色植被沿山势高低攀爬、匍卧腾升,瀑布悬挂如飞花溅玉,真的让我有一种面对黛玉心怀久远的感觉。立于山中，稍一会儿就有深山里那种特有的凉意从树荫、流水或岩石深处徐徐袭来，与触摸玉石的手感毫无二致。当地的朋友告诉我，怀玉山由于雨水多，空气湿润，森林苍翠，山上既是天然动、植物园，又是野生药材的宝库。把一座植被丰富、风光旖旎的山，比作一块稀世美玉，该是恰当的吧？

而怀玉山还是一座人文名山。听朋友说，怀玉山上曾有怀玉书院（原名草堂书院），与江南四大书院齐名。南宋理学家朱熹、陆九渊、吕祖谦等大批名人曾来山讲学，朱熹曾留有《玉山讲义》传于世。还有王安石、李梦阳、夏浚、黎士宏、赵佑等历代文人学士也为怀玉山写有近百篇诗文佳作，成为珍贵的文化遗产。由于怀玉书院影响之大，县人读书、好学之风遍及城乡，怀玉山也成了"源头活水"的宝地。宋代王安石在《题玉光亭》一诗中赞曰："传闻天玉此埋湮，千古谁分伪与真？每向小庭风月夜，却疑山水有精神。"

怀玉书院早已不存在了，甚至遗迹也不存。可伫立山中，仿佛有吟诵诗文的声音在深山里回荡。那些早已远去的古人，个个嗓音圆润，风做的袖袍里自有一股兰桂清香。我去的时候正是秋天，空气中仿佛有桂花高洁的气息。——人文浸润过的怀玉山，更有一种美玉经过时光淘洗后的祖传意味了。

怀玉山还是一块有着血沁的玉！玉中深藏的那块至今依然温暖的血迹，叫作方志敏。

2

方志敏1899年8月生于江西弋阳一个农民家庭。他从小目睹了人世间诸多的不平事，长大后投身革命。他智勇双全，无所畏惧，曾亲自深入敌区，擒拿豪绅，被百姓传为奇谈。他率领民众以两条半枪起家，赢得了漆工镇暴动、弋横武装起义，攻占景德镇，第一、第二次反"围剿"作战等各项胜利，亲手缔造了以赣东北为大本营、含52个县100多万人的革命根据地。在那里，没有剥削、压迫，没有强权对弱小的欺凌；在那里，学龄儿童90%读书，耕者有其田，工人实现了8小时工作制；在那里，男女平等，结婚自由，劳动人民得到了前所未有的尊重，人们相亲相爱，仿佛传说中理想国的子民……而缔造了这一切的方志敏一生清贫自守，虽经手的款项有数百万之巨，自己却分文不取，全部财产只有两套旧褂裤和几双线袜。被俘时国民党士兵只从他身上搜到了一只怀表和一支钢笔……

仅凭以上所述，就很容易得出方志敏如此之印象：他是一个高大伟岸的红色巨人形象，是拉丁美洲著名的革命家切·格瓦拉式的具有传奇色彩的英雄人物。他有坚定的信念，以拯救黎民苍生为己任。我们愿意想象他有山一样巍峨的身躯，长虹一般的呼吸。他的形象适合用花岗岩或汉白玉雕刻，屹立在青山绿水之间，矗立在历史博物馆以及革命纪念馆的大厅中央，或者在人民公园最显眼的位置，供后人景仰，享受后人的祭拜，构为民族永恒的文化记忆中珍贵的部分。

的确，即使在今日，方志敏依然是一个巨大的存在。他的英雄事迹依然在他的故乡和他牺牲的地方流传。他的《清贫》与《可爱的中国》许多人都耳熟能详。每年的清明节，人们都去他的墓地、雕像前和纪念馆献花。关于他的著作依然在出版发行。关于他的纪念活动依然以各种形式举办。

凭我对方志敏的有限了解，多年来我以为信仰、牺牲、血性、不屈，无畏的勇气和不朽的功勋就是"方志敏"这一词条所包含的全部。当我有一天真正了解了方志敏，我才知道，远远不够。

我因接受了一个撰写赣东北红色历史文字的任务，第一次全方位地走近方志敏。我阅读关于他的几乎所有文字：他的传记，他的文集，闽浙赣革命根据地史稿，他曾经同过事的战友们的回忆录，以及其他的种种。那段时间，我的桌子上几乎堆满了关于他的书籍。

我几乎被一股强大的气流所震慑。我在无数的文字中感应着他的心跳，他的呼吸。我震惊于这个传奇人物的至情至性，震惊于党史中无比刚烈的他内心的柔美圣洁，震惊于他即使在残酷的岁月里依然为实现自己完美人格的努力。

我毫不隐瞒我对方志敏的崇拜。在我的心里，方志敏不仅是中国革命的先驱，更是人中极品，男人中的男人。

——他其实应该是一个内心饱含温情的读书人。方志敏有相当深厚的国文功底。"心有三爱，奇书骏马佳山水；园栽四物，青松翠竹白梅兰。"看到这副对联，你也许以为，这是哪个古代浪漫诗人或者翰林学士的自娱之作，表达的是一个热爱山水自然、热衷园艺和读书的中国古代书生的审美意趣。而其实它是方志敏的手笔。这副常年悬挂于方志敏卧室的对联，是他的真性情的切实写照。方志敏爱山水自然，甚至连他的四个孩子都以竹松梅兰取名，足可以看出中国传统文化对他的影响之深。他之所以成为一个坚定的革命者，是否与儒家的"修身齐家治国平天下"的道统一脉相承？

——他实在是有几分浪漫。身为闽浙赣革命根据地和红十军的缔造者和领导人，他竟然亲自上台扮演他写的话剧《年关斗争》中的角色，这是何等的可爱之举！在赣东北根据地的心脏葛源，他亲自主持筹建了一个公园，公园内有六角红星亭、游泳池、荷花池，栽种了枣树林以及栲樟等苗木。他还举锹用锄，兴致勃勃地亲自在公园内种植枣树。他是一个真正懂得生活、充满生活情趣的人！

——他甚至有几分幽默。

只手将军，你说你的主义，适合于大众，倒不见得，许多难友，一个铜板都没有，想买一个烧饼，也只有空咽口水，他们就不能做你烧饼主义的信徒了。买不起烧饼的人，才多着呢。如果要跟随的人多，倒不如提倡提倡树皮主义，或是草根主义，或是观音粉主义，那准相信的人多了。烧饼主义，在许多穷光蛋看来，还有点带贵族气味呢。

这是方志敏在狱中写下的《死！》一文中的一段话。当读到这段话，我忍不住要笑出泪来。为朋友取外号，善意地嘲讽甚至有些孩童般强词夺理地调侃，让人以为是意气少年在炕头茶馆里取闹嬉笑，哪像是濒临绝境的囚徒！

——他文学的才气是那么灼灼逼人。他写诗，写散文，写话剧。即使他起草的文件，字里行间都有一种文学的抒情意味。他的《可爱的中国》，文辞之华丽，情感之温婉动人，让我以为是中华五千年最为瑰丽深情的爱国诗篇。请听，那是无比高

亢隽永的歌唱,那是在浩大的广场足以点燃所有人热血的演讲:

到那时,中国的面貌将会被我们改造一新。所有贫穷和灾荒,混乱和仇杀,饥饿和寒冷,疾病和瘟疫,迷信和愚昧,以及那慢性的杀灭中国民族的鸦片毒物,这些等等都是帝国主义带给我们的可憎的赠品,将来也要随着帝国主义的赶走而离去中国了。朋友,我相信,到那时,到处都是活跃跃的创造,到处都是日新月异的进步,欢歌将代替了悲叹,笑脸将代替了哭脸,富裕将代替了贫穷,康健将代替了疾苦,智慧将代替了愚昧,友爱将代替了仇杀,生之快乐将代替了死之悲哀,明媚的花园,将代替了凄凉的荒地!

——他还是一个能够不断反省自己、勇于担当的人。

我们因政治领导上的错误,与军事指挥上的迟疑,致红十军团开入狭隘的敌人碉堡区域……(《我们临死以前的话》)

我在狱中细思赣东北苏区的发展与红军的胜利,所以落后于中央苏区和川陕苏区的原因,实不能不归咎于右倾保守主义。……这次在皖南行动,我们固不能说是不疲劳,然而领导者(是要由我负责)没有及时打击"没有时间进行工作"的观点。我与全军军政人员大家缺乏拼死命的工作精神，去利用行军休息一分一刻钟时间进行政治工作，加紧战斗员的教育和鼓动，甚至有一时期，军中党的工作陷于停顿状态，这是多么严重的一个错误呵！（《在狱致全体同志书》）

如此沉痛自责之文字，在所有他的狱中篇什里随处可见。即使身陷牢狱，他依然能够深入解剖检讨自己，毫不含糊地承担起自己的责任。如此天下又有几人！

"我爱护中国之热诚，还是如小学生时代一样的真纯无伪。"（《可爱的中国》）方志敏的内心，又何尝不是如稚子般的真纯无伪！

3

对方志敏的了解越深入，我就越发为他倾倒。我更广泛地阅读他的资料，利用工作机会去他曾经战斗过的地方走访，不断采集与他有关的信息，渴求更完整地拼贴他在我心中的形象。我一步步地追随着他，企图更深入地接近他真实的内心——

我一次次地与他对视。他身高一米八，体态魁梧匀称，头发仿佛奔跑时的马鬃，他的脸庞和五官都接近完美的程度。鼻下淡淡的八字形胡须，正映衬了他厚薄适中、唇线优美的嘴唇。从他留下的照片来看，方志敏称得上是一个风流倜傥的美男子。

他头颅高昂，敞着大衣如将帅披着威风凛凛的战袍。即使脚戴镣铐，身上套着绳索，他依然含笑自若地对着镜头摆了一个称得上完美的姿势。这是方志敏的另一张照片，一张狱中拍摄的照片。我久久地看着照片中的他。除了显得清瘦一些，他的神态里依然没有久居监狱的阴冷和沮丧。而绑在他身上的绳索和脚上的镣铐，仿佛不过是一个适合游戏的秋千。

但这样更让我难受。这样一个有着强大生命力和无穷的人格魅力的人，却要遭受囚禁的羞辱和死神的逼迫。我心中的英雄在受难。我仿佛觉得绳索正绑在我的身上。绳索无所不在。是什么不断地逼迫我交出信念和爱？而我听见我的喉咙里发出了方志敏的声音：不！

方志敏被俘押解到南昌，当时一家美国报纸记者描述了在国民党驻赣"绥靖公署"举办的"庆祝生擒方志敏大会"上见到方志敏的情景：

戴了脚镣手铐而站立在铁甲车上之方志敏，其态度之激昂，使观众表示无限敬仰。周围是由大队兵马森严戒备着。观众看见方志敏后，谁也不发一言，大家默然无声，即蒋介石参谋部之军官亦莫不如此。观众之静默,适足证明观众对此气魄昂然之囚犯,表示无限之尊敬及同情。……当局看来,群众态度之静默,殊属可怕。

　　我曾去过赣东北根据地的心脏葛源。我来到他的住处。一间阴暗简陋的房子,一张挂着乡村自制的蚊帐的老式硬板床。墙上贴着方志敏看过的、已经变成酱色的英文报纸(方志敏曾在美国人创办的教会学校九江南伟烈学校读书,熟习英文)。我看到了伏在桌前正在起草文件的一个身影。我听到了他的咳嗽声。我知道他一直患着肺结核病。我似乎看见他唯恐咳嗽声把桌前微弱的灯火扑灭,一手捂着嘴唇,另一只手小心护着灯盏上摇曳的火苗。——即使黑夜中的一点小小的火苗,都让他倍加怜惜。他的胸部急剧地起伏着。而随着一阵压制不住的咳嗽声,他的手掌里,立刻布满了斑斑血迹,正如雪地里的梅花点点。

　　我的心突然涌起了一阵剧痛。

4

　　1935年1月,方志敏率领北上抗日先遣队在国民党十几万部队的逼迫下来到了怀玉山。一月的怀玉山大雪纷飞，树枝上挂满了冰凌。方志敏在山上奔突迂回。

他本来已经突围出来，进入了安全地带。可刘畴西、王如痴等人率领的主力部队 2000 余人依然陷在国民党部队的重围之中，并因指挥上的失误已经错过了最佳的突围时机。他们的牺牲已经在所难免。粟裕请求率部执行接应任务，可方志敏考虑到自己是全军最高负责人，毅然亲率接应部队重新钻进了敌人的包围圈。

在危急时刻，方志敏把危险留给了自己。这个毕生追求完美的人，怎会允许自己的人格有丝毫的瑕疵？

国民党部队的搜山开始了。红军极度疲劳，且弹尽粮绝，突围已毫无意义。方志敏静静地躺在怀玉山的怀抱里。即使处境极度危险，他在晚上还是点燃了两堆篝火，击掌呼唤分散在树林里的战士。——他把自己当作了最后的一点火焰，希望可以给战士们一点温暖。可许多人连站起来的力气都没有了。

为了酬谢山中猎人的一顿玉米饭，方志敏把自己的望远镜送给了对方。或许此时，他已预感到此行凶多吉少，他需要有人来用他的望远镜，代替他把更远的世界打量？

方志敏躺在树林中的一垛柴窝上。怀玉山用仅有的体温紧紧地拥抱着他，像落难的母亲紧紧护着自己的孩子。

由于叛徒的出卖，方志敏在怀玉山被俘。怀玉山大雪飞扬，漫山形同缟素，时为 1935 年 1 月 29 日。同年 8 月 6 日，方志敏在南昌被杀，年仅 36 岁。

36 岁，正是一个人的盛年。

5

怀玉山松柏苍翠。怀玉山风声如鼓。怀玉山苍苍茫茫。怀玉山山高水长。走在怀玉山间，我感到方志敏无所不在。从树叶间吹过来的风中有他的呼吸，瀑布飞泻下来的流水中有他的倒影。时间把一个只活了 36 岁的人变成了一个不死的人。而 1935 年 8 月 6 日响在南昌下沙窝的枪声，不过是中止了他作为肉体的生命。

沿着方志敏当年率部突围的路线，我走访在怀玉山上。我想象着他即使濒临绝境依然镇定自若地指挥的样子。他点起篝火招手呼唤战士们聚拢来的样子。在国民党士兵经过的地方，他藏匿的样子。被警卫出卖，国民党士兵发现他从藏身的地方走出来的样子。他又冷又饿，浑身污浊，可举止间的从容和眉宇间的英气，令人不可与之对视。

——我想他的声音应该有几分磁性。他的故乡为上饶弋阳，他说起话来一定也有着靠近江浙的柔软口音吧？这个心存大爱的人，这个有坚定信仰的人，这个性情中有几分孩子般天真烂漫的人，是一个有着无穷人格魅力的人。几乎所有的人，都折服于他的伟大人格。

就像玉这种美好的物器，石头一般坚硬，却又水一般透明，冰雪一般圣洁，却又春天一般温润。

——天帝遗玉此山，山神藏焉，大名方志敏。

时光·绣

21世纪初的一天,江西新余某国企女工张小红遇见了一桩烦心事:她从她上了20多年班的厂里下岗了。

她的名字从出勤卡和工资表上撤了下来。她不再有资格聆听机器的喧嚣,不能以同事的身份与姐妹们一起调笑。在相比车间静默得可怕的家里,听着时钟嘀嘀嗒嗒的声音,张小红陷入焦虑之中:接下来自己该干些什么呢?

逛人才市场揽活。取出仅有的积蓄随便摆个小摊,做家政服务,进私企用过去学到的技术挣碗饭吃……种种这些,张小红或许都尝试过了,也可能没有尝试过。最后,张小红背起了背包,去了江苏。

除了国企女工的身份,张小红还有一个身份叫作绣娘——那是对所有热爱刺绣的女性的美好称谓。熟悉张小红的人都知道,张小红没事儿就喜欢裁衣剪布，钩线绣花。今天为张家娶媳妇绣一对鸳鸯枕头，明天给李家乔迁在窗帘上绣几朵花，没有人不夸张小红绣得好。

张小红从小就喜欢刺绣。她是江西瑞昌人。瑞昌是文化部命名的中国民间艺术之乡。瑞昌民间素有"无户不剪纸，无女不绣花"的传统。早在张小红六七岁的时候，她就随着外祖父家的太外婆、姑婆等女眷学刺绣。简单的丝线，在绣娘的手里逐渐变成了登枝的喜鹊，怒放的花朵，娇憨的猫狗，面目模糊的神灵。而绣娘，在一针一线的磨砺中，渐渐变得温婉柔慈，光洁动人。那是何等神奇的艺术！小张小红都看呆了。

从此，那绣上的喜鹊就在张小红的梦里叫开了，那布上的兰和梅就在张小红的梦里绽出了香。时隔30多年，遭遇下岗的张小红毫不犹豫地捡起了线头，对准了那空空的针孔，好像那细细的线头，就是她童年起就延续的心愿，而空空的针孔，就是她下岗后空空的心！

几个月后，张小红从著名绣种苏绣的发源地江苏学成归来。她带着被绣针扎得像蜂窝一样的手，和历经艰苦从被她感动的师傅那里讨来的巧，开始和其他几名下岗女工在家里办起了"百灵刺绣室"。一年后，她又在新余的闹市区，创办"江西渝州绣坊"（新余古代称渝州）。

在几张简陋的绣床上，张小红们在谋篇布局、穿针引线。绣一朵壮硕的牡丹，让它在布上倾国倾城；绣满园的梅花，让它在困境中傲霜斗雪；绣一个松下问童子的长袍古人，让他有仙风道骨与当下的歌星影星比帅；绣一轮鲜红的太阳从云端跳出，照亮她们的锦绣前程！

在新余的一套普通的房间里，一群下岗女工在创业。一根针，就是她们与生活与命运格杀的武器。一匹匹寻常的布，就是她们驰骋的战场。她们把自己的作品摆到商铺、酒家，以期有个好买主。她们用女人最擅长的绣，来向世界问鼎新的幸福。

张小红渐渐尝到了自主创业的甜头。她的绣，开始有了名气，有了人们上门订购的待遇。人们渐渐忘记了她曾经是个国企女工，都称她作绣娘。绣娘，那是一个有着悠久历史的称谓，它不仅是一种人称标识，也暗喻了美德。它不仅是一种职业的名字，还指向一种具有阴柔之美的、博大的母性的情感。

国企女工张小红变成了绣娘张小红。或者说，经过下岗的波折，张小红重新找到了自己。她有理由认为，那个曾经在国企工作的她并不是真正的她，而是一名普通的女工。真正的她，从来就是一个绣娘。从出生在江西瑞昌这个既流行剪纸被称为国家级剪纸之乡、又流行刺绣的地方开始，她就是一个绣娘。从她陪着外祖父家的太外婆、姑婆刺绣的六七岁时，命运早已经将她塑造成型。就连她的名字"张小红",都是和绣娘这一身份无比契合的名字!

张小红完全沉浸在刺绣之中。她因为下岗而焦虑的心开始沉静了下来。她在车水马龙的城市里悬起的心安定了下来。她被报纸和电视经常出现的"赶超、跨越、腾飞"这样的词语弄得紧张的心松弛了下来。她看着绣床上的布,就会有许多暗寓吉祥美好的构图涌上心头;她拿起了针线,就会感觉从窗外投射进来的阳光像水一样涌动。她内心的柔情就与这涌动的阳光合欢共舞。那是多么愉悦隽永的时光!

作为一名生意人,张小红想做出自己的品牌理所当然。作为一名绣娘,张小红无疑想将这祖传的手艺发扬光大。张小红在思索。她想找到自己的商标,自己的,在这世界上独一无二的文化标识。她找到了夏布。

夏布,一种用苎麻以纯手工纺织而成的平纹布,是国际市场上非常走俏的夏秋季衣料和工业原料。而张小红所在的江西,是中国夏布之乡。据记载,江西是中国苎麻四大主要产区之一。早在春秋战国时期,江西古越族先民就已经开始从事苎麻耕种和使用手工织布。

夏布逐渐成了张小红刺绣的重要载体。夏布质地过于坚硬,张小红经过反复试验,研发出了软化的独门秘方;夏布古朴,粗犷，张小红采用一绒两色或多色绣草、树干等物的方法，绣出来的作品效果逼真自然。为了在粗犷的夏布上绣出苏绣一样的细腻效果，张小红研究出了层叠绣的技法，采取一绒铺底，半绒出色，劈丝等技巧，直到可以把人的表情完美呈现……

张小红找到了夏布，有了出嫁女回到了娘家般的愉悦，有了如鱼得水的欢喜。在夏布上，张小红绣《天工开物》，那是江西科学家宋应星在新余创作的世界性的科学著作，里面插图表现的先民的劳作与夏布有着相得益彰的古朴。张小红绣《丽人行》，那是新余著名画家傅抱石的作品。张小红绣《富春山居图》《清明上河图》，那是中国古代代表性的画作。当然，张小红依然绣花卉，绣动物，绣山水，绣虫鱼，绣人间一切美好之物。她把自己的绣称为"夏绣"，那是与蜀绣、粤绣、苏绣、湘绣不一样的绣种。——夏，我想不仅是一种布的名字，它还是一个万物葱茏、艳阳高照的美好季节的名字。

在张小红的绣床上，一种已经失落多年的古老精神被唤醒了。——那是一种古老的时间，有着与我们当下的快不一样的慢。那是一种从容和恬静的气质，与我们当下的局促和喧嚣正好构成了反讽。那是一种与月光同构的美学，带着久远的温柔、浪漫、忍耐和忧伤。那是中国农历里才能找到的情怀，充满了5000年乡土文明时代特有的充沛的诗意。

那是一种数千年来以中国女性的美德维系的传统。

传统不是死去的仪式,而是一经找到密码就可以激活的精神系统。传统不是静止的,它从来就在我们看不见的情况下秘密流传。传统不是过去式,而是随时与未来对接的基因链。中国南方刺绣在一个名叫张小红的下岗女工手上重新激活。张小红的绣床上,百鸟朝凤,绿叶扶花,从布上的春天中长出的枝条,是被民俗里的中国祝福过的一切生灵的隐喻。

张小红完全沉浸在刺绣之中。数年的绣娘生涯,让张小红脱胎换骨。她的身上那种国企车间的气息不见了,取而代之的是一种与绣相得益彰的恬静和安详。她浑身发出了一种悠远的、农耕文明时代才有的久违的气息。她的神情越来越温柔,她的额头越来越光洁,如有月光照耀。就连她的鱼尾纹,也如有水波荡漾。我想中国古代传统女性,就是这个样子的吧!

走进张小红的江西渝州绣坊,看到挂满了墙的琳琅满目的绣品,我的心一下就静了下来。那些绣品,都散发着中国古代传统女性身体的幽密气息,有一种类似于母性的柔情和爱意。在这些绣品里珍藏的,是一种与我们当下不一样的时光。那是一种古老中国的时光。在那样的时光里,古老的中国,显得无比良善、从容和诗意。

——弘扬一种叫绣的传统,追溯我们往日的美德。推介一个叫张小红的下岗女工,她走在艰难的再就业的路上,也是在自我救赎和完善的路上。兜售一种叫夏绣的新品种,有一天当它来到你的面前,请你迎接它。

水田的树

在江西吉水县水田乡的土地上，生长着一棵老樟树，一棵1200多岁的老樟树。

它住在水田乡赣江边一个叫西流的村庄里。它的样子，可以称得上非同一般：它有15米高，胸径3.18米，112吨重，树冠展开面积1500平方米，相当于普通人家十几套房子那么大。

它已经见证了唐、宋、元、明、清的风土天色，见证了中华民国与中华人民共和国的历史演变。可是它一点也没显出老态，活了那么久却一点也没有空心。它的枝丫繁多密集，可是它没有一根树枝一片叶子不是充满了蓬勃的生命力。它是那么磅礴，同时又是那么谦逊和安详，一点也没有张牙舞爪的样子，仿佛它是一名德高望重却无为而治的老国王。

——它的存在是水田水土养人的最好例证。水田乡，位于赣江东岸,离吉水县城25公里,有44个自然村,人口约1.5万。赖于水的滋养,水田满目苍翠,草木掩映,古树成林,庄稼茂盛,鸟语花香,到处都是水洗过一样的郁郁葱葱与生机勃勃。空气中都沁着丝丝水乡的甜味。

水田人在自己的土地上肩从齿序,和谐共处,而老樟树无疑就是他们心中至高无上的长者。人们都愿意把它当作这块土地上的血亲祖辈,当作知冷知热的亲人。烦了,到它脚下抽一支烟,烦恼说不定就消散了。亲人去世,有话想跟亲人说,就在它脚下烧一炷香,说不定半夜里亲人就托梦了。过年了,人们都爱在它的周围烧一挂鞭炮,供一碗斋饭。夏夜,人们都愿意搬出一张竹床在它的脚下睡觉。

所有人相信,这棵树是见过大世面的。

——水田人有着十分光荣的革命历史。这棵老樟树知道,早在第二次国内革命战争时期,水田就有不少英雄儿女为了国家的前途义无反顾地走向了战场。赣西南(东固)革命根据地,成为毛泽东、朱德离开井冈山后的重要承接地。毛泽东将之与井冈山、赣东北及湘鄂西等革命根据地并提,陈毅称之为"东井冈",其中就有不少水田人。水田乡的村头巷尾,至今还流传着许多红军的故事,不少人的祖辈,都是捍卫赣西南革命根据地建设的大小战斗中义无反顾的英雄!

光荣的历史，优美的自然，构成了水田人心中可以世袭的天堂。水田人个个都认为，一棵老樟树下的水田乡，是由河流、草木、村庄、田野、生灵等等形成的极其精妙平衡的理想乡土，是拥有无比安稳秩序的美好家园。不出意外，水田人将在这块土地上世世代代住下去。

然而有一天，水田人被告知要离开故土，因为下游的峡江水利枢纽工程开工建设，1.5万水田人中，有1.1万人要成为移民。

峡江水利枢纽工程，乃是江西20世纪就开始谋划的重大水利工程项目。设计者预测，工程建成后，下游的省会南昌防洪级别将因此从100年一遇提升到200年一遇；下游33万多亩农田将得到灌溉，每年增加粮食7万吨；每年增加江西电力调峰容量36万千瓦，年发电量达11.42亿千瓦时……

可这一工程也将给工程上游人们的生产生活带来巨大的、颠覆性的变革。那就是，工程建成后蓄水位为46米，防洪高水位为49米，将淹没房屋面积135.2万平方米，牵涉吉安以吉水为重点的三县两区需要通过就近选址重建、投亲靠友、整体外迁等方式安置移民约2.5万人。其中，赣江边地势最低的水田一个乡移民人数就占全乡人口的72%，占整个库区移民的四成之多。

如此的消息对水田人来说不亚于一场地震。水田人瞠目结舌。水田人寝食不安。水田人经常到老樟树下说东道西。水田人在赣江边引颈远望，屏住呼吸紧张地等待着变局的来临。

一批批说着普通话、带着测量仪器的人们来了。高声喇叭的宣传车来了。大伙儿熟悉的乡干部们拿着传单和颜悦色地来了。他们向着大伙儿讲解着移民的政策，界定移民身份和核定淹没房屋面积。他们都用着商量的口气。可他们没有得到水田人的好脸色。

水田人冷眼相向。水田人恶语相加。水田人连凳子都不让给他们。都说故土难移，水田人心里难受呀。他们的内心，山河破碎。他们的眼里，忧伤难禁。

然而水田人是识大体的。水田人有着十分光荣的革命历史。他们当然不会给自己的脸上抹黑。他们不过是需要时间，需要一个宣泄的出口。他们发泄完了，就默默地遵从政府的安排，做好移民的准备，该在新的村址建房的，就买来砖和水泥；该外迁的，就等着时机把家搬去外地。

可最早的移民并不是他们，而是那棵有着1200岁的老樟树。它所在的西流村是即将被淹没的库区。它何去何从，早让上面负责移民工作的人记在心里。

上面来的人来到水田，给水田的人们说，移民移民，我们保证移了比不移时生活更美好。我们要给这棵宝树挪窝,都说树挪死,人挪活。我们就想让大家知道,不仅人挪活,树也挪活。

上面来的人还说,我们要让这棵宝树给在建的庐陵文化生态园做镇园之宝,让人们相信我们的庐陵文化就像这棵宝树一样生生不息。

——庐陵,那是吉水所属的古代吉安的称谓。千百年来,这块土地哺育了欧阳修、胡铨、杨邦乂、杨万里、刘辰翁、文天祥、解缙等一大批文人士子,创造过"三千进士冠华夏""一门三进士,五里三状元"的人文奇迹。这些文人士子为历史做出的积极贡献,他们身上体现出来的文章节义,被后人归纳为庐陵文化。庐陵文化生态园,顾名思义,就是以展示这一文化内涵、彰显这一文化传统所建造的主题生态公园。

上面来的人为把这棵树移植到50公里外的吉安费尽周折。他们小心翼翼地把树从水田挖出,就地完成断根、包泥球、修剪、处理创口等工作,然后用吊车把它吊到了河边的船上。

宝树出发了,它要逆流而上。这是水田乡的第一位移民,它要为水田人未来的生活探路。无数水田的乡邻赶到了江边。他们来给宝树送行。他们看到宝树遍体鳞伤,到处包扎捆绑,原本1500平方米的树冠全被修剪,只留下主干,躺在船上就像一名缺胳膊少腿的伤员。乡邻们心里难受极了（上面来的人解释说它只不过是发型从披肩长发换成了平头）。他们在心里祈祷，这棵陪伴了他们的故乡1200年的宝树能体健多福，作为它的后裔，他们的动土移家就有了一个好的兆头。

很难想象整个移植工作经过了怎样的困难。50公里的路程，宝树却走了整整25天。船上的人们，无微不至，对它要比救护车上的医生对待病人还要尽心。

而宝树离去后的西流村，翻滚着新土的原址上，鸟雀或盘旋于天，或聚集于地，密密麻麻，三天三夜才散。它们的叫声哀怜凄楚，让水田人听了揪心。

2010年1月，宝树正式植在了庐陵文化生态园的门口。为欢迎这棵宝树的到来，市里还举行了隆重的千年古樟入园仪式。

几乎所有的水田人都在紧张而密切地关注饱含着他们生活希冀的老樟树的消息。他们的担心并不是毫无道理。移种地的土质、气候差异，这棵历经千年的老樟树的生物学特性及生长规律，移前处理和移后养护等技术措施，有一处不到位，都可能让它陷于万劫不复的命运。

不仅仅是水田人，几乎所有的吉安人都把目光投给那棵树。吉安自古是草木茂盛的地方。人们有理由认为，古代的吉安之所以文风浩荡、俊采星驰，乃是得益于美好山水自然的滋养。

人们希望，那令人骄傲的文脉能够延绵，这块土地上1200岁的生灵也有着再生之力。

终于有一天，他们从媒体得知这棵树长出了新叶，叶子比过去还要嫩绿簇新。由此，它创下了世界保护性移植成活最大古樟的记录。整个水田乡的人们奔走相告。他们好像听到了这位老祖宗的告诫：人们哪，要搬移你们的家，往那活路上走！他们由此相信了上头来的人的话：树挪活，人挪更活！

水田人相继出发了。他们有的把家搬到了1公里外的高地上，有的投亲靠友去了远方，有的到了另外的乡镇安家落户。他们对故土是不舍的。在离开之前，他们在行将淹没的家园看了又看，与即将告别的邻居举起酒碗喝了又喝。

水田的移民工作在2013年宣告结束。2013年7月，工程按原计划下闸蓄水。赣江的水位慢慢上升，江面变得宽阔，水淹没了水田人原来的家园。

江西有史以来投资最大的水利工程建设项目峡江水利枢纽，自2015年开始试运行两年来，产生了巨大的经济与社会效益。据相关部门消息，工程分别对十余次中等洪水进行了拦蓄，水库对蓄、滞洪水发挥了明显的作用。至2017年12月20日，电站九台机组累计发电30.3亿千瓦时，创造发电经济效益12亿元。

2017年12月24日，峡江水利枢纽工程顺利通过水利部专家组的竣工验收。

而搬离故土的水田人都过上了被许诺的好生活。他们住进了全县最漂亮的村子：一排排房屋规划有序，鳞次栉比，一栋栋房子飞檐翘角，青砖黛瓦。一条条水泥巷道宽敞干净。还有远比县城小区的设施更加完善的休闲广场，镜子一样的池塘水面，横跨水面的仿古廊桥，雕花镂纹的进村牌坊……这样的村庄，就像画一样美，已与过去灰头土脸的老乡村不可同日而语。

他们走在了一条通往富足的道路上：在上级单位的帮扶下，水田人纷纷从事黄牛养殖、特色果业种植……过去几乎无人问津的村子，现在成了人们蜂拥而至的景区。打工的人们从沿海开放地方回到了村里，搞起了农家乐、乡村旅游……

水田人感到了殷实。那是一种现世安稳、未来可期的感受。那是那棵老祖宗宝树千百年来翘首期盼的幸福。

水田人满面春风。他们从国家工程建设中得到了千载难逢的发展机遇。他们每望着满江的水，就会不由得怀着感恩之心。

内心殷实的水田人变得情深意长。他们开始想念过去的乡亲，想念搬移出乡的邻里兄弟。他们更想念他们的老族长，那有1200岁的血亲祖辈。

于是会有很多人相约着去市里看它。他们是过上了好生活的人了，旅游应该是必不可少的内容之一，而他们的老祖宗守护的庐陵文化生态园就是最近的旅游区。他们挑上清闲的时候，一起坐车来到了它的面前。可他们只用了很少的时间逛了逛面积很大的生态园，然后就久久地待在那棵树下面。

他们看到剃了平头的它长出了新发，有了他们十分陌生的成分。但主干是他们熟悉的，树皮的纹理是他们熟悉的。他们知道它还是它，而它肯定是认得他们的。他们就坐在它的脚下，像过去那样子坐着，和它说说话。他们告诉它原来的家被水淹啦，新的村庄多漂亮，他们的生活发生了怎样的变化；问它在这人来人往的城里，过得是否习惯，是否想家？风吹来，他们看到新发出来的树枝摇头晃脑的样子，就认为是它回答过了。

他们看到有鸟儿在天上盘旋，却不落下，因为宝树上并没有可供落脚的枝条。它们在天上叫了几声然后展翅离开。他们就想，它们是不是他们的乡党，是曾经站在它的枝条上受过它庇护的生灵，也像他们一样是来看它的？

他们相信1200岁的生命是有灵的，老樟树当然会想念他们共同的家乡。当然，它也会在新的家园，舒枝长叶，给一方水土撒下一片浓荫，守护一方吉祥与平安。

他们也会在树前遇见已经搬迁到其他乡镇的水田人（他们当然也会想念它啦）。他们就会在树下拉起家常，就像多年前他们没有离开时一样。

——如果您到了吉安，请一定去庐陵文化生态园门口看看这棵树，并向它表达你的敬意。它是以文章节义为主要特点、具有千年历史的庐陵文化的完美象征，它也是一个叫水田的地方为国家建设腾家挪地的历史和精神的见证。它是我们美好家园的守护神，也可能是我们大地上共同的亲人。

草木深(代后记)

1

我爱闻春天里草木间浓郁的生龙活虎的生殖气息。我喜欢深秋黄昏光在山林深处一点点地消散的感觉。我以为世界上所有的植物的花都是美的。我认同每一片山林都会有不可轻慢的伦理和秩序——如果要我举出热爱植物的理由,我可以毫不费力地说上一百条。

我毫不讳言我对植物的亲近和崇拜。我不知道这是不是我出生于乡村的原因。我愿意承认我稍稍有些恋草木癖。在春天里我喜欢到野外去,看到每一朵花开都会忍不住凑上前去闻它的香气。脚边青草头顶新叶我都会摘下一片掐了,然后举着手指甲放在鼻子下贪婪地呼吸。我经常停落在一个异乡的菜地里,像真正的主人那样煞有介事地数着隐藏在南瓜藤里的南瓜数量，看到紫色发光的茄子我会忍不住上前去摸一摸。一棵老樟树面前我会情不自禁地张开臂膀抱一抱以量一下它的腰围。一棵秋天的树落下的红叶子会让我得到宝贝似的拾起——即使上面有虫眼和旧伤口我也毫不介意。如果说我在人群中稍稍有些呆板沉闷，我敢保证，只要一进入山林，只要与植物在一起，我就像一个陷入恋爱中的少年那样，神魂颠倒，眉宇飞扬。

　　我有理由认为每一棵植物都有自己的个性，自己的美学和意志。你去哪里看到过两棵一模一样的树？就是两片一模一样的叶子也不可能。每一棵植物都在努力与别人区别开来。就拿南方常见的樟树来说，只要你在春天里有空到南方的大地上走一遭，你就会相信它们都品性不一、个性迥异。它们有的拼命往上长，就是为了让自己看起来高挑一些。有的长成了一个球形，那是一个跟用精密的仪器画出来毫无二致的球，没有一根树枝会旁逸斜出，你会认为如果没有执拗的性格、不费尽心思、不精于梳妆打扮压根就长不到这个模样。有的让自己长成了一朵似乎随时可以飞走的云。有的呢，就喜欢自己披毛散发的样子。——它的所有树枝都吊儿郎当，风一吹就摇头摆尾，看到它你会忍不住怀疑它的脚下是否穿着一双同样松松垮垮的拖鞋……不仅樟树，我敢保证，其他的任何树种任何植物也是如此。

我的许多旅途的记忆其实就是植物的记忆。新疆喀纳斯湖畔的白桦林让我迷醉。它们身材消瘦，腰杆挺拔，皮肤白皙，外形时尚，就像殿堂之上一支男子合唱队里穿戴整齐的英俊的歌者。在新疆，我还会给胡杨行注目礼。新疆到处可见的胡杨老迈，沉默，坚忍，仿佛寡言少语却目光坚定的老酋长。秋天的神农架就像情书一样美——满山色泽深浅不一的红叶，就像一个沉醉于爱情的男子信笺上费尽心思讨着爱人的欢心的言辞。那山中偶尔升起的岚气就是这封情书中欲言又止的部分。江西石城县世代种莲，莲花开放的时候，我受石城朋友邀请去看莲花。只见途经的路上，莲花像是从地上开到了天上！莲叶滔天，莲花浮动，那种铺天盖地的美，简直让人眩晕乃至窒息。我曾去过浙江金华市莲都区拜访过一棵据说有1800多年树龄的老樟树。我曾专门用一篇文章写到过它，现在依然忍不住要再次向它致意。它老得空了心。过于漫长的时间让它的躯干扭曲变形，好像时间是种蛮力，而它经过了不屈的、长久的挣扎。可是它的叶子依然繁茂，色如新漆，大如云朵。它的枝干上到处是人们用来祈福的红绸带，让我惊异于它已经成为这一方水土护佑生民的祖宗和神灵。我对江西西北部被称为庐山西海的柘林水库并没有特别的印象（江西水域太多啦），但我一直念念不忘水中一棵其实无人关注的树。我忘了它的种类。它挺立在一个只容得下一棵树、刚刚露出水面的小岛上，体格健朗，风姿绰约，并不因自己出身卑微、形同孤儿而黯然神伤。它不就是《小王子》里住在一个只容下一个人的小小星球上的小王子吗？北京的秋天最让我倾心。那些平日伫立首都街头呆头呆脑、无人注意的绿色植物，在秋天会变得性感、妖娆。色彩斑斓的叶子，树叶掩映下的各色果实，满墙如旗的爬山虎，使整座原本严肃的西装革履的北京城有了酒后般的性情，或者是使一贯大大咧咧、素面朝天的女子呈现了妆容。每到冬天，正值鄱阳湖处于枯水季节，干枯的湖床上盛开着指甲盖大小的、粉红色的蓼子花，铺天盖地，整个鄱阳湖美得让人心碎。让我印象颇好的还有那黄山立于山头作招手之姿的迎客松、庐山的三宝树……

2

如果删除草木的成分，我不知道我对故乡的情感是否会减弱一些。是的，草木是故乡最柔软的部分。一个被指认为故乡的村庄的识别系统往往是由草木确立的——那叫槐树下的地方，是不是真有一棵树冠倾天、庇护一方水土的大槐树？拿我的故乡——江西吉水县赣江边一个叫下陇洲的村庄来说，村子的地标是田野中间一棵百年树龄、长得郁郁苍苍的大樟树。每年首先报春信的是北来的村路上抬头即见开满山坡的梨花。被我的父老乡亲崇拜的,除了祠堂里的祖先,寺院里的菩萨,家中的司命和土地公公,就是临着村子的田地里那棵空了心的、相貌古朴阴郁的苦槠树(每到初一、十五都有人在树下敬香祭拜)。东面山坡上的那棵有几分盆景效果的松树孤悬于天地间,早有人认为与村子风水有关。据说有风水先生讲,如果村庄是一条船,那这棵松树就是将船划出水域的桨……

草木构成了故乡的容颜、气质。山坡上的梨花、村中的桃花、冬天漫山遍野的油菜花,闪烁在山头的栀子花和映山红,菜园里的豌豆花、南瓜花、茄子花,路边的野菊花还有不知名的野花,它们按季节相继开放,让我赣江边古老寂静的故乡风流性感又生机勃勃。初夏的故乡仿佛翻滚着绿浪,那是水稻在宽广的田野里飘扬,到了秋天,整个村子四周宛如黄金铺就,殿堂一般富丽堂皇,那是水稻到了收割的季节,大地呈现出丰硕的体态,村庄因此变得壮硕丰美。

每一棵草木都是我们不说话的乡亲。它们不管时间短长,总是一丝不苟地保留着早期的方位和轮廓,便于我们对故乡进行指认。它们忠实地守护着我们对故乡的记忆。我有理由相信,顺着记忆中的那根南瓜藤,我就能立马回到往日的家乡;从那依然金黄的水稻深处，我就能找到童年遗失的那把镰刀和一根牛绳。

——每次回乡，我最喜欢和草木待在一起。我会走到田野中间的那棵郁郁苍苍的老樟树下，倾听风吹过时树叶哗哗的声音。它枝繁叶茂，体积惊人，这多像我死去不久的老祖母，是近百名子孙的血脉源头。我不知道这樟树根脉连同的世界里她过得是否好。我家的老宅已经颓圮，几年前我去看它，竟然发现从瓦砾间长出了一棵碗口粗的梧桐树。它是那么新鲜，树干娇嫩，树叶碧青，在断墙坍梁的衬托下显得更加生机勃勃。它与我同样生活在这老宅之中，我理所当然地把它视为我的家庭的一员，当作小我辈分的侄子，每次回家都要去看看它的胳膊是不是变粗了，身子骨是不是比往年结实了。我当然同时会去拜访曾给我遮阴的据说与村子风水有关的东山的松树，一座小塘边矗立的一排漂亮的雪松，那棵被当作神灵崇拜的苦槠树，还有樟根爷家门口我曾用弹弓射过乌鸦的苦楝子树……

我还会借着走亲戚的机会去拜访我的村庄方圆的一些植物。我会在快到离我村庄5里路远的花园村的时候，离开大路拐到一片田野中间，为的是向老兄弟般长在一块的三棵老树致意。我会绕过小巷去打探一棵谁也不知道多少年龄的、几人抱不过来的柏树的消息。看到谁家的窗户后面有一棵树紧紧偎依，我真是羡慕他过着神仙一般的日子：每天都是树拍打着窗户叫醒他，然后立马给他送上一盘鸟鸣。如果看到丢弃的树枝我会捡起来当作篙杖拄在手中，并为自己看起来像个本乡本土的老汉而得意。我有几次想去拜访我曾在乡村小学教书时的一棵老松树，只是路远一直没有如愿。那时候我正在青春期。我茫然、孤单，就经常爬到离学校不远的山上的那棵老松树下打坐、读书。有时候我会为看不清未来忍不住哭泣，那棵松树总是用最和悦的松涛安慰着我。多少年不见，不知它可好？

3

如果中国古代诗文没有草木会是什么样子？如果没有"参差荇菜，左右流之""桃之夭夭，灼灼其华""南有乔木，不可休思""摽有梅，其实七兮"，《诗经》里的爱情就没有现在那么甘美。如果没有"杨柳依依""采薇采薇"，《诗经》里的离家与思乡就不会那么让人揪心。是记载的大量草木让《诗经》洋溢着浓郁的诗情，散发出永恒的诗之清香。中国最早的浪漫主义诗歌总集《楚辞》中更是草木葳蕤。"扈江离与辟芷兮，纫秋兰以为佩""朝饮木兰之坠露兮，夕餐秋菊之落英"(《离骚》)，"捣木兰以矫蕙兮，糳申椒以为粮。播江离与滋菊兮，愿春日以为糇芳"(《九章》)。可以说，中国文学的浪漫主义传统，如果没有草木的加入，那浪漫主义不过是街头的杂耍、舞台上矫情的表演。浪漫主义的精神内核——理想主义和自由精神，就会失去坚实的依托。陶渊明的《桃花源记》这一篇影响深远的中国乌托邦寓言，如果少了"忽逢桃花林，夹岸数百步，中无杂树，芳草鲜美，落英缤纷""有良田美池桑竹之属"这样对草木描绘的句子，没有桃花林的引导和桑竹的修饰，那所谓的桃花源不过就是古代不值得向往的贫民窟。——是草木的装点让桃花源成为中国文化中人人向往的诗性彼岸。唐诗宋词中，如果花不开，草不长，林不茂，如果没有"积雨空林烟火迟，蒸藜炊黍饷东菑。漠漠水田飞白鹭，阴阴夏木啭黄鹂"，没有"无边落木萧萧下""国破山河在，城春草木深"，没有"接天莲叶无穷碧，映日荷花别样红"，没有"候馆梅残，溪桥柳细，草薰风暖摇征辔"，那唐诗宋词就不会如此元气充沛。没有"黄四娘家花满蹊，千朵万朵压枝低"这样表达闲适的诗句，我们会以为杜甫从来只有一副忧国忧民的表情。没有"和羞走，倚门回首，却把青梅嗅"，我们对李清照的少女模样就无从把握。是草木构成了中国古代诗文的底色，让中国诗文获得了自然的滋养，诗歌中的情感，因此虽过千年依然鲜活如初。

草木与中国画更是源远流长。几乎所有的中国画都与草木有关。那画中的山水是以草木做肌理的——满纸峰峦叠嶂、瀑流云飞中必有草木摇曳。梅兰竹菊是花鸟画中的四君子。鱼游水藻，蜂蝶恋花，蝉栖枝头，虎啸山林，所有的花鸟画必从草木中提炼精神。葡萄喻为多子，瓜果喻为丰收，莲花喻为高洁，桂树喻为富贵。中国画画面上，草木葱茏，皆是对美好生活的祝福与期盼。

音乐是与草木联系紧密的艺术。笛和箫是竹子做的。二胡、琵琶、马头琴是木头做的。古琴也是木头做的。制作古琴的木材，据说除常用桐梓木外，还用松、杉、杨、柳、楸、椴、桑、柏等。取材时间也有讲究，如取于暮夜阴雨之际，琴声就会清亮美妙。有云："（唐）雷威斫琴……遇大风雪中，独往峨眉。酣饮，着蓑笠，入深松中，听其声连延悠扬者伐之，斫为琴，妙过于桐。"制琴者认为草木有灵。我特别疑惑，一棵长在深山老林的树与一棵长在村中人居深处的树做出来的琴，会有怎样的区别？是不是出自深山老林的琴声要清寂悠远，要更出世，而出自人居中的就会入世得多，充满俗世的欢愉？那音乐的源头，是否与草木有关？那草木摇曳的自然声响，算不算最美的乐声？

4

朋友从江阴来，赠我带荚脱水红豆标本，说是采于江阴顾山镇红豆村的一棵红豆树，树相传为南朝梁昭明太子萧统手植。我无缘拜会此树，网上搜来图片，自是相貌高古，气度非凡，一副王公贵族模样。朋友送我的红豆，我当作宝贝珍藏——那可是经过1500多年历史的传递，并且带着古代文学的手温。萧统倾心于文学，曾召集文人学士以"事出于沉思，义归乎翰藻"的选文准则，编集成中国现存最早的诗文选集《昭明文选》60卷。这红豆礼物，自然有着南朝文学的气质。陕西西安市临潼区骊山华清宫有一棵1200年的石榴树，至今依然年年开花结果，据说是杨贵妃亲手栽种。杨贵妃是石榴迷，相传她最喜欢穿镶有石榴花的裙子。不知每年石榴开花，石榴结果，是否有着盛唐的风韵、杨贵妃的雍容娇媚？江苏省宿迁市宿城区有一棵槐树，从根部开始分两枝东西横生，宛如一个倒写的"人"字。东枝自然生长，西枝雷击断裂后又长出新枝，枯荣相生，呈不屈不挠之势。槐树相传为项羽亲手所植，自然有项羽"力拔山兮气盖世"的猛士精神，叱咤风云的王者气概。山东曲阜大成门内东侧有一桧树并不繁茂，却有非同凡响的身世，其原是孔子手植，只留树桩，清雍正十年，树桩生出新枝，经二百多年，长成现在的样子。几乎所有人都愿意认为，这是孔子思想两千多年来灯火不灭，儒家文脉生生不息……

那些与历史结缘的草木，比起自然深处寻常百姓家的植物，表情要严峻一些，面相要苍郁一些。它们因为见证了历史，成了历史事件的当事人，自然就承载了历史的繁复与沉重。那些野蛮或文明、悲烈或柔美的历史，同时也参与了对草木形貌和气质的改写。那些古战场上依然生长的草木，外形看起来就显得剑拔弩张。而那些古书院里的老木，就都是一副满腹经纶、勤于思索的样子。那些寺庙里的植物，可能因为听多了晨钟暮鼓和诵经的声音，就显得笃定、慈悲、饱含禅机。

与历史结缘的草木从时间的剿杀中成功突围，成为了历史的幸存者和阐释者。它们的每一片叶子的叶脉，都通向历史深处，风过时它们发出的每一次喧响，都是历史的回声。如果斫为琴，死去的时间将开口说话。

浙江金华城东鼓楼里酒坊巷有一院子，五代十国时期是吴越开国帝王钱镠所住，唐宋时期为州衙所在地，元为宣慰司署，元朝的掘墓人朱元璋曾在此驻防。明时是巡按御史行台，到了清代又成了试士院。清咸丰十一年（1861年）五月，侍王李世贤率太平军攻克金华，看上了这块风水宝地，召集工匠加以修葺，并在原千户所旧址构屋数重，最后建成包含宫殿、住宅、园林、后勤四部分，总计占地面积达63000多平方米，可容10万士兵操练的巨型建筑（现存3500平方米），李世贤自己的府邸，名为"侍王府"。这么沉重繁杂的历史，压得相传为钱镠所栽的一棵柏树直不起身来。

柏树位于侍王府耐寒轩前。它的躯干笔直，无一根别枝，并且色如象牙，看得出它很有性格，不失愤怒，有贵族血统，与它为吴越王钱镠所植的出身相称。可是它斜得厉害，一副不堪承受随时要躺下的样子，人们只好架起粗大水泥柱托住它。可即使这样，这棵柏树依然高出屋顶，似乎随时想连根拔起越过侍王府飞升而去。在它的顶部，树枝张牙舞爪、歪七扭八，仿佛它们化作刀戟日日互搏，或者痉挛病患者痛苦扭动的手足，让人觉得万分不安。它的叶子并不茂密，仿佛高龄长者头上稀疏的头发。

这棵古柏见识了太多的王朝更替，听到了太多的官来吏往。今日是衙役们齐呼威武，明日是秀才们在此奋笔疾书，后天又成了10万将士在此举刀操练，这互相抵牾的史实不断修改着这棵树的容颜，最后就成了这不衫不履、酒醉欲仆的疯子模样。

如果这院子没有被侍王李世贤看中和改造，没有容10万兵马在此操练，没有太多的兵戎之气侵蚀，刀光剑影的映射，不与太平天国这段历史发生关系，那这棵树会不会比现在端庄一些，枝叶更加舒展一些，身子骨更加挺拔一些？

5

　　1700多年前，一群怀才不遇的读书人，嵇康、阮籍、山涛、向秀、刘伶、王戎、阮咸七个无政府主义者，因与朝廷政见不合，结伴走向了草木，常在当时的山阳县（今河南辉县）竹林之下，喝酒、纵歌，肆意酣畅。对这样一个崇尚自由、追求个性的文艺团体，后人称之为"竹林七贤"。1600多年前，一个叫陶渊明的诗人辞去县令，从此走入了草木之中，与菊花为伍，伴豆苗生长，结果成了中国田园诗派鼻祖、著名的隐逸派诗人。两百多年前，一个叫亨利·戴维·梭罗的美国青年离开了人群走向了草木，移居到离他的家乡康科德城不远的瓦尔登湖畔的山林之中，自伐木材盖起了一个小木屋，并在其中生活了两年零两个月的时间，写出了《瓦尔登湖》这样具有重要影响的散文集。2002年，因经济案获刑的红塔集团原董事长褚时健从监狱保外就医后走向了草木，承包起荒山种上了橙子。至今他种植的"褚橙"，成为电商和网友们追捧的、内涵丰富的橙子。大约在2008年，著名的先锋作家洪峰在经历了"讨薪""退出作协"等一系列事件之后走向了草木，定居在妻子蒋燕家乡云南省会泽县金钟镇马武村，承包山地，种植药材和庄稼，常看到不少与洪峰交谊友好的作家在微博晒洪峰寄给他们的苦荞面、蜂蜜、石榴等美味……

从古至今，从中到外，不断地有人从庙堂、闹市、宅门口转身走向了草木。他们把草木当作身体的疗养院，多年的隐疾将在山水的抚慰中痊愈。他们把草木当作了灵魂的避难所，那在现实中被强加给的灵魂的枷锁，会在草木中得到解除。他们把草木当作精神的修习地，在草木中，他们的精神疆域渐渐从窄门变成了牧场，从逼仄走向深远宽阔。诗人们在草木间吟诵，革命者在草木间啸聚。一个民族的文明在草木间蓄血，整个世界因为草木而变得刚柔并济。

无须隐瞒，我也是一个渴望走向草木的人。我向往着以山水为家，与松竹为邻，把一间小小的房子筑在山水之间。在房子不远的地方开辟小片的菜地和茶林，在山顶上放牧白云和月亮。

我向往在草木间生活，比如跟随一条山泉到它的尽头；研究一只蝴蝶的飞行线路；观察一片秋天的叶子从树枝上掉落的速度和姿态；削一根竹子，凿空为笛，斫一节木头，雕琢为琴。然后我用这笛子和琴，模拟高山与流水的声音，找出草木间日出月落的节奏与情绪……我曾在微博里这么写道：如果给我一片山林，如果可能再加上一座能倒映往事的湖泊，我对这人世间的人情往来就不太有兴趣了。

不是因为我的灵魂有看不见的枷锁需要解除，不是我的身体内有因年岁渐长造成的隐疾需要草木疗救，不是因为我愤世嫉俗需要一片山林慰我精神、让我平静。我渴望到草木中去只是源于对草木的本真热爱，就像儿子向往母亲、游子渴望故乡一样简单。另外，除了对草木的单纯热爱，我是不是还想通过这么一次深入草木的方式，来稀释中国古代文学中的植物对我的蛊惑，表达我对一直景慕的阮籍、嵇康、陶渊明、卢梭的由衷敬意？

如果我说我还有什么愿望的话，我乐意如果我的草木之旅得以成行，人们对我最后的记忆，乃是此人在草木间走失，从此下落不明……